조희룡과
골목길
친구들

일러두기

본문에 사용된『호산외기』의 전은 한길아트에서 출간한『호산외기』(조희룡 전집, 실시학사 번역)를
인용하되 문장을 수정하고 내용의 일부를 생략하기도 했습니다.
인용문 또한 마찬가지이며, 책의 성격상 인용처는 따로 밝히지 않고 책 뒤에 정리하여 넣었습니다.
이 책에 쓰인 나비 이미지는 조희룡의 그림에서 따온 것입니다.

조희룡과
골목길
친구들

조선 후기
천재 여항인들의 초상

설흔 지음

한국고전번역원

이 책을 읽기 전에

어느 날 비가 오기에 박물관에 갔습니다. 우연히 조희룡의 그림들을 보았습니다. 화려했습니다. 아름다웠습니다. 누군가는 요란하다고 표현했더군요. 그렇습니다. 갑작스레 퍼붓는 비처럼 요란하고 화려하고 아름다웠습니다. 조희룡에 대해 알고 싶어졌습니다.

조희룡에 관한 책들을 찾아 읽기 시작했습니다. 그렇게 찾아 읽은 책들 중에 『호산외기』가 있습니다. 조희룡이 쓴 여항인의 전기傳記인 『호산외기』에는 참 많은 인물이 등장합니다. 김홍도, 최북, 이단전은 익히 알고 있었지만 유세통, 이익성, 신두병 같은 사람들은 처음 접했습니다. 우선은 그것이 흥미로웠습니다. 그들의 삶을 세상에 알리고 싶은 마음이 들었습니다.

그런데 끝까지 읽고 나서 지금껏 이름만 알고 있던 사람 하나가 유독 제 관심을 끌었습니다. 고람古藍 전기田琦가 바로 그 사람입니다. 요절한 화가인 고람 전기를 기술하는 조희룡의 붓은 아예 울고 있었습니다. 도대체 어떤 사연이 있기에 산전수전 다 겪은 사람인 조희룡이 그렇게 슬픈 글을 쓴 걸까요? 『호산외기』는 정확한 답을 주지 않았습니다.

그러니까 이 글은 두 가지 목적을 지니고 있습니다. 『호산외기』에 수록된 인물 중 일부를 골라 전을 수록하고 거기에 저의 해석을 더해 그들의 삶을 이해하도록 하는 것이 하나이고, 고람 전기의 죽음에 조희룡이 유독 깊은 슬픔을 보였던 이유를 해명하는 것이 다른 하나입니다. 어쩌면 둘은 사실 하나인지도 모르겠습니다. 이 소설은 그렇게 해서 시작되었습니다.

두 분께 특별히 감사를 드리고 싶습니다. 정출헌 선생님과 이지양 선생님입니다. 그 이유는 두 분이 가장 잘 알고 계시겠지요.

설흔

차례

◀ 유숙, 벽오사소집도碧梧社小集圖, 종이에 담채, 서울대박물관
그림 가운데에 붓통 앞에 앉아 있는 인물이 조희룡이다.

책, 그림, 벼루

그의 호시절! 그 뒤로 이어진 특별한 여름날!

그와 김정희에게 어떤 식으로든 연을 맺었던 벗들이 꿈에서처럼 한자리에 모여 그림을 그렸다.

김정희는 예리한 안목으로 벗들의 꽉 막힌 눈을 뜨게 했고, 그는 따뜻한 문장으로

벗들의 마음을 다독였다. 눈과 마음에 새로운 기운을 얻은 벗들, 그리고 벗들에게

품평을 한 김정희 또한 수국처럼 만개한 그 여름날이 영원하리라 믿었을 것이다.

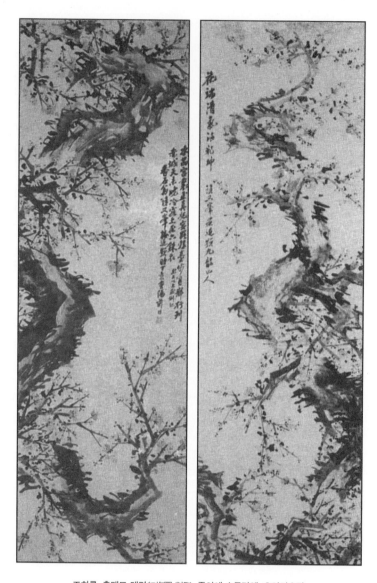

조희룡, 홍매도 대련紅梅圖 對聯, 종이에 수묵담채, 호암미술관

1

"가슴속에 문자의 향기라고는 도통 찾아볼 수 없으니 이를 어찌할 것인가?"

부드러우면서도 단호한 목소리가 고개 숙이고 책 읽던 그의 귓가를 자극한다. 어딘지 모르게 익숙한 목소리다. 소리의 진원지를 찾아 고개를 두리번거리던 그는 거센 바람이 두려워 꽉 닫아 놓았던 방문이 활짝 열려 있는 것을 발견한다. 문밖으로 나선 그의 입이 저절로 벌어진다. 그리운 벗들이다. 꿈속에서도 가끔씩밖에 만날 수 없었던 그리운 벗들이 바위로 둘러싸인 좁고 거친 마당에 자리를 깔고 앉아 있다. 김수철金秀哲, 이한철李漢喆, 박인석朴寅碩, 조중묵趙重黙, 허련許鍊은 물론이고 어린 축인 전기田琦, 유숙劉淑, 유재소劉在韶 또한 고개를 들어 그를 반긴다. 그와 함께 그림 그리던 벗들이 한자리에 모인 것이다. 그들에게 다가가려다 멈칫한다. 뾰족한 바위 위에 가부좌를 틀고 앉은 김정희金正喜의 존재를 그제야 알아챈 까닭이다. 김정희는 바위 아래에 놓인 그림들을 내려다보며 혹독한 관리의 손처럼 매서운 품평을 가한다.

"아지랑이를 제법 잘 그리기는 했으나 아직은 부족한 구석이 보인다."

박인석의 그림에 대한 평이었다.

"그림에는 주인과 손님이 있어야 한다. 이 그림은 누가 주인인지 손님인지 도무지 알 수가 없다."

유숙의 그림에 대한 평이었다.

"색칠이 세밀하지 못하다. 우산 쓴 사람은 꼭 그림쟁이가 그린 것 같다."

김수철의 그림에 대한 평이었다.

그는 김수철의 얼굴을 본다. 술이라도 들이켠 것처럼 잔뜩 붉어져 있다. 그의 가슴이 뜨거워진다. 그림을 업業으로 삼은 이에게 가하는 품평 치고는 조금 심하다는 생각을 떨칠 수가 없다. 유난히 맑고 담백한 느낌을 주는 산수와 여백의 미美를 활용한 정교한 배치는 김수철만의 특징이었다. 그는 조심스럽게 김정희가 앉은 바위 밑으로 가 자신의 의견을 피력한다.

"배치와 붓놀림은 칭찬할 만하지 않습니까?"

김정희는 그의 얼굴을 보지도 않고 일갈한다.

난초를 치는 법은 예서 쓰는 법과 가까우니 반드시 문자향文字香과 서권기書卷氣가 있어야만 될 수 있는 것이다. 내 일찍이 말하지 않았던가, 난을 치는 법은 그림 그리는 법식대로 하는 것을 가장 꺼린다고. 만일 그림 그리는 법식을 쓰려면 아예 치지 않는 것이 옳다. 조희룡 같은 무리는 나에게서 난초 치는 법을 배웠으나 끝내 그림 그리는 법식 한 길을 면치 못했으니, 이는 무슨 까닭인가? 그의 가슴속에 문자향이 없기 때문이다.

일갈은 날카로운 돌부리가 되어 곧바로 그에게 날아왔다. 피하지

도 못하고 정면으로 받은 까닭에 서 있기조차 힘들었다. 그렇기는
해도 뭐라 한마디 하고 싶다. 가까이 있는 그가 마치 보이지 않는 사
물이라도 되는 것처럼 '조희룡 같은 무리'라는 말을 침 뱉듯 쉽게 끄
집어내는 그이에게 뭐라 한마디 하고 싶다. 주먹을 불끈 쥐어 흔들
리는 사지를 진정시키고 단전에 힘을 준다. 그 단순한 동작을 취하
는 것만으로도 이미 한 바가지의 식은땀을 쏟아 낸 그는 간신히 입
을 열어 무언가를 말하려 한다. 이미 늦었다. 김정희는 사라지고 없
다. 그가 앉았던 바위엔 사람이 머물렀던 흔적조차 없다. 아니 거대
한 고드름을 뒤집어 놓은 것 같은 뾰족한 바위 위에는 애당초 사람
이 앉을 수도 없었다. 벗들 또한 모두 사라졌다. 망연자실한 그는 방
으로 향한다.

방 안에는 또 다른 상황이 펼쳐져 있다. 전기가 부드러우면서도
단호한 목소리로 무언가를 소리 내어 읽고 있다. 그의 다른 벗들, 그
러니까 '조희룡 같은 무리'들도 자리를 같이했다. 나이 많은 이기
복李基福과 유최진柳最鎭과 오창렬吳昌烈이 상석에 앉았고, 젊은 축인
나기羅岐와 유숙과 유재소가 전기의 주변에 앉았다. 유최진이 이끈
시 모임에서 함께 시를 지었던 이들이 오래간만에 모인 것이다. 그
는 당장 방 안으로 들어가려다 문간에 잠시 멈추어 전기의 글 읽는
소리를 듣는다.

시를 지으면 기이하고 오묘하되 남이 말한 것은 말하지 않았다. 그리
하여 그의 안목과 필력이 우리나라에 국한되지 않았다. 나이 겨우 삼

십에 병들어 죽었다.

호산거사壺山居士는 말한다.

전기의 시와 그림은 지금 세상에 견줄 만한 사람이 드물 뿐 아니라 상하 백년을 통하여 논할 만하다. 작년 가을, 내가 남쪽으로 유배 갈 즈음 그가 나를 찾아와 석별의 뜻을 보이던 기억이 생생하다. 그런데 어찌 알았으랴, 그것이 결국 천추의 이별이 될 줄을.

칠십 노인인 내가 삼십 소년의 일을 마치 고인古人의 일처럼 적고 있으니, 이 일을 어찌 참을 수 있겠는가.

기이한 일이었다. 그의 눈앞에서 멀쩡하게 살아 숨 쉬는 전기가 죽은 전기의 삶에 대해 쓴 글을 읽는 것도 기이했지만 그 글을 쓴 이가 호산거사, 바로 그 자신이라는 사실은 더더욱 기이했다. 아무리 생각해 봐도 그는 그런 글을 쓴 기억이 없다. 낭독을 마친 전기가 그를 보더니 시 한 편을 읊는다.

작은 다리에는 건너는 사람 없는데, 시원하게 맑은 수풀을 격해 마주 보고 있습니다……. 한번 웃으며 저 구름 밖을 손가락으로 가리키니, 먼 산 더욱 파랗게 보입니다.

시가 곧 그림이 되어 그의 눈앞에 펼쳐진다. 시의 힘은 대단해서 그는 어느새 계곡에 놓인 작은 다리 앞에 서 있다. 곁에 섰던 전기가 먼저 다리를 건너간다. 그도 따라 건너려 하자 다리는 연기처럼 사라진다. 계곡 저편에 선 전기가 그를 바라보며 묻는다.

"그대는 도대체 누구입니까?"

쉽지 않은 질문이다. 그는 곰곰 생각하다 마침내 입을 열고 무언가를 말하려 한다. 너무 늦었다. 그는 어느새 방 안에 홀로 앉아 있으니. 거친 바람에 마구 펄럭이는 책장만이 그를 맞이하고 있으니.

2

기묘한 꿈이었다. 쉬지 않고 펄럭이는 책장만 바라보다 잠에서 깨어난 그는 늘 그랬듯 매화차부터 한 입 머금었다. 어지러웠던 머리가 조금은 깔끔해졌다. 문을 열고 바깥을 보았다. 사방은 아직 어두웠다. 마당에 심어 놓은 매화나무조차 분간할 수 없는 깊은 어둠이었다. 멀리서 까마귀 우는 소리가 들렸다. 어두운 공간을 바라보며 그 소리의 의미를 헤아리려 했다. 이내 고개를 저었다. 까마귀는 그저 까마귀일 뿐이었다. 어둠 사이로 불어오는 한 줄기 바람으로 얼굴을 씻은 후 등불을 켰다. 등불 속에 그가 구하는 답이 있기라도 한 것처럼 한참을 응시하던 그는 이내 한숨을 내쉬었다. 무엇을 해야 할지 몰라 잠시 주위를 두리번거리다가 문갑에 시선이 머물렀다. 문갑을 열고 가지런히 놓여 있던 책 한 권과 두루마리, 그리고 벼루를 꺼냈다.

오래간만에 마주하는 사물들이었다. 그는 조심스럽게 손을 뻗어 벼루를 만졌다. 섬뜩한 차가움이 끼쳐 왔다. 그러나 벼루는 사물이 아닌 살아 있는 생물이기라도 한 것처럼 제 몸을 스스로 데우더니 마침내 따뜻한 기운을 뿜어내는 물건으로 바뀌었다. 익숙한 온기였다. 그 온기가 어디서 온 것인지 그는 알고 있었다. 그에게 벼루를 하사한 이의 온기였다. 그이의 손을 잡아본 것은 아니지만 건드리기만 해도 온몸을 뜨끈하게 덥히는 그 온기는 그러리라 상상한 것과 하나 다르지 않았다. 그는 벼루에서 손을 떼고 고개를 숙였다.

'성은이 망극하옵니다.'

임금이 선물한 벼루였다. 예술에 조예가 깊은 젊은 임금은 늙고 보잘것없는 그를 유난히 아꼈다. 임금은 그를 금강산에 보내 시를 쓰고 그림을 그려 오게 했다. 임금의 보챔이 심해 채 완성되지도 못한 그림을 들고 서둘러 입궐했을 정도였다. 임금은 새로 지은 누각의 편액 글씨를 그에게 맡겼다. 그렇게 완성한 편액 글씨가 바로 '문향실聞香室'이었다.

생각이 거기까지 이르자 겨드랑이가 서늘해졌다. 글씨를 완성한 것은 한여름이었다. 글씨를 본 임금은 만족한 웃음을 짓고는 그에게 제호탕을 하사했다. 고개도 못 들고 엎드려 단숨에 비웠다. 놀라운 일이 일어났다. 그의 몸에서 여름이 빠져 나갔다. 겨드랑이를 시원하게 만들어 준 서늘한 제호탕 때문이었다. 아니다. 그게 어찌 제호탕 때문일까. 실은 임금의 넘치는 애정에 온몸이 서늘해졌기 때문일 터였다.

임금의 애정은 제호탕으로 끝나지 않았다. 이듬해 임금은 그에게 벼루를 하사했다. 그의 환갑을 기억했다 내리는 그 특별한 선물에 그는 감격했다. 감격할 이유는 충분했다. 그는 실로 하찮은 사람이 었다. 겸손이 아니라 실제로 그랬다. 이렇다 할 관직에 있었던 것도 아니고, 명망 있는 가문을 배경으로 깔고 앉은 것도 아니었다. 나쁘게 말하면 무위도식에 익숙한, 좋게 말해도 그저 글과 그림에 유난히 심취한 별 볼 일 없는 여항인에 지나지 않았다. 그런 그에게 임금은 고관대작이나 최측근 인사에게나 내릴 법한 귀한 벼루를 하사한 것이었다. 감격한 그는 '사연당賜硯堂'이라는 당호를 지어 그 일을 기념했다.

그의 호시절! 그 뒤로 이어진 특별한 여름날! 그와 김정희에게 어떤 식으로든 연을 맺었던 벗들이 꿈에서처럼 한자리에 모여 그림을 그렸다. 김정희는 예리한 안목으로 벗들의 꽉 막힌 눈을 뜨게 했고, 그는 따뜻한 문장으로 벗들의 마음을 다독였다. 박인석에게는 일찍이 보았던 신선의 땅을 다시 보는 것 같다 했고, 유숙에게는 그림 속의 한가로움을 얻어 살고 싶다 했다. 조금은 기가 죽었을 김수철에게는 그림 속의 산이 실제의 산보다 더 낫다고 했다. 눈과 마음에 새로운 기운을 얻은 벗, 그리고 그 벗들에게 품평을 한 김정희 또한 수국처럼 만개한 그 여름날이 영원하리라 믿었을 것이다. 그 역시 그랬다. 영원은 아니더라도 다른 해보다는 긴 여름을 누릴 수 있으리라 믿었다.

그러나 호시절은 수국의 생애보다도 오래가지 않았다. 수국은커녕 여름날 잠깐 내리는 소나기보다도 더 빨리 세상에서 사라졌다.

그 중심에 젊은 임금이 있었다. 새로운 시대, 영원한 여름을 열 것 같았던 젊은 임금은 갑작스레 세상을 떠났다. 임금이 죽은 그 밤 내린 거센 비와 세찬 바람은 다가올 겨울의 혹독함에 대한 노골적인 예고편이었다.

강화도에서 온 새 임금은 글과 그림에 별다른 관심을 두지 않았다. 뿐만 아니라 정치와 민생에도 관심이 없었다. 임금이 버려둔, 혹은 버릴 수밖에 없었던 권력은 노회한 정치꾼들에게로 넘어갔고, 예술에 무감한, 혹은 정세에 더 민감한 정치꾼들은 선왕에게 지나친 애정을 받았던 이들에 대한 적의敵意를 숨길 생각조차 하지 않고 되는대로 거칠게 드러냈다. 그들이 가장 먼저 지목한 이는 바로 김정희였다. 김정희만 한 거물도 못 되건만 채 완성되지 않은 그림을 보이고도 제호탕을 마시고 벼루를 받은 그 또한 그 적의에서 벗어나지 못했다. 사소한 것도 놓치지 않는 집요하고도 치졸한 적의는 3년간의 유배로 이어졌다. 제호탕을 마시고 벼루를 받은 것치고는 꽤 큰 대가를 지불한 셈이었다.

벼루를 만지던 손이 책으로 옮겨갔다. 호산외기壺山外記였다. '호산壺山'은 그가 쓰는 호 중의 하나이며 '외기外記'는 정사正史가 아님을 뜻하는 것이니, 호산외기는 결국 그가 쓴 야사野史라는 뜻이다. 그러나 야사라고는 해도 잡스러운 이야기와는 거리가 멀다. 그가 접했거나 들었던 여항인들의 이야기이니 실은 '외전外傳'이라 불러야 더 어울릴 것이다. 첫 장을 펼쳐 서문을 보았다. 무심한 세월은 빠르게도 흘렀다. 그 서문을 썼던 것이 벌써 십 년 전, 그러니까 젊은 임금의 사랑을 받기도 전의 일이었다. 그는 서문의 일부를 소리 내어 천천히 읽었다.

내가 집에 있으면서 무료하여 귀로 듣고 눈으로 보았던 바의 약간의 사람들을 기억해 내 그것을 전傳으로 만들었다. 다행히도 천지간에 머물러 있어서, 후세의 독자로 하여금 지금 사람이 옛일을 대하는 것과 같이 되고자 한다. 이에 마음 놓고 내키는 대로 재빨리 쓰고, 수염을 들어 이것을 읽기를 후세 사람이 고서古書를 읽는 것 같이 해 보았다. 조금 있다가 생각해 보니 어리석고 또 망령되기도 하다.

서문의 마지막 문장, 금상 십년 삼월 이일1844이라는 그 마지막 문장이 가슴을 묵직하게 때렸다. 벌써 십 년 전이었다. 그러니까 온 힘을 다해 호산외기를 쓰고 난 후 실로 많은 일이 일어났던 것이다. 젊은 임금은 그를 몹시 아꼈으나 일찍 죽었고, 일개 여항인에서 임금의 사랑을 받는 몸이 되어 벼루까지 받은 그는 김정희와 얽혀 유배객의 신세가 되었다. 비록 살아 돌아오기는 했으나 젊은 임금의 죽음에 이은 유배는 그를 제 나이보다 더 빨리 늙게 만들었다. 유배를 마치고 돌아온 후 간신히 마음을 추슬렀다 믿었지만 세상은 여전히 그를 놓아 주지 않았다. 젊은 벗 전기의 죽음이 또다시 찾아온 것.
전기는, 여러모로 그에게 특별했다. 그 누구보다 뛰어난 벗 전기의 그림과 글씨와 시를 가까이서 볼 수 없다는 사실이 그에게는 유배가 가져온 또 다른 아픔이었다. 이제 유배에서 돌아와 전기를 마음껏 볼 수 있게 되었다고 생각했는데, 전기와 함께 그림, 글씨, 시를 마음껏 논할 수 있다고 믿었는데 정작 그와 마주 앉아야 할 젊은 벗이 먼저 세상을 떠난 것이었다. 이렇게 물을 수도 있겠다. 그가 그토록 젊은 벗을 특별하게 여긴 까닭은 도대체 무엇 때문이냐고.

오직 하나의 이유만을 들고 싶다. 그는 전기에게서 여항인의 미래를 보았다. 언젠가는 전기가 조선 제일의 대가大家로 추앙받는 양반 서화가 김정희를 넘어설 시절이 오리라 굳게 믿었다. 여항인이라는 이유만으로 그림쟁이라 불리며 폄하되는 일이 없게 되는 시절이 반드시 오리라 굳게 믿었다. 그림, 글씨, 시에 모두 재능을 지닌 전기가 오래 살아 마침내 그 어려운 일을 이루리라 믿고 또 믿었다.

공자孔子에게 안회顔回가 있었다면 그에게는 전기가 있었다. 전기가 있기에 가능했던 생각, 아니 차라리 망상에 가까운 그 생각을 할 때마다 그의 가슴은 절로 뜨거워졌다. 그 젊은 벗이 오래 살지 못하고 안회처럼 쉽게 세상을 버릴 줄이야! 양반도 아닌 그가 공자의 처지가 되어 젊은 벗의 죽음을 아파할 날이 올 줄이야! 이미 끝냈다고 생각한 호산외기를 다시 펼쳐 전기의 삶을 기록해야 할 날이 올 줄이야!

더 이상 참지 못하고 손가락을 뻗어 두루마리를 펼쳐 그림을 어루만졌다. 매화서옥도梅花書屋圖! 특별할 것 없는 서옥書屋 주위로 매화가 눈송이처럼 비범하게 피어났다. 주인은 그 비범한 풍경을 일상이라도 보는 것처럼 담담한 표정으로 창을 통해 바라보고 있다. 경관의 화려함과 마음의 심상함의 절묘한 대비. 젊은 벗은 그 화려함과 심상함을 정갈한 필치로 그려 내었다. 그 화려함과 심상함을 참을 수 없어 손가락에 힘을 주었다. 그 손가락이 그림 속으로 들어가면 마치 자신이 들어갈 수 있기라도 한 것처럼 잔뜩 힘을 주었다. 그러나 노인인 그는, 오래 산 그는 적당한 선에서 멈출 줄 알았다. 아니 그보다는 그러한 방법으로는 결코 그림 속에 들어갈 수 없으리라는 슬픈 자각이 무거워진 머리를 둔중하게 때렸기 때문이라 말하는 게 더 맞겠다. 노인인 그는, 오래 산 그는, 그리하여 오히려 할 말이 없는 그는 그림을 말고 책을 덮었다. 그러고는 벼루와 함께 다시 문갑에 넣었다.

3

복잡해진 마음을 추스르기도 전에 벗이 들이닥쳤다. 날도 밝지 않았는데 벗이 들이닥쳤다. 무례한 방문이었다. 그 무례함이 지극히 벗다웠다.

매화차로 벗을 맞았다. 하루의 첫머리인 꼭두새벽에 연락도 없이 찾아온 벗은 마치 당장 엉덩이를 털고 일어나야 하는 사람처럼 매화차를 단숨에 입안에 털어 넣었다. 따로 그릇에 담아 둔 매실마저 입에 넣고 우물거리던 벗의 시선이 매화 병풍에 멈추었다.

"꼭 용처럼 생겼군."

몇 달 동안 두문불출하다시피 하고 그렸던 매화 그림으로 만든 병풍이었다. 그를 잘 아는 벗의 말이 생각보다 큰 위안을 주었다. 벗이 들이닥치기 전까지 그의 몸을 떨고 또 떨게 만들었던 깊은 슬픔을 한순간에 잊게 했다. 고통스러웠던 여름 내내 유운산방溜雲山房에 틀어박혀 글 한 자 못 쓰고 그저 매화 그림만 그리며 그가 줄곧 생각한 것이 바로 용이었다. 그의 머릿속에는 어떠한 용이 자리했나? 강물에서 갑자기 솟아나거나, 매서운 눈으로 사람을 바라보거나, 하늘로 올라가며 바람을 일으키거나, 구름을 타고 세상을 돌아다니는 신묘한 용이었다. 그는 그의 머릿속에 사는 용을 매화로 그렸다. 그렇다면 용은 어떻게 매화로 전환되었을까? 그에게 있어 매화 또한 발도 날개도 없으면서 사방에 신출귀몰하는 신묘한 존재였다. 그의 속내를 제대로 짚어 낸 벗의 안목에 모처럼 기분이 좋아진 그는 묻지도 않은 말까지 덧붙였다.

"이렇게 커다란 매화를 그리는 것은 바로 나로부터 비롯되었다네. 정해진 법도에 의지하지 않고 오직 내 머리와 내 손으로 그려 낸 매화라는 뜻일세."

"내 머리와 내 손으로 그렸다……."

벗이 그의 말을 반복하며 의미를 곱씹었다. 그 사이 그는 또 다른 생각을 뱉어 냈다.

"매화 그리는 일은 어쩌면 사기史記를 읽는 것과도 같네. 그 웅대하고 오묘하고 곡진한 것이 하나도 다르지 않네. 사람들은 도무지 그걸 모른다니까."

벗은 고개만 끄덕일 뿐 별다른 대꾸를 하지 않았다. 몸과 마음이 슬쩍 흔들렸다. 잠시 잊었던 깊은 슬픔이 이마 밑으로 슬며시 다리를 내밀려고 했다. 그는 손등으로 이마를 훔치며 또 다른 생각을 서둘러 뱉어 냈다.

"그 옛날 미불米芾은 돌에게 절을 했다지? 내게 매화가 그렇다네. 그러니까 매화는 요즈음의 내게는 선생이나 마찬가지일세. 어느 정도냐 하면 내가 그린 매화 그림을 향해 절을 하기도 한다네. 그 꼴이 별반 아름답지는 않으니 모르는 이가 보면 저 노인네 제대로 노망났다 하겠지."

벗의 웃음을 유도한 말이었다. 벗은 이번에도 별다른 대꾸를 하지 않았다. 속으로 끙 소리를 냈다. 손가락 끝이 가늘게 떨렸다. 그는 입을 다물고는 주먹을 움켜쥐었다. 떨리는 손가락 끝을 그냥 두었다간 벗의 옷자락을 붙잡고 눈물을 보일지도 몰랐다. 오래간만에 만난 벗에게 추한 모습을 보이고 싶지는 않았다. 그의 말이 많아진 까닭이었다.

"대룡과 소룡이 연못 속에서 솟아오르더니 붉은 여의주를 마구 토해 내는 꿈을 꾸었네. 깜짝 놀라 눈을 떴지. 홍매화 때문이었어. 홍매화가 방 안에 가득했기에 그런 꿈을 꾸었던 거였어. 매화와 용은……."

"그림만 있고 왜 글은 없는가?"

벗은 짧은 문장으로 곧장 그의 약점을 찔렀다. 벗의 말대로였다. 그가 그린 매화 병풍에는 글이 없었다. 그는 아무 말도 하지 않았고, 벗은 깊은 생각에 잠겼다. 매실 씨를 뱉고 빈 찻잔을 한참 동안 바라보던 벗이 느닷없는 말을 던졌다.

"요즈음 맹자에 푹 빠졌다네."

그가 그 의미를 곱씹기도 전에 벗은 자신의 말을 질문으로 바꾸었다.

"자네, 이루편離婁篇에 나오는 맹자孟子와 왕환王驩의 이야기를 혹 기억하는가?"

벗의 질문을 이해하는 데 약간의 시간이 걸렸다. 매화 그림에서 맹자 이루편으로의 전환, 그것도 맹자와 왕환의 이야기로의 전환은 낯설고도 갑작스러웠다. 이럴 때 벗의 의도를 알아내는 방법은 오직 하나, 벗의 이야기에 귀를 기울이는 일뿐이었다. 그가 입을 열지 않자 벗은 그럴 줄 알았다는 듯 너무도 자연스럽게 맹자와 왕환의 이야기—자연스럽게 보이려 했으나 실은 미리 준비해 온 티가 너무도 역력한—를 시작했다.

"맹자가 제나라에 머물렀을 때 일이라네. 제나라 대부가 장자長子의 상을 당했기에 맹자는 조문을 하러 갔다네. 그런데 얼마 후 대부가 총애하는 현달한 관리인 왕환이 들어와 자리에 앉았네. 주위가 갑자기 시끄러워졌지. 조문을 왔던 이들이 너도나도 현달한 관리인 왕환에게 다가가 알은척을 했기 때문이지. 그렇다면 맹자는 어떻게 했을까? 자네도 잘 알고 있겠지만 맹자는 왕환과 단 한 마디도 나누지 않았다네. 비록 알은척은 하지 않았어도 먼저 와 있던 맹자의 존재를 다른 그 누구보다 확실히 느끼고 있었던 왕환은 아무리 기다려도 맹자가 다가올 생각을 하지 않자 더는 참지 못하고 큰 소리로 투

덜거렸다네.

'모두들 나에게 다가와 말을 걸고 인사를 하는데 맹자는 말조차 건네지 않는군. 이것은 나를 심히 홀대하는 것이 아닌가?'

귀머거리가 아닌 이상 맹자가 그 큰 소리를 듣지 못했을 리는 없겠지. 그런 소리를 듣고도 가만히 있을 맹자가 아니었네. 하지만 공식적으로는 왕환의 그 말이 꼭 맹자에게 한 말은 아닌지라 맹자 또한 왕환이 아닌, 곁에 있던 이들을 보며 말했네.

'조정의 예에 따르면 위차位次가 다른 경우 더불어 말하지 않게 되어 있소. 비록 조정은 아니지만 공식적인 상례이므로 그 예에 따라 행동한 것뿐이오. 그런데 그러한 예도 모르고 자기를 홀대한다고 하니 왕환이란 사람은 참으로 이상한 사람이 아닌가?'

어떤가, 맹자의 진면목이 드러나는 훌륭한 일화가 아닌가?"

벗의 말대로 권력에 굴하지 않는 원칙주의자 맹자의 모습이 잘 드러나는 일화이다. 하지만 그는 여전히 아무 말도 하지 않았다. 아니, 할 수 없었다. 용을 닮은 매화 그림과 아예 존재하지 않는 글을 말하다 말고 느닷없이 맹자를 꺼내 든 벗에게 도무지 무슨 말로 대꾸해야 할지 몰랐기 때문이었다. 그러나 완전히 모른다고 할 수 있는 것도 아니었다. 논리적인 발언과 앞뒤의 맥락을 유난히 선호하는 벗은 자신의 뜻과 관계없이 아무렇게나 이야기가 퍼져 나가는 것을 싫어하는 사람이었다. 그런 벗이 맹자 이야기를 꺼냈으니 분명 맹자의 이야기는 그를 찾아온 이유와 모종의 관계가 있을 터. 짐작이 가기는 했다. 그의 입으로 말하고 싶지는 않았다. 벗이 그를 찾아와 이야기를 꺼낸 것이었다. 꼭두새벽에 벼락같이 들이닥쳐 이야기를 꺼낸 것이었다. 그러니 마무리도 벗이 하도록 하는 것이 옳았다.

그의 시선과 속내를 충분히 느낀 벗은 귀중한 것이라도 되는 것처럼 품에 꼭 안고 온 보따리를 펼쳤다. 책 한 권이 나왔다. 그가 쓴 호산외기였다. 가슴에 통증이 일었다. 깊은 슬픔 또한 이때다 싶어 다시 한 번 그의 이마에 그 냄새나는 발을 들이밀려 했다. 머리를 쓰다듬고 가슴을 매만졌다. 벗은 그의 통증과 투쟁에 별반 관심도 없는 무심한 목소리로 자신의 생각을 털어놓았다.

"나도 호산외기와 같은 책을 쓸까 생각 중이네."

벗이 여항인에 대한 자료들을 모으고 있다는 소식은 그 또한 들은 적이 있었다. 여항인의 삶을 조명한 호산외기의 취지에 그 누구보다 깊이 공감하면서도 호산외기에 언급된 인물의 숫자가 너무 적은 것, 그리고 객관적인 사실보다는 인물이 품었을 감정과 생각과 자신이 느낀 점에 더 비중을 둔 그의 기술 방식에 대해서 얼마간 불만을 표했던 벗이기에 충분히 그럴 법한 일이라 여겼다. 여항인을 다룬 또 다른 책이 만들어지는 것에 대해 그가 반대할 이유는 하나도 없었다. 박식하면서도 예리한 벗의 안목이라면 벗이 쓰는 책의 수준 또한 믿고 안심해도 좋을 터이니.

"그러기 위해서는 자네의 도움이 필요하다네. 향후의 일은 생각하지 않고 자료만 모았더니 수많은 일화 중 어떤 것들을 골라서 써야 할지 도무지 감을 잡을 수가 없다네."

그는 말없이 벗을 바라보았다. 벗은 그의 시선을 피할 생각도 하지 않았다.

"혼자서 전을 쓰기엔 내 능력이 부족하네."

두문불출하다시피 한 몇 달 동안 그는 일체의 글을 쓰지 않았다. 정확히 말하자면 쓰지 않은 것이 아니라 쓰지 못한 것이었다. 매화 병풍에 글 하나 없이 낙관만 찍혀 있는 것도 그 때문이었다. 생각해 보면 우스운 일이었다. 그가 두문불출한 까닭은 실은 젊은 나이에 세상을 떠난 전기의 전을 쓰기 위함이었다. 그런데 전을 쓰기는커녕 슬픔과 아픔만 더 키워 가며 단 한 줄의 글도 쓰지 못하고 있었다. 그 전후 사정을 자기 손바닥 보듯 훤히 파악하고 있는 벗이 지금 그 앞에서 또다시 전을 말하는 까닭은 도대체 뭘까? 전기의 전이라도 같이 쓰자는 걸까?

"자네의 능력이 부족하다고 생각해 본 적은 한번도 없네만 설령 그렇다 하더라도 전을 같이 쓸 수는 없네."

"그렇지, 전은 혼자 쓰는 것이지. 자네 말대로 자기 마음 안에 든 것을 자기의 손으로 끄집어내어 써야만 하는 것이지. 자네는 자네 마음속에 든 것으로 전을 써야 하고, 나는 나의 마음속에 든 것으로 전을 써야 하지. 하지만……."

벗은 잠시 말을 멈추고 그의 표정에 별다른 변화가 없음을 확인한 후 다시 말을 이었다.

"그 과정은 함께할 수 있지."

"어떻게?"

"자네와 함께 호산외기를 읽고 이야기를 나누고 싶네. 이야기를 통해 자네의 생각을 확인하고 나의 생각을 가다듬는 과정을 거치면 나만의 전을 내 손으로 쓸 수가 있을 것 같네."

그는 감정을 숨기려 애를 쓰며 곰곰 생각했다. 벗다웠다. 노련한 벗은 그를 위로하려 하지도 않았고, 채근하거나 화를 내지도 않았다. 그저 함께 글을 읽자 제안하는 것이었다. 고맙기는 했으나 고개를 저어야 했다. 오래전 자신이 쓴 호산외기를 읽는 일은, 원치도 않는 새로운 전을 추가해야 하는 그가 호산외기를 읽는 일은, 글을 쓰는 일만큼 고통스러울 것이 분명했다. 아니, 지나간 일들을 모조리 끄집어내야 하니 어쩌면 글쓰기보다 더 고통스러운 읽기가 될 수도 있었다.

그럼에도 그는 고개를 젓지 않았다. 벗은 심사숙고한 끝에 함께 읽기를 제안한 것이었다. 여러 밤을 심사숙고했기에 꼭두새벽에 벼락같이 들이닥친 것이었다. 깊은 우울과 슬픔에 빠져 전은커녕 글 한 줄 쓰지 못하는 그의 고통을 알기에 더 고통스러울 수도 있는 작업을 제안한 것이었다. 그랬기에 벗의 제안은 실은 유운산방에 스스로 유배된 것이나 마찬가지인 그에게 내려온 가느다란 거미줄 같은 것이었다. 두 눈에 힘을 바짝 주고 쳐다보지 않으면 보이지도 않을 가느다란 거미줄이었지만 그에게 내려진 마지막 거미줄임은 분명했다. 거절한다면? 그는 글 한 줄 쓰지 못하고 죽어 갈 것이었다. 써야 할 전을 끝내 쓰지 못하고 슬픔에 빠져 허우적거리다 죽어 갈 것이었다. 그렇게 살다 죽기는 싫었다. 그는 그 거미줄에 매달리기로 했다.

"자네가 망설이는 이유는 알고 있네. 하지만 내 나이도 적지 않은 까닭에 더 미룰 수만은 없어 자네를 찾아온 것이라네."

벗은 아무것도 모르는 사람처럼 천연덕스럽게 말했다. 그와 벗 모두가 알고 있는 사실을 굳이 감추려 애쓰는 모습이 우스워 하마터면 그는 웃음을 머금을 뻔했다.

"알겠네."

그의 대답이 떨어지자 벗은 덥석 그의 손을 잡았다.

"고맙네. 승낙했으니 서둘러 호산외기를 함께 읽도록 하세. 우리가 읽어야 할 첫 번째 사람은 바로 칠칠이, 최북일세."

2장

내 눈이 나를 저버리는구나

그윽한 선의 경지에 도달한 이라야 가능할 법한 그 품격 높은 그림을 그린 이가 바로 여항인 최북이었다. 칠칠이라 불리는 것을 마다하지 않은 것은 물론이고 한 술 더 떠 붓으로 생계를 유지하노라 목청 높여 떠들어 대었던 최북!

그림을 팔아 술 마시고 밥 먹으면서도 싫은 은천상과 정우동들을 흠모했고, 그림을 모르는 이에게는 그림을 줄 수 없다고 마음껏 오만을 부렸던 최북!

최북전

최북崔北의 자는 칠칠七七이다. 호는 호생관毫生館이라 했으니 자와 호 모두
기이하다. 그는 산수와 가옥과 수목을 잘 그렸는데 필치가 짙고 무게가 있었다.
황공망黃公望을 사숙私淑하더니 끝내는 자기의 독창적인 경지로 일가一家를
이루었다.

그는 사람됨이 원래 기상이 높고 거침이 없어서 조그마한 예절에는 스스로
얽매이지 않았다. 일찍이 어떤 집에서 한 현달한 관리를 만났다.
그 관리가 최북을 가리키며 주인에게 물었다.
"저기 앉아 있는 사람은 성명이 무엇인가?"
최북은 얼굴을 치켜들고 고관을 보면서 되물었다.
"먼저 묻겠는데, 당신 성명부터 말하시오."
그 오만함이 이와 같았다.

금강산을 유람하던 때의 일이었다. 그는 구룡연에 이르러 갑자기 크게
부르짖었다.
"천하 명사名士 최북은 천하 명산에서 죽어야 한다."
그러더니 못에 뛰어들어 하마터면 그곳에서 생을 마감할 뻔하였다.
한 귀인貴人이 최북에게 그림을 요구한 적이 있었다. 거절하자 최북을 위협하려
했다. 최북이 분노하여 이렇게 말했다.
"남이 나를 저버리는 것이 아니라 내 눈이 나를 저버리는구나!"
곧 자신의 한 눈을 찔러 멀게 하였다. 늙은 최북이 한쪽에만 안경을 낀 까닭이다.
나이 사십구 세에 죽으니 사람들이 '칠칠'이라는 이름 때문이라고 하였다.

호산거사는 말한다.
최북의 풍모는 매섭고도 매섭다. 왕공귀족의 노리갯감이 되지 않으면 그만이지
어찌하여 스스로를 이처럼 괴롭히기까지 한단 말인가?

최북, 공산무인도空山無人圖, 종이에 수묵담채, 개인

1

최북의 이름이 나왔을 때 그는 벗이 맹자 이루편을 언급한 이유를 비로소 정확히 알게 되었다. 벗은 그가 쓴 최북전의 일부를 곧바로 읽어 나감으로써 그의 생각이 옳다는 것을 확인해 주었다.

그는 사람됨이 원래 기상이 높고 거침이 없어서 조그마한 예절에는 스스로 얽매이지 않았다. 일찍이 어떤 집에서 한 현달한 관리를 만났다. 그 관리는 최북을 가리키면서 주인에게 물었다.
"저기 앉아 있는 사람은 성명이 무엇인가?"
최북은 얼굴을 치켜들고 고관을 보면서 되물었다.
"먼저 묻겠는데, 당신 성명부터 말하시오."

이루편을 읽으면서 최북을 떠올리다니, 벗은 역시 벗이었다. 그 누구도 경전經典과 여항인을 곧바로 연결 짓지는 않는다. 그 또한 최북의 전을 쓰면서 맹자를 생각한 것은 아니었다. 책 잘 읽는 벗은 그 장면을 떠올린 이유를 장황하게 설명하지 않았다. 다만 그의 얼굴을 보며 이렇게 물었을 뿐.
"먼저 묻겠는데, 당신 성명부터 말하시오."
그 질문을 들으면서 꿈속에서 전기가 했던 질문을 떠올리지 않을 도리는 없었다. 전기는 "그대는 대체 누구입니까?"라고 물었다. 그런데 지금 벗은 최북전을 빌려 그와 유사한 질문을 던지고 있는 것이었다. 아무리 벗이라도 그의 꿈까지 알 수는 없을 터였다. 벗의 얼굴을 보았다. 똑같은 질문을 서너 차례 반복해 묻는 벗의 얼굴은 진지했다. 마치 그가 문제의 고관이기라도 한 것처럼. 그는 살짝 고개를 돌려 바깥을 보았다. 마당에 심어 놓은 매화나무 가지들이 바람에 살짝살짝 흔들렸다. 꼭 어린아이처럼 대답 없는 질문을 혼자서 반복하던 벗이 마침내 질문을 멈췄다. 그의 시선이 돌아온 것을 느낀 벗은 한숨도 감탄도 아닌, 하도 허도 아닌 이상한 소리를 내뱉더니 허허, 웃음으로 마무리 지었다.

"참으로 칠칠이다운 방식이로군."

벗의 질문은 결국 '칠칠이다운 방식'을 끌어내기 위한 수단이었던 모양이다. 그의 얼굴에 마침내 웃음이 번졌다. 꿈, 회상, 벗의 방문 등으로 정신을 차릴 수 없었던 그였지만 이 순간만큼은 웃지 않을 수가 없었다. 아, 벗은 그의 속내를 참으로 잘 읽어 냈다. 최북에 대한 글을 쓰면 가장 먼저 써야겠다고 마음에 두었던 대목과 그 속에 숨은 진짜 의미를 벗은 족집게처럼 집어낸 것이었다.

기인奇人에 가까운 삶을 살았던 최북이었다. 그런 그였으니 일화도 많았다. 그가 그린 그림만큼이나 많은 일화들은 최북이 죽은 후에도 소멸할 줄 모르고 여전히 맹렬한 기세로 세상을 떠돌았다. 일화의 종류도 다양했다. 꼬챙이로 자신의 눈을 찔렀다는 끔찍한 일화도 있었고, 술에 취해 고관대작의 젊은 자제를 찾아가서는 책장의 책들을 모조리 뽑아 놓았다는 무용담에 가까운 일화도 있었고, 통신사 행렬에 화원으로 따라가서 그린 그림들이 너무 뛰어나 왜인들이 그의 그림을 받기 위해 밤 깊도록 숙소 앞을 떠나지 않았다는 통쾌하나 어딘지 과장의 냄새가 나는 일화도 있었다.

그러한 여러 일화들 중 그가 한 현달한 관리와의 일화를 가장 먼저 옮겨 적은 이유는 명확했다. 그 일화가 '여항인' 최북의 진면목을, 최북의 삶의 방식을 다른 어떤 일화보다도 잘 보여 주고 있다고 판단했기 때문이었다. 하나의 질문, 그리고 하나의 대답 혹은 반문—이라기보다는 실은 조롱에 더 가까운— 속에는 예의 따위 전혀 모르는 거친 남자가 부리는 단순한 호기 그 이상의 의미가 들어 있다고 판단했기 때문이었다. 그리하여 최북의 대답 혹은 반문 속에는 세상을 살아가는 최북의 속내가 피처럼 선명하게 드러나 있다고 판단했기 때문이었다.

벗이 새로운 질문을 던졌다.

"궁금한 게 있네. 그 현달한 관리가 정말 칠칠이의 성명을 몰랐을까?"

"그야 알 수 없는 일이지. 칠칠이도 그렇지만 그 현달한 관리 또한 이미 이 세상 사람이 아니니."

심드렁한 대꾸에 벗의 눈이 통밤처럼 커졌다 싶었다. 벗은 이내 서안을 쿵 소리 나게 내리치며 목소리를 높였다.

"대답 속에 뾰족한 가시가 한 움큼 들어 있군 그래. 알겠네, 알겠어. 일화의 본질은 건드리지 못하고 외곽만 빙빙 도는, 간명함의 미덕을 조금도 알지 못하는 답답한 소릴랑 이제 그만하라는 뜻이겠지?"

짐짓 화난 척하는 벗의 대꾸에 그는 마당의 매화나무들을 다시 한

번 바라보는 것으로 대답을 대신했다. 사실 벗은 이번에도 그의 속 내를 제대로 읽었다. 그 현달한 관리가 최북의 성명을 정말로 몰랐는지, 혹은 알고서도 모른 척했는지는 알 수가 없다. 그러나 그것의 사실 여부는 이 일화에서 하나 중요하지가 않았다. 현달한 관리가 다른 질문도 아닌 바로 그 질문을 던진 '이유', 오직 그것만이 중요했다. 그걸 모를 리 없는 벗이었다. 그럼에도 일부러 서안을 쿵 소리 나게 내리치며 목소리를 높인 건 최북의 모습을 떠올리는 동안 벗의 흥취가 꽤 높아졌다는 뜻이기도 했다. 벗은 혼자 허허 웃은 후 재빠르게 다음 질문을 던졌다.

"칠칠이가 곱게 '어떤 집'에 들어서지는 않았겠지?"

매화나무를 보던 그의 시선이 되돌아왔다. 그는 답할 생각이 없었다. 그 사실을 잘 아는 벗이 그의 눈을 바라보며 자답했다.

"나는 이렇게 생각하네. 아마도 현달한 관리가 먼저 '어떤 집'에 와 있었던 거겠지. 뒤늦게 들어온 칠칠이는 관리를 위아래로 훑은 뒤 가타부타 말도 없이 대뜸 엉덩이부터 디밀고 앉았을 것이고. 눈길을 주지 않은 척해도 실은 왕환처럼 그 광경을 하나 놓치지 않았던 꼼꼼한 관리는 겉으로는 아무렇지도 않은 척했지만 속으로는 참 어처구니가 없었을 거야. 꼬락서니로 보자면 꼭 비렁뱅이 같은 놈이 공손히 고개 숙여도 받아 줄까 말까 한데 그 과정을 생략하고 다짜고짜 같은 자리에 앉더니, 웬걸 한 술 더 떠 '현달한 관리'인 자신과 맞먹으려 들었으니 말이야. 하지만 그게 마음에 안 든다고 해서 대놓고 꾸짖자니 '현달한 관리'로서 왠지 좀스럽고 처신사나울 것 같은 생각이 들었겠지. 그래서 잔머리를 굴린 끝에 제 딴에는 자신의 품위를 드러내면서도 상대를 모멸하는 효과를 낼 수 있는 길을 택한 거야. 꼭 왕환처럼 말이지. 그러니 관리가 했다는 질문은 사실 '네놈은 도대체 누구인데 현달한 관리인 내게 고개 꾸벅여 인사도 안 하고 엉덩이부터 들이미는 게냐?'로 바꿔야 하겠지."

벗의 독해는 꽤 날카로운 편이어서 자못 흥미로웠다. 그는 점차 벗에게 빨려 들어가고 있었다. 그래서 그는 일부러 무심한 표정을 유지한 채 왕환이 그랬듯, 현달한 관리가 그랬듯 허공에 질문 하나를 던졌다.

"그럴 수도 있겠지. 그래, 현달한 관리의 질문이 바뀐다면 칠칠이의 대답은 또 어떻게 바뀌어야 하는가?"

"어디 보자. 최북이 맹자 같은 성인聖人은 아니니 조금은 천박스럽게 대꾸하는 걸로 해야겠지. '나보다는 네놈이 먼저 알은척을 해야지. 천하의 명사名士 앞에서 일개 관리 주제에 지금 건방을 떠는 게냐?' 이 정도의 문장이라면 어떨까?"

벗은 '천하의 명사'라는 부분에 유독 힘을 주었다. 다음에 이어지는 일화를 염두에 둔 발언이었다. 그렇다. '천하의 명사'는 벗이 지어낸 말이 아니라 최북 스스로 한 말이었다.

최북이 가까운 이들과 함께 금강산을 유람하던 때의 일이었다. 오래간만의 유흥에 들떠 잔뜩 술에 취했던 그는 구룡연에 이르자 갑자기 크게 울부짖었다.

"천하 명사인 내가 천하 명산에서 죽는 것이야말로 당연하도다."

그 울부짖음 뒤에 최북은 무엇을 했던가? 남사당패 재주 부리듯 몸을 쭉 뻗어 구룡연에 뛰어드는 바람에 보는 이들을 식겁하게 만들었다. 최북이 노는 꼴이 하도 특이해 유심히 지켜보던 사람 서넛이 곧바로 물에 뛰어들어 구하지 않았다면 '천하 명사' 최북은 구룡연에서 비참하게 생애를 마감했을 것이 분명했다.

흥미로운 것은 최북의 그 다음 행동이었다. 흥에 취해 뛰어들기는 했어도 정작 물에 빠지자 꽤 놀랐는지 바위 위에서 숨을 헐떡거리며 누워 있던 최북은 어느 정도 원기를 회복하자 갑자기 자리에서 일어나 휘파람을 불기 시작했다. 낮고 긴 휘파람은 나무를 흔들고 새들을 깨웠다. 새들이 일제히 허공으로 날아오르는 광경은 구룡연 못지않은 장관이었으리라. 최북은 자신이 조금 전 구룡연에 뛰어들었던 사실은 어느새 까맣게 잊은 채 그저 허허허 만족스러운 웃음을 지으며 새들을 보고 또 보았다.

최북은 도대체 왜 휘파람을 불었을까? 하늘을 나는 새들을 보고 또 본 이유는 무엇이었을까? 그는 이에 대한 적절한 해석을 끝내 찾아내지 못했다. 그가 호산외기에서 휘파람 부분을 적지 않은 이유였다. 그 장면을 쓰던 때가 떠올랐다. 그는 그 일화 속의 최북을 자신과 동일시하려는 욕망을 지우기 위해 제법 노력했는데 그것은 그 또한 금강산에서 물에 빠진 적이 있었기 때문이었다.

표훈사에서 마하연으로 향하던 길이었다. 마하연에 가기 위해선 만폭동을 지나야만 했는데 그를 업고 가던 중이 미끄러지는 바람에 그만 물속에 빠졌다. 중들이 서두르지 않았다면 그는 금강산의 귀신이 되었을 터였다. 생사를 오갔던 그 짧은 순간의 기억은 쉽사리 사라지지 않았다.

최북도 그러했을 터였다. 죽는다고 호언장담은 했지만 물속에 빠졌을 때 최북에게 다가온 것은 물보다도 더 깊은 두려움, 자신의 생을 단단한 땅이 아닌 흐물흐물한 물속에서 끝낸다는 두려움이었을 터였다. 휘파람은 그 깨달음의 결과 아닐까? 하지만 단언하기는 어려웠다. 휘파람을 잘 불지 못하는 그로서는 어쩌면 알 수 없는 일인지도 몰랐다. 구룡연과 휘파람, 만폭동에서의 체험을 떠올리던 그는 자신의 답이 어떤지를 다시 한 번 묻는 벗의 목소리를 듣고서야 느리게 고개를 끄덕이며 답을 했다.

"아마도 그랬겠지. 천하의 명사로 자부했던 칠칠이는 한마디로 오만하기 그지없었던 사람이니까."

"자네 문장 그대로의 위인이었지. 그러니까…… 여기 있군. '그 오만함이 이와 같았다.' 하는. 이 두 일화의 핵심은 결국 여항의 기인 칠칠이에게는 어울리지 않는 고고한 오만함이로군."

2

호탕하게 웃는 벗의 웃음소리를 들으며 그는 자신이 벗의 계략에 완전히 말려들었다는 사실을 깨달았다. 벗은 스스로 만들어 낸 슬픔에 갇혀 버린 그를 설득하기 위해 호산외기를 제대로 읽고 온 것이었다. 벗을 당해 내기는 쉽지 않을 터였다. 그러나 아무래도 좋았다. 이런 계략이라면 기꺼이 걸려들고 싶었다. 벗이 자신을 더 독하게 밀어붙이고, 벗의 속내 또한 확실하게 드러내 주었으면 싶었다. 그리하여 유배 아닌 유배, 스스로 만들어 낸 유배지에서 이제는 벗어나고 싶었다.

벗의 말에 단단히 촉발된 그는 최북의 자 '칠칠七七'을 생각했다. 최북의 호 '호생관毫生館'을 생각했다. 기이한 자, 기이한 호였다. 칠칠은 그 스스로 지어 붙인 이름 '북北'을 파자破字한 것인데 왜소하고 꾀죄죄한 그의 용모 덕분에 꼭 '나는 칠칠하지 못한 위인이요.'라고 침 흘리고 헤헤 웃으며 고백하는 것 같은 느낌을 주었다. 호생관은 또 어떠한가? 최북 스스로 밝힌 바에 따르면, 이는 '붓으로 생계를 해결하는 사람'이라는 뜻이다. 칠칠하지 못한 것도 모자라 붓을 숟가락 삼아 생계를 해결한다? 이렇게 보면 최북은 오만하기는커녕 스스로를 비하하고도 부끄러워할 줄 모르는, 그러니까 자기모멸을 즐기는 사람이거나 하루하루 삶의 무게에 허덕이며 사는, 미래에 대한 전망이 전혀 없는 사람에 더 가까워 보인다. 그러나 그 이름들을 놓고 과연 그렇게 말할 수 있을까? 최북은 사람들에게 정말로 제 진심을 밝히기는 밝힌 것일까?

비하와 자학, 그리고 억눌리고 고개 숙이고 하루하루 살아가는 최북이라면 그리 오래토록 그의 가슴속에 거하는 인물이 되지는 못했을 터였다. 최북 스스로 사람들에게 설명한 적은 없었지만 기실 칠칠과 호생관에는 또 다른 의미가 숨겨져 있었다. 칠칠은 태평광기太

平廣記 신선전神仙傳에 수록된 은천상殷天祥이 썼던 호였다. 찰나의 순간에 술을 빚고 가을에도 진달래꽃을 피운다는 은천상의 호를 최북이 썼다는 것, 이것을 과연 그저 우연이라 할 수 있을까? 반론이 나올 것이다. '무식' 그 자체인 최북이 태평광기를 그토록 정밀하게까지 읽었다는 게 말이나 되는 것이냐고. 흥분할 건 없다. 호생관의 의미를 살펴보면 이 문제는 저절로 해결될 터.

호생관은 17세기 명明을 대표하는 화가이자 평론가인 동기창董其昌에게로 연결된다. 동기창은 동시대 화가인 정운붕丁雲鵬이 그린 불화를 보고 "보살이 붓끝에서 태어나는구나." 하고 찬탄했다. 동기창은 그 찬탄을 '호생관'이라는 글자에 담아 인장에 새겨 주었고, 정운붕은 자신이 자랑스럽게 여긴 작품에만 그 인장을 사용할 만큼 소중하고 또 소중하게 간직했다.

그러니 호생관은 '붓으로 생계를 해결하는' 호구지책의 의미가 아니라 '붓끝으로 보살을 탄생시키는' 위대한 화가 중에서도 더 위대한 화가를 일컫는 말이었다. 칠칠 하나면 몰라도 호생관까지 더해지고 나니 최북이 칠칠과 호생관의 진의를 몰랐다는 것은 있을 수 없는 일이라는 것이 된다. 이러한 최북의 진면목을 일찍부터 알고 있었던 이가 바로 재야 문단의 영수라 할 이용휴李用休였다. 이용휴는 최북이 그린 금강산 그림을 보고는 이렇게 썼다.

은칠칠은 때도 아닌데 꽃을 피우고, 최칠칠은 흙도 아닌데 산을 일으켰다.

최북도 대단하지만 이용휴도 대단했다. 이쯤 되면 그와 벗을 가뿐히 넘어서는 이심전심以心傳心의 진정한 달인들이라 불러야 할 터. 비천한 최북에게 극찬을 퍼붓는 것도 역시 이용휴다웠다. 다른 것도 아닌 산을 일으켰다니, 산을 그린 화가에게 그보다 더 큰 칭찬은 없을 터였다. 생각은 말 하고픈 욕망을 불러왔다. 그는 한동안의 웃음을 뒤로하고 긴 침묵에 빠져 있는 벗에게 넌지시 물었다.

"칠칠이 따위가 은천상과 정운붕을 알기는 했을까?"

벗은 그의 질문을 듣고도 못 들은 척, 혹은 무언가가 더 이어지기를 기다리기라도 하는 것처럼 의뭉스러운 표정을 짓더니 그가 기록하지 않은 최북의 다른 일화를 꺼내 들었다.

"오만한 칠칠이에게 당한 게 현달한 관리 한 사람만은 아니라네. 칠칠이가 산수에 능해 '최산수崔山水'라 불리기도 한다는 소리를 들은 어떤 사람이 칠칠이에게 산수화를 그려 달라 했다네. 칠칠이는 별다른 고민도 없이 붓을 몇 번 놀리더니 이내 그림 한 점을 완성해 내밀었지. 그런데 그림을 받은 이는 얼굴에 주름을 가득 만들고 이리저리 한참을 보다가 물었다네.

'산만 있고 물은 없구려. 도대체 왜 물은 그리지 아니하였소?'

칠칠이의 답이 걸작이었지.

'그림 밖은 다 물 아니겠소?'

칠칠이의 명성만 알고 괴팍함은 몰랐던 이가 무턱대고 그림을 부탁했다 보기 좋게 낭패를 당한 경우인 것이지. 일화에서도 알 수 있듯 그림 한 점 챙길 요량으로 칠칠이에게 함부로 그림을 부탁했다간

된통 욕을 먹기 십상이었다네. 자신이 정성 들여 그린 그림을 받은 상대가 그림 값을 너무 적게 쳐주면 칠칠이가 어떻게 했는지 아나? '그림도 모르는 것이.' 하고 상대를 비하하면서 그 그림을 찢어 버렸네. 자신이 대충대충 그린 그림을 받은 상대가 그림 값을 너무 많이 쳐주면 어떻게 했는지 아나? 이번에는 욕을 해대며 그림 값을 내던지고는 주먹을 마구 휘둘렀네.

'눈깔도 없고 머리도 없느냐? 그림 값도 모르면서 무슨 그림을 그려 달라는 거냐?'

고관대작의 자제들에게 겁 없이 내지른 말도 빼놓을 수는 없겠지. 칠칠이의 그림을 가는 눈으로 쳐다보며 뭐라 말할까 고심하던 자제들 중 하나가 마침내 두 손을 들고 이렇게 말했다네.

'그림은 도무지 모르겠네.'

그러자 칠칠이가 뭐라 답했는지 자네는 알고 있겠지?"

"당연히 알고 있고말고."

"뭐라 답했나?"

"'그림은 모른다? 그럼 다른 것은 다 안다는 뜻이요?' 이런 정도였겠지?"

기어코 그의 대답을 받아 낸 벗은 웃으며 고개를 끄덕였지만 이내 웃음을 지우고 새로운 말들을 덧붙였다.

"하지만 그 고고하고 콧대 높은 칠칠이에겐 다른 모습이 있네. 그는 제 입의 즐거움을 위해 그림을 팔기도 했다네. 그림 하나 그려 받은 돈으로 술 한 잔을 마시고, 또 다른 그림 하나를 그려 받은 돈으로 밥을 먹었지. 심지어 원하지 않는 그림 부탁을 받으면 자기가 그리지 않고 제자에게 미루기도 했지. 난 이런 점에 대해 적지 않게 고민하고 있는 중일세. 그러나 자네는 이런 종류의 일화들은 하나도 다루지 않았네. 그 이유는 도대체 무엇인가?"

무섭게 채근해 대는 벗에게 그는 이제 조금도 주저하지 않고 대답을 내놓았다.

"칠칠이가 그런 이유는 단 하나뿐이라네. 먹고살아야 호기를 부릴 수 있으니까. 그래야 오만할 수 있으니까. 그런데 왜 다루지 않았느냐고? 그건 사실대로 말하자면…… 내 가슴이 몹시 아프기 때문일세. 그렇게 할 수밖에 없었던 칠칠이의 행동에 공감이 가면서도 그러지 않았으면 하는 바람 또한 함께 고개를 들었으니까. 그 슬픔을 구절구절 적어 칠칠이를 또다시 아프게 하고 싶지는 않았다고나 할까?"

"그게 자네 마음인가?"

"글이란 원래 그런 것이네."

벗은 그의 손등을 탁 소리 나게 치며 명쾌하게 결론을 내렸다.

"내 가슴이 몹시 아프다, 자네답지 않게 솔직한 그 대답이 마음에 쏙 드는군."

3

아주 잠깐 생각에 잠겼던 벗이 손바닥으로 서안을 탁탁탁 두드렸다.

"칠칠이가 지은 시 중에 내가 좋아하는 게 하나 있다네."

백록성 근처 해는 비끼었는데
누렇게 물든 숲속에는 내 집이 있네.
금년 팔월 서리가 빠르니
울타리의 국화는 아마도 빨리 피겠네.

벗이 읊는 시를 듣는 그의 머릿속에 그림 한 점이 떠올랐다. 나무와 텅 빈 정자, 그리고 보일 듯 말 듯 찍어 나간 꽃들과 흐르는 물, 빈 공간을 찾아 붉은 인장을 찍고 또 다른 빈 공간을 찾아 그림과 하나 다르지 않은, 부드러우면서도 거침이 없는 글씨를 써 내려간 바로 그 그림! 공산무인도空山無人圖라 불리는 바로 그 그림!

그윽한 선禪의 경지에 도달한 이라야 가능할 법한 그 품격 높은 그림을 그린 이는 바로 여항인 최북이었다. 칠칠이라 불리는 것을 마다하지 않은 것은 물론이고 한 술 더 떠 붓으로 생계를 유지하노라 목청 높여 떠들어 대었던 최북! 그림을 팔아 술 마시고 밥 먹으면서도 실은 은천상과 정운붕을 흠모했고, 먹고사는 일도 제대로 해결하지 못했으면서도 그림을 모르는 이에게는 그림을 줄 수 없다고 마음껏 오만을 부렸던 최북! 그런 최북은 생의 어느 순간 자신의 역량을 총동원해 공산무인도를 그렸다. 소동파蘇東坡의 시구에서 가져온 '빈산에는 사람이 없고, 물은 흐르고 꽃이 핀다.'는 화제를 완벽하게 구현한 그림을 그려 낸 것이다. 눈 뜨고 볼 수 없는 형편없는 작품도 수없이 그려 냈던 최북이었지만 공산무인도야말로 단언컨대 그가 도달할 수 있는 최고 수준의 그림이었고, 최북이 어떤 화가인지를 세상의 평범한 사람들조차도 충분히 깨달을 수 있게 한 그림이었다.

은천상과 정운붕을 과연 최북이 알았을까, 라는 질문에 답하는 대신 벗은 그의 오만함이 드러나는 일화들을 이야기하고, 먹고살려고 그림을 그려 대던 시절을 이야기하고, 그가 지은 시를 읊었다. 그 우회의 과정을 통해 벗이 하지 않았으나 실은 한 것이나 마찬가지인 말은 이러했다.

'칠칠이가 그저 오만하기만 한 사람일까? 그렇지 않네. 그는 시를 알고, 글씨를 알고, 그림을 아는 훌륭한 여항인이었다네. 그림 그리는 이의 아픔 또한 깊이 체감했던 사람이기도 하고. 그런 그가 어찌 은천상과 정운붕을 몰랐겠는가?'

벗의 마음을 알면서도 굳이 '은천상'과 '정운붕'을 들먹인 것은 다른 이도 아닌 최북을 가장 먼저 꺼내 든 벗의 마음을 벗의 말로써 듣고 싶었기 때문이었다. 그저 기이한 인물로만 여겨지고 기이한 일화의 주인공으로만 치부되고 있는 최북의 내면에 실은 여항인의 도도한 자부심, 그 도도한 자부심의 일할에도 미치지 못하는 현실에 대한 안타까움의 감정이 두루 섞여 있다는 것을, 그가 신뢰하는 벗의 말로써 직접 듣고 싶었기 때문이었다. 그가 번잡할 수도 있는 최북의 일화들 중 많은 것들을 버리고 최소한의 것만 추려 전을 쓴 이유를 벗이 알아주기를 바랐기 때문이었다. 그 몇 개만의 일화를 통해 기인이 아닌 여항인 최북의 속내를 보이길 원했다는 것, 벗이 그 선택에 담긴 간절한 마음을 알아주기를 바랐기 때문이었다. 벗은 그를 배반하지 않았다. 벗은 다음과 같은 말을 덧붙여 최북에 대한 그의 감정을 여실히 드러냈다.

"그의 그림을 제대로 알아주던 어느 사람에게 비추었던 칠칠이의 속내를 결코 잊을 수가 없다네.

'오직 그림은 내 뜻에 맞게 할 뿐입니다. 지금 세상에는 내 그림을 아는 사람이 드뭅니다. 그렇다면 먼 훗날의 후대인들이 내 그림을 보고 나라는 사람을 알 수 있을까요? 그럴 수 있다고 믿겠습니다. 그런 이들이 반드시 있으리라 꼭 믿고 싶습니다.'

당차지만 외로움에 가득한 발언이지. 자네 식으로 말하자면 우리 여항인의 당차지만 외로운 마음이 가득한 발언이라 해야겠지. 이 또한 참으로 칠칠이다운 방식이기도 하고."

벗의 입에서 '칠칠이답다'라는 말이 다시 튀어나왔다. 하나 이번에는 기쁘기보다는 도리어 마음이 무거워졌다. 평생 칠칠이다운 삶을 살았던 그의 만년은 비참했다. 그는 아는 이 하나 없는 초라한 여사旅舍에서 혼자 죽음을 맞았다. 아니다. 어쩌면 그 비참하고 쓸쓸한 죽음이 칠칠이에겐 더 어울리는 것이었을 수도 있다. 정해진 수명을 다 살고 죽는 건 어쩐지 칠칠이답지 않았으므로. 그렇게 위안하긴

해도 비참하고 쓸쓸한 죽음 자체가 바뀌는 것은 물론 아니었다. 그 비참하고 쓸쓸한 최북 식의 죽음을 맞이하기 전 최북의 모습을 그린 시 하나가 있다. 그는 자기도 모르게 그 시를 소리 내어 읊었다.

최북은 서울에서 그림을 파는 화가
살림살이는 벽만 덩그렇게 선 초가가 전부라네.
문 닫고 자리에 앉아 온종일 산수를 그리는데
유리 안경을 끼고 나무 필통 하나만을 가졌다.
아침에 한 폭 팔아 아침밥을 먹고
저녁에 한 폭 팔아 저녁밥을 먹는다.
추운 날 찾아온 손님을 낡은 담요 위에 앉히니
문 앞 작은 다리엔 눈이 세 치나 쌓였다.

벗은 한숨 대신 낄낄 웃더니 그가 쓴 마지막 문장을 소리 높여 읽으며 또 다른 질문을 던졌다.

"'최북의 풍모는 매섭고도 매섭다. 왕공귀족의 노리갯감이 되지 않으면 그만이지, 어찌하여 스스로를 이처럼 괴롭히기까지 한단 말인가?' 나는 이 문장의 의미를 잘 모르겠네. 이 문장의 진의眞意는 과연 무엇인가? 전적으로 칠칠이의 편을 드는 것인가, 아니면 칠칠이의 행동이 조금은 지나쳤다고 하는 것인가? 둘 중 과연 무엇이 자네의 진의인가?"

그가 쓴 문장이긴 하지만 그조차도 그 진의는 알 수가 없었다. 읽기에 따라서는 칠칠이의 행동이 지나치다고 볼 수도 있고, 그렇게 할 수밖에 없었던 칠칠이를 인정하는 것으로 볼 수도 있다. 어떻게 그럴 수가 있냐고? 그 모호함은 사실 그의 마음 그 자체였기 때문이다. 공감과 안타까움을 동시에 가질 수밖에 없는 그의 마음, 그것이 그보다 앞서 살아 나간 여항인 화가 최북을 대하는 그의 마음이었으니.

4

그와 함께 최북전을 읽은 벗이 짓궂은 질문을 던졌다.

"그건 그렇고 그 현달한 관리는 어떻게 했을까? 주먹을 쥐고 부르르 떨다가 두 눈을 부라리며 칠칠이를 꾸짖었을까, 아니면 상종할 위인이 못 된다고 생각하고는 자리를 박차고 일어났을까? 그도 아니면…… 조용히 제 성명을 먼저 말한 것은 혹 아니었을까?"

괜한 흥에 서안을 탁 치며 웃어젖힌 것은 이번에는 그였다. 그 요란한 웃음에 벗 또한 박장대소로 화답을 했다. 한참을 웃던 그가 문득 웃음을 멈췄다. 매화나무 사이로 휘파람 소리가 들리고 새들이 날아가는 소리가 들린 것 같았기 때문이었다. 환청이었다. 새들은 그저 나무에 앉아 졸고 있을 뿐이었다. 그렇게 실재하지도 않은 휘파람 소리에 빠져 현실의 감각을 잃고 있는 그에게 벗은 넌지시 물었다.

"먼저 묻겠는데, 당신 성명부터 말하시오."

처음의 그 질문이었다. 벗이 그가 꾼 꿈의 내용을 알 리는 없었다. 그렇다고 벗이 아무것도 모른다고 말할 수도 없었다. 생각해 보면 하나 어렵지 않을 질문이었다. 자신의 성명을 모르는 이도 있던가? 조희룡일세, 하고 답하면 그만이었다. 그는 그렇게 하지 않았다. 벗이 원하는 답은 그게 아닐 터였다. 그 속내를 아직은 모르기에 그는 매화나무와 졸고 있는 새들에게서 간신히 눈을 돌려 엉뚱한 말을 내 뱉었다.

"자네는 글을 참 잘 읽는 사람이로군."

"그거 지금 칭찬이라고 하는 건가?"

"그렇다네."

"그렇기에 자네와 함께 글을 읽자고 한 것일세."

"자기를 높이는 마음 또한 여전하군."

뼈 가득한 말에 벗은 조금도 개의치 않았다. 벗은 그저 호산외기를 바쁘게 뒤적거리며 호기롭게 말했다.

"아무튼 우리의 글 읽기는 이제 겨우 시작일세. 오늘 하루가 자네에게는 지난 몇 달보다 길 것이니 그리 알고나 있게."

3장

손으로 바둑돌을 흩어 버리고

문자의 향기와 책 기운의 부족함을 지적하는 김정희 앞에서 그는 아무런 말도 하지 못했다. 하지 않은 게 아니라 하지 못한 것이 그의 삶이었다. 그런 그였기에, 흩어 버리고 쓸어 버리고 던지는 그들의 삶을 기록하는 내내 그의 가슴은 뜨거우면서도 서늘했다. 그들의 용기와 거침없음에 반해 주먹을 쥐었다가 책상머리에만 붙어 있는 자신을 돌아보며 그 주먹을 다시 풀곤 했다.

김수팽金壽彭은 영조 때 사람이다. 호걸스러운 성격에 큰 절도가 있어 옛 열장부烈丈夫의 기상이 넘쳤다. 호조의 서리로 일했는데 청렴결백으로 자신을 지켰다.

일찍이 김수팽이 선혜청 서리인 동생의 집에 들른 적이 있었다. 전에 보지 못했던 동이들이 마당에 줄지어 있고, 검푸른 흔적이 집 안 곳곳에 묻어 있었다. 동생을 불러 물었다.

"이게 다 무엇이냐?"

동생이 대답했다.

"아내가 염색 일을 합니다."

그는 곧장 동생을 매질하면서 말했다.

"우리 형제가 모두 후한 녹을 받고 있는데도 이와 같은 것을 업으로 한다면 저 가난한 사람들은 장차 무엇을 생업으로 하겠는가?"

동생을 시켜 동이를 엎어 버리니, 푸른 염료가 콸콸 흘러 도랑에 가득 찼다.

일찍이 김수팽이 공문서를 가지고 판서의 집에 결재를 받으러 간 적이 있었다. 판서는 마침 손님과 바둑을 두느라 몹시 바빴다. 김수팽을 보고도 머리만 끄덕이고는 다시 바둑에 몰두했다. 몇 시간이 지났다. 바둑은 좀처럼 끝나지 않았다. 김수팽은 뜰을 지나 마루에 올라 손으로 바둑돌을 흩어 버리고 내려왔다.

"죽을죄를 지었습니다. 그러나 이 일은 국사國事라 늦출 수가 없습니다. 결재를 청하오니 다른 서리에게 주어 실행하도록 하십시오."

사임을 한다는 뜻이었다. 판서는 급히 사과하고 그를 만류했다.

우리나라의 법에 민간의 처녀를 궁녀로 충당하게 되어 있었다. 김수팽의 딸이 궁녀로 뽑히게 되자, 김수팽은 궁중의 문을 밀치고 들어가 호소하고 또 신문고를 쳤다. 담당 관청에서 면밀히 조사하여 그 실정을 보고하였다. 임금이 답을 내렸다.

"무릇 궁녀를 뽑을 적에 민간의 처녀는 대상에 넣지 말라."

이후 정식 법이 되었으니 이는 김수팽의 청원에 따른 결과라 하겠다.

이보다 앞서 임금이 환관을 보내 호조의 돈 십만 냥을 가져오게 했다. 하지만 숙직을 하고 있었던 김수팽은 판서의 결재가 필요하다며 돈을 내주지 않았다. 환관이 꾸짖고 독촉하자 김수팽은 판서의 집으로 갔다. 그런데 하도 느리게 걸어서

판서의 집에 가 결재를 받고 오니 이미 날이 밝아 있었다. 후에 이 사실을
들은 임금은 김수팽을 가상히 여겼다.

호산거사는 말한다.
김수팽을 머리에 떠올리면 꼭 고요하고 맑은 바람 한 줄기가 숙연히 불어와
스며드는 것 같다. 들으니, 그의 집은 몹시 가난했기에 어머니가 몸소
불 때고 밥 짓는 일을 했다. 어느 날 부엌 아궁이 밑에서 뜻밖의 물건을
발견했다. 금덩이를 담아 둔 항아리였다.
어머니는 항아리를 다시 묻은 후 집을 팔고 이사를 갔다. 이사를 마친
후에야 그 사실을 남편에게 털어놓았다.
"갑자기 부자가 되는 것은 상서롭지 못합니다. 그런 까닭에 금을 취하지
않았습니다. 그 집에 그대로 눌러 있었다면 금 때문에 마음이 몹시
어지러웠을 것입니다."
이런 어머니가 있었기에 김수팽 같은 아들이 있게 된 것이다.

조영석, 현이도賢已圖, 비단에 채색, 간송미술관

1

최북전 읽기는 끝이 났으나 벗은 아직 최북에서 벗어나지 못했다. 호산외기를 뒤적거리던 벗은 김수팽전의 시작 부분을 펼쳐 놓았다. 하지만 입으로는 김수팽이 아닌 최북의 이야기를 이어갔다.

"자네가 빼놓은 일화가 하나 있지. 칠칠이는 의외로 발이 넓어 서평군西平君 이요李橈와도 교유가 있었다네. 칠칠이가 서평군을 찾아 간 게 아니라 서평군이 칠칠이를 불렀을 것이네. 종친宗親인 서평군은 예술 후원자를 자처했지만 사실 근본부터 한량인 그렇고 그런 사람이었거든. 그런 까닭에 호기롭게 보이는 걸로 치자면 조선 팔도에 당할 이가 없는 칠칠이가 눈에 들어왔을 것이고, 그 칠칠이를 불러 그림도 그리게 하고 술도 달라는 대로 다 주어 마음껏 마시게 했겠지. 그러던 어느 날의 일일세. 둘은 다른 날처럼 술 한 동이 거나하게 걸친 후에 모처럼 바둑 한 판을 두었다네. 서평군은 온갖 잡기에 능한 한량답게 바둑에도 고수임을 자처했지만 그날은 운이 없었는지, 아니면 원래 실력이 그랬는지는 몰라도 돌들은 자신이 원하는 대로 놓이지 않았고 그 결과 국면은 빠르게 비세非勢로 접어들었지. 마침내 대마가 몰려 몇 수 안에 승부가 끝나려는 순간, 서평군은 웃음 띤 얼굴로 칠칠이를 보며 말했네.

'한 수만 물러 주게.'

서평군이 어떤 위인인지는 잘 모르겠네. 하지만 그는 칠칠이를 자주 만났으면서도 칠칠이가 어떤 사람인지를 제대로 파악하지 못한 것이 분명해. 그러니 칠칠이 앞에서 한 수 물러 달라는 말을 제 집 하인에게 하듯 아무렇지도 않게 내뱉을 수가 있었던 게지. 물론 그 말은 바둑 둘 때마다 그의 입에 붙었던 말일 테고, 그 말이 효과를 보지 못한 적도 없었을 것이네. 다른 이도 아닌, 종친이면서 여러 분야에 막강한 영향력을 지닌 실세 서평군이 한 수 물러 달라는데 그걸 마다할 사람이 조선 천지에 도대체 있었겠느냐 이 말이야. 하지만 칠칠이는 달랐지. 서평군의 말을 들었으면서도 아무것도 못 들은 사람처럼 바둑판만 들여다보던 칠칠이는 서평군이 어조를 달리해 같은 말을 반복하자 곧바로 자리에서 일어나며 바둑판을 쓸어 버렸어. 갑작스러운 사태에 어안이 벙벙해진 서평군을 보면서 그는 자신의 행동에 대한 이유를 그 큰 목소리로 명명백백하게 밝혔지.

'무르기만 해서는 일 년이 지나도 바둑 한 판을 끝낼 수 없습니다.'

그 말을 들은 서평군은 도대체 어떤 행동을 보였을까? 화를 냈을까, 사과를 했을까, 그도 아니면 그저 허허 웃었을까? 내가 들은 칠칠이의 일화에는 아쉽게도 그래서 어찌 되었다는 이야기가 없거든. 어쩌면 그게 칠칠이다운 건지도 모르겠고."

재미있는 일화였다. 하지만 그 또한 벗을 잘 알았다. 지금 벗은 최북을 말하되, 최북을 말하는 것이 아니었다. 벗은 항상 그러했다. 장수도 아니면서 성동격서聲東擊西의 대가를 자처하는 벗에게는 이것을 보며 저것을 이야기하고, 저것을 보며 이것을 이야기하는 버릇이 있었다. 지금도 마찬가지였다. 벗은 입으로는 최북을 말하고 있지만 김수팽전을 보란 듯 펼쳐 놓았다. 그것은 벗의 심중에 이미 김수팽이 넉넉하게 자리 잡았다는 뜻이었다. 호산외기를 잘 읽은 벗은 미묘한 재밋거리 하나도 놓치지 않으려 하고 있었다. 김수팽 대신 최북의 일화를 끄집어냈던 벗은 최북을 말한 뒤에는 또 다른 인물 장오복張五福의 이름을 언급했다.

"장오복이 보인 행동도 칠칠이의 그것과 별반 다르지 않네. 자신이 당한 모욕을 참지 못하고 포도대장의 첩이 탄 가마를 칼로 찌르다니 웬만한 뱃심으로는 하기 힘든 행동 아닌가?"

장오복은 아전이었다. 아전이되 협객으로 소문난 아전이었다. 협객이 그렇듯 강한 사람이 약한 사람을 업신여기거나 윽박지르는 꼴은 절대로 그냥 보아 넘기지 않았다. 반드시 그 강한 사람을 불러 사과하게 하고 다시는 그러지 않겠다는 다짐을 받아야 직성이 풀리는 것이 장오복이었다.

그런 장오복에게 참기 힘든 일이 생겼다. 술에 취해 광통교를 지나던 장오복이 비틀거리다 지나가는 가마를 건드렸다. 이 대목은 실은 애매하다. 실수로 건드렸을 수도 있고 일부러 건드렸을 수도 있으므로. 장오복의 속내 따위에는 털끝만큼의 관심도 없었던 가마꾼들은 장오복을 그냥 두지 않았다. 그들은 자신들의 무력을 동원해 장오복을 때렸다. 가마꾼들이 전후 사정을 살피지도 않고 무작정 달려들어 결코 때려서는 안 되는 사람 장오복을 때린 것은 가마 안에 탄 사람의 위세를 믿었기 때문이었다. 그럴 만도 했다. 가마 안에 탄 여인은 바로 포도대장의 첩이었으니.

장오복은 어떻게 했을까? 상대가 상대이니 울분을 참고 속으로만

성을 냈을까? 그렇지 않았다. 장오복은 당장 칼을 빼들고는 가마를 찔렀다. 칼은 사람이 아닌 요강을 찔렀을 뿐이지만—장오복도 애초부터 사람을 찌를 생각은 없었을 터—주위가 발칵 뒤집힌 것은 두말할 나위 없는 일이었다. 주목할 것은 장오복의 반응이다. 장오복은 아무 일도 아니라는 듯 유유자적 천천히 걸어 그 자리를 떠났다. 애첩이 비명횡사할 뻔했다는 소식을 듣고 화가 머리끝까지 치민 포도대장은 군졸들을 풀어 장오복을 잡아들였다. 군졸들에게 손가락 하나 휘두르지 않고 곱게 끌려온 장오복은 포도대장 앞에 서자 그저 호기롭게 웃기만 했다. 예기치 못한 그 웃음에 더욱 화가 난 포도대장이 물었다.

"빌어도 모자란 판에 웃다니, 네놈이 정녕 미친 것 아니냐?"

"이 한 세상의 남자들 중 대장부라고는 포도대장과 소인뿐입니다. 그런데 일개 여인 때문에 소인을 죽이려고 한다는 게 믿기지 않습니다. 죽는 것은 두렵지 않으나 대장부라 믿었던 포도대장이 실은 하나도 장부답지 않은 것을 보니 한심해서 웃는 것입니다."

그 말을 듣고도 장오복을 처벌할 수가 있겠는가? 유이有二한 '대장부' 중 한 명인 포도대장은 장오복보다 더 크게 웃은 후 그를 풀어주었다. 장오복의 말이 실은 포도대장을 높인 게 아니라 장오복 자신을 높인 것이라는 생각은 그 순간 포도대장의 흥분한 머릿속에는 절대 떠오르지 않았던 모양이다.

2

최북과 장오복을 신이 나서 풀어놓은 벗은 그제야 호산외기를 발견한 것처럼 눈을 한번 크게 뜨더니 자신이 한참 전부터 펼쳐 놓은 부분을 빠르게 읽기 시작했다.

일찍이 김수팽이 공문서를 가지고 판서의 집에 결재를 받으러 간 적이 있었다. 판서는 마침 손님과 바둑을 두느라 몹시 바빴다. 김수팽을 보고도 머리만 끄덕이고는 다시 바둑에 몰두했다. 몇 시간이 지났다. 바둑은 좀처럼 끝나지 않았다. 김수팽은 뜰을 지나 마루에 올라 손으로 바둑돌을 흩어 버리고 내려왔다.
"죽을죄를 지었습니다. 그러나 이 일은 국사라 늦출 수가 없습니다. 결재를 청하오니 다른 서리에게 주어 실행하도록 하십시오."
사임을 한다는 뜻이었다. 판서는 급히 사과하고 그를 만류했다.

벗은 눈을 빗뜨고 그를 슬쩍 바라보았다. 그는 아무 말도 하지 않았다. 벗은 입을 살짝 벌리더니 깊은 한숨 소리를 냈다. 벗이 한숨에서 벗어나는 데에는 제법 오랜 시간이 걸렸다.
"손으로 바둑돌을 흩어 버렸다! 아, 나는 이 대목이 참으로 마음에 드네. 장오복의 협기도 마음에 들기는 하네만 여인이 탄 가마에 칼을 휘둘렀다는 것이 아무래도 조금은 찜찜하네. 단순한 호기일 뿐이라는 생각을 지울 수 없는 것은 그래서인지도 모르겠어. 하지만 김수팽은 달라. 그의 과감한 행동은 '호조 서리'인 그의 직책과 딱 맞아떨어지지. 그러고 보면 김수팽은 어떤 면에서는 칠칠이와 정말로 닮았어. 염료 동이를 엎어 버린 사건도 그 점에서는 거의 동일하다 말할 수 있겠지."

벗은 김수팽이 동생의 집을 방문했을 때 일어난 사건을 말하고 있는 것이었다. 김수팽은 오랜만에 찾은 동생의 집에서 믿기지 않는 광경을 목격했다. 선혜청 서리인 동생의 집에는 동이들이 줄지어 서 있었고, 검푸른 흔적들이 집 안 여기저기에 묻어 있었다. 김수팽은 동생의 대답을 통해 동생이 집에서 아내를 시켜 염색업을 하고 있다는 사실을 알게 되었다. '강직한 호조 서리' 김수팽의 반응은 빠르고 직선적이었다. 그는 곧장 매를 들어 동생을 후려쳤다.

"우리 형제가 모두 후한 녹을 받고 있는데도 이와 같은 것을 업으로 한다면 저 가난한 사람들은 장차 무엇을 생업으로 하겠는가?"

형의 준엄한 꾸짖음에 겁을 먹은 동생은 동이를 모두 엎어 버렸다.

벗은 고개를 살짝 들고 얼굴을 찌푸렸다. 무언가를 곰곰 생각할 때의 버릇이었다. 벗은 책을 들어 이리저리 살피더니 빙긋 웃음을 지었다.

"쓸어 버린다, 엎어 버린다, 이와 비슷한 게 하나 더 있었는데 바로 여기 숨어 있었군."

벗은 이번에는 김완철전金完喆傳을 펼쳐 그에게 보였다. 김완철전을 쓴 그이기에 이내 벗의 속내를 짐작했다. 그는 벗의 흥취를 높이기 위해 아무것도 모르는 척 반론부터 제기했다.

"일개 청지기에 지나지 않는 김완철과 꼿꼿한 호조 서리 김수팽이 도대체 어디가 비슷하다는 건가?"

"청지기 김완철이 아니라 아전 김완철을 말하는 것이라네."

벗은 마치 청지기 김완철과 아전 김완철이 다른 인물이기라도 한 것처럼 능쳤다. 그렇지 않았다. 둘은 같은 인물이었다. 정승인 이은李溵의 청지기였던 김완철은 어느 날 갑자기 선혜청의 음식 담당 아전이 되었다. 어떻게 된 일일까? 선혜청의 음식 담당 아전이 하고 있는 업무 중에는 정승이 외출할 때 음식을 바치는 일이 있었다. 이은이 외출했을 때 한 아전에게 무리하게 차를 요구하다가 얻지 못하자 그 아전을 해임한 뒤 자신의 청지기인 김완철을 아전 자리에 앉힌 것이다.

졸지에 아전이 된 김완철은 업무 파악을 하던 중 새로운 사실을 알게 되었다. 음식을 바친 아전이 돌아간 뒤에는 아무리 정승이라 해도 다시 음식을 요구할 수 없게 되어 있었다. 이은은 그럼에도 자신에게 음식을 다시 바칠 것을 요구했고, 전임 아전이 규정을 들어 불복하자 자신의 권세를 앞세워 곧바로 해임을 했던 것이다. 벗이 쓸어 버린다, 엎어 버린다와 비슷하다고 했던 장면이 바로 여기서 등장한다.

"김완철은 사직서를 던져 버렸지."

그는 곧바로 벗의 말을 수정했다.

"나는 그렇게 쓰지 않았네. 사직을 했다고만 썼네."

벗이 눈을 커다랗게 뜨고 대꾸했다.

"자네의 글에 대해 한 가지 불만스러운 점이 있다면 바로 그러한 부분일세. 자네는 표현을 너무 아끼는 습성이 있어. 가끔은 글 또한 던져 버려야 한다네. 고삐를 풀어 주어 제 스스로 마구 날뛰게 해야 한다네. 그리하여 글이 원하는 길을 찾아 힘차게 나가도록 해야 한다네. 그렇게 볼 때 사직서를 '던지고' 김완철이 정승인 이은에게 일 갈하는 장면은 그 중 나은 부분이지. 그렇다고 해서 마구 날뛰게 한 것은 아니고 고삐를 늦춘 정도는 된다고 할 수 있겠지. 그럼 어디 그 유쾌하고 장쾌한 장면을 한번 읽어 볼까?"

선혜청 아전을 물러가라고 명령한 뒤에 차를 요구한 것은 그 자리에 저를 임명하기 위해 하신 일입니다. 이처럼 조정의 윗자리에 있으면서 백성을 속이는 것에 가까운 일을 하고 계시니 제가 공에게 무엇을 바라겠습니까?

김완철은 김수팽과는 그 위치가 달랐다. 김수팽이 호조 서리였다면 김완철은 청지기였다가 아전이 되었다. 김수팽이 오직 공적인 일에만 신경 써도 되었다면 김완철은 아전 이전에 청지기였으므로 정승 이은과의 사적인 관계도 염두에 두지 않을 수가 없었다. 이은이 김완철에게 못되게 굴었던가? 아니었다. 호인인 이은은 김완철의 사소한 잘못들을 일일이 따져 벌을 주는 대신 그저 자신의 가슴속에 품어 두는 경우가 많았다. 그럼에도 김완철은 벗의 표현에 따르자면 '사직서를 던져 버렸다.' 사직서를 던져 버린 것으로도 모자라 '공에게 무엇을 바라겠습니까?'라는 모욕에 가까운 힐난까지 덧붙였다. 문장으로 옮겨 놓으니 시원하게 느껴지지만 자신이 섬기는 이, 그것도 한 나라의 정승인 이에게 서슴없이 내뱉은 말들은 자칫 심각한 보복을 야기할 수도 있었다. 물론 이은은 그렇게까지 속 좁은 위인은 아니었다. 그는 당장 자신의 잘못을 인정하고 원래의 아전을 제자리에 복귀시켰다. 그런 이은이었기에 김완철도 제 할 말을 다한 것이겠지만 그렇더라도 위험천만한 상황이었음은 분명하다.

그러나 김완철은 이러저러한 상황을 떠나 원래부터 꽤 호기로운 인물이기도 했다. 백운봉에 올라갔다 사람을 업고 내려왔다는 일화가 그의 됨됨이를 설명하기에는 꽤 유용하다. 백운봉 오르는 길은 험했다. 경사지고 좁은 길이 위협적이라 열 사람이 도전하면 그 중 한둘만이 정상에 오를 수 있었다. 그럼에도 김완철은 별 두려움 없이 정상에 올랐고 같이 갔던 이도 어찌어찌해서 함께 정상에 오르기는 했다. 문제는 하산이었다. 오를 때야 오르는 일에만 집중하면 되었지만 이제 낭떠러지를 눈으로 보면서 내려가자니 도무지 발이 떨어지지 않았던 것이다. 벌벌 떨던 그이를 지켜보던 김완철은 그이를 등에 업었다. 그러고는 평지를 걷듯 성큼성큼 발을 내딛어 아래로 내려왔던 것이다. 그런 김완철이었기에 이은에게도 맞설 수 있었으리라.

3

벗의 나직한 중얼거림이 그를 다시 현실로 이끌었다.

"쓸어 버린다, 엎어 버린다, 던져 버린다…… 우리도 과연 그럴 수 있을까?"

그의 시선을 느낀 벗이 중얼거림을 멈추고는 허허허 웃음을 지었다. 그 나직한 중얼거림의 의미, 그 반문의 의미, 그 웃음의 의미를 그는 너무도 잘 알았다. 여태껏 자신만만했던 벗의 목소리가 조금은 수그러든 까닭도 너무나 잘 알았다. 과연, 현실에서도 그럴 수 있을까? 쓸어 버리고 엎어 버리고 던져 버린 여항인의 전을 쓰기는 했지만 그가 과연 그렇게 행동할 수 있을까? 전 하나 쓰지 못하고 스스로에게 갇혀 있는 그가 과연 그럴 수 있을까? 그만 그런가? 그런 질문을 던진 벗은 또 그렇게 할 수 있을까?

어쩔 수 없이 추사秋史 혹은 완당阮堂이라 불리는 사람 김정희를 떠올렸다. 문자의 향기와 책 기운의 부족을 지적하는 김정희 앞에서 그는 아무런 말도 하지 못했다. 아무런 말도 하지 않았다? 거짓이었다. 실은 아무런 말도 하지 못한 것이었다. 하지 않은 게 아니라 하지 못한 것이 그의 삶이었다. 그런 그였기에, 쓸어 버리고 엎어 버리고 던져 버리는 그들의 삶을 기록하는 내내 그의 가슴은 뜨거우면서도 서늘했다. 그들의 용기와 거침없음에 반해 주먹을 쥐었다가도 그 일화들을 기록하기 위해 책상머리에만 붙어 있는 자신을 돌아보며 그 주먹을 다시 풀곤 했다. 지금은 그때만도 못했다. 이제는 아예 붓도 들지 못하고 있으니. 그는 눈을 감고 김완철의 전에 붙인 자신의 평을 떠올렸다.

완철의 풍도風度를 들으면 게으른 자는 일으켜 세워지고, 탐욕스런 자는 청렴하게 되며, 약한 자는 용기 있게 될 것이다.

정말 그러할까? 세상살이가 그리 순리대로만 될까? 그렇지는 않다. 그러므로 그런 식의 결론은 세상과 동떨어진, 너무도 안일한 그의 소망에 지나지 않는 것은 아닐까? 현실은 그저 묵묵부답과 고개 숙임으로 귀착되는 것은 아닐까? 약한 자는 더 약한 자가 되는 것은 아닐까? 여항인은 세상의 연기가 되어 사라지는 것은 아닐까? 벗의 호기로움 덕분에 잊어버렸던 아픔이 되살아났다. 그런 그에게 벗은 뜻밖의 제안을 했다.

"바쁘지만 잠깐의 여유는 필요하지. 그러니 우리 바둑이나 한 판 두세."

"바둑을?"

"규칙이 있네."

"뭔가?"

"형세가 마음에 들지 않으면 언제든 쓸어 버리고 엎어 버리고 던져 버려도 좋네. 내 서평군은 아니지만 다 받아 주겠네. 바둑이 기울어도 절대로 물러 달라고 말하지 않겠네."

벗은 병풍 옆에 둔 바둑판을 제 것처럼 가져오더니 검은 돌 한 점을 올려놓았다. 오래간만에 두어 보는 바둑이었다. 몇 달 동안 그가 잊은 것은 글 쓰는 버릇만은 아니었던 것! 그는 수염을 한번 쓰다듬었다. 바둑판을 앞에 놓고 최북과 장오복과 김수팽과 김완철과 용을 닮은 매화, 그리고 실제의 김정희와 꿈속의 김정희, 그리고 그가 써야 할 전의 주인공인 전기를 차례로 떠올렸다 지웠다. 그는 흰 돌 한 점을 들고는 어디에 놓아야 벗이 크게 당황할지를 고민하고 또 고민했다. 마치 그 한 수에 그의 글과 삶이 달려 있기라도 한 것처럼.

4장

잘못 두었을 때 두려워할 줄 알아야 한다

지나간 시절을 생각하는 동안, 혼미하기만 하던 정신이 잠깐 돌아왔다.

김종귀는 온 힘을 다해 바둑판을 보았다. 하나하나 정밀하게 수를 읽어 나가자 마침내 살아갈 길이 보였다. 그 수가 성립한다면 바둑은 역전, 아니 곧바로 끝이었다.

김종귀는 한 번 더 확인한 후에 살며시 돌을 놓고는 김항흠을 보았다.

자신만만했던 그의 표정이 바뀌기까지 걸린 시간은 찰나보다도 짧았다.

김종귀金鍾貴는 바둑으로 이름을 얻었다. 세상 사람들이 그를 우리나라 제일의
고수高手라고 일컬었는데 구십여 세에 죽었다. 김종귀의 뒤에 고수가 세 사람이
있었는데 김한흥金漢興, 고동高同, 이학술李學述이다. 이학술은 아직 살아 있다.
김한흥은 그 중에서도 가장 이름난 사람이다. 젊은 시절 김한흥은 자신의 실력을
믿고 스스로 적수가 없다고 여겼다. 김한흥이 김종귀와 내기 바둑을 두는 날
구경꾼이 두 사람의 주위를 빽빽하게 쌌다. 김한흥은 날카로운 눈빛으로 바둑판을
뚫을 듯 보면서 종횡으로 끊고 찌르기를 준마나 굶주린 매처럼 했다. 김종귀는
이미 늙고 병까지 들어 바둑돌을 들어 놓는 것조차 힘겨워 보였다. 형세 또한
김종귀에게 불리했다.

구경꾼들이 귓속말을 주고받았다.

"오늘 한 판은 김한흥에게 양보해야겠군."

김종귀가 바둑판을 밀어 놓으며 탄식했다.

"늙어서 눈이 침침하오. 놓아두고 내일 아침에 정신이 조금 맑아지면 다시
두어야겠소."

여러 사람이 그에 반박했다.

"옛날부터 명수名手가 한 판 바둑을 이틀씩 둔다는 말은 듣지 못하였소."

그 말을 들은 김종귀는 손으로 눈을 비비며 다시 바둑판 앞에 앉았다. 한참 동안
바둑판을 들여다보던 김종귀는 홀연히 기묘한 수를 내어 흐르는 물을 끊고 관문을
무찌르듯 했다. 마침내 다 진 바둑을 승리하니 구경꾼들이 모두 놀라 감탄했다.
이것을 두고 '잘못 두지 않는 것을 두려워할 필요가 없고, 잘못 두었을 때 두려워할
줄 알아야 한다.'라고 이른다.

호산거사는 말한다.

여러 유희 중 가장 오래되기로는 바둑을 따를 만한 것이 없다. 바둑은 병법兵法과
닮았다. 나아가고 물러나고, 살리고 죽이고, 허를 찌르거나 정면으로 공격하는
기술은 병법 중에서도 높은 책략에 속한다. 기보棋譜가 많이 전해 오지만 이는
배워서 이룰 수 있는 것이 아니다. 물론 바둑을 통해 깨달음을 얻은 이도 있다.
육구연陸九淵이 바로 그렇다. 육구연은 바둑판을 들여다보다가 주역과 음양의

이치를 깨닫게 되었다고 한다. 하지만 모두가 그런 것은 아니어서 총명하고 재주 있는 선비가 온 힘을 다해 연구해도 깨닫지 못하는 경우 또한 있다. 송나라의 엄우嚴羽가 말하기를 '시를 잘 쓰기 위해서는 별스러운 재주가 필요한데, 학문과는 관계가 없다.'라고 했는데, 나는 바둑에 대해서도 그렇게 말하겠다.

전기, 매화서옥도梅花書屋圖, 1849, 마에 담채, 국립중앙박물관

1

최근에야 바둑에 재미를 붙인 벗은 실력으로는 도무지 그의 상대가 되지 않았다. 엉뚱한 자리에 돌을 놓고도 눈 하나 깜짝 않고 앉아 있는 것은 물론 마치 승리가 눈앞에 다가와 있기라도 한 것처럼 노래까지 흥얼거렸다. 그 모습이 제법 볼만했던 까닭에 그는 일부러 공격을 하지 않고 느긋하게 바둑을 두다가 일순간에 폭풍처럼 몰아붙이고는 최후의 일격을 가했다. 바둑판을 응시하던 벗은 자신의 돌들이 탈출구 하나 없이 완전히 갇혀 버린 후에야 사태의 심각성을 깨닫고 끝없이 이어 부르던 노래를 멈추었다. 그러나 바둑의 고전인 현현기경玄玄棋經을 완벽하게 이해한 이라 하더라도 그 상황에서는 이미 방법이 없었다. 그는 벗에게 슬며시 항복을 권유했다.

"전설의 바둑 명인인 혁추奕秋라 하더라도 그 돌은 살리지 못할 것이네."

벗이 맹자에 깊이 빠져 있다고 했으니 맹자에 등장하는 혁추의 이름을 일부러 들먹인 것이었다. 혁추의 이름이 나오자 벗은 깊은 한숨을 내쉬었다. 그런 후 고개를 과장되게 느릿느릿 저으며 두 손바닥을 펼쳐 보였다.

"오늘 한 판은 어쩔 수 없이 김한홍에게 양보해야겠군."

김한홍은 소문난 바둑 고수로 한 시대를 누볐던 이였다. 그러니 벗은 그의 실력이 김한홍만큼 뛰어나다는 걸 인정한 셈이었다. 그러나 벗의 깐깐한 태도에서 짐작할 수 있듯 벗은 그리 간단히 패배를 인정하는 사람이 아니었다. 그는 김한흥, 그리고 김한흥이 들어간 문장을 언급한 벗의 속셈을 어렵지 않게 알아챘다.

벗의 첫 번째 속셈은 이러했다. 능글맞은 벗은 김한흥의 이름, 그리고 '오늘 한 판'이라는 수식어를 통해 원래 자신의 실력은 바둑 고수인 김한흥 못지않다, 하지만 오늘은 단지 운이 좋지 않아 지는 것이다, 라고 강변하고 있는 중이었다. 실력으로 월등히 앞서 있는 그였으니 그런 강변 정도야 언제라도 받아 줄 수 있었다. 그러나 벗의 속셈은 그게 전부가 아니었다. 벗의 두 번째 속셈, 실은 더 의뭉스러운 속셈은 '오늘 한 판' 운운하는 그 문장이 실은 그가 바둑 고수 김종귀의 전에서 썼던 문장이라는 데 있었다. 늙은 고수 김종귀는 신흥 고수 김한흥을 만나 전에 없이 고전^{苦戰}을 한다. 그 대국을 지켜보던 구경꾼들이 귓속말을 주고받는다.

"오늘 한 판은 김한흥에게 양보해야겠군."

그러나 김종귀는 포기하지 않았다. 혼신을 다해 수를 읽은 끝에 마침내 묘수를 발견해 승리를 거둔다. 그러므로 '오늘 한 판' 운운한 벗의 발언은 그를 김한흥으로 치켜세우는 동시에 실은 자신이 그 김한흥을 이긴 김종귀라고 주장하고 있는 것이었다. 벗은 그의 시선을 외면하더니 이내 웃으며 꼬리를 내렸다.

"그냥 그렇다는 것이지 다른 뜻은 없다네."

2

벗의 도발은 두 사람이 함께 웃는 것으로 끝났다. 그렇다면 이제는 함께 김종귀전을 읽어야 할 터. 벗이 선택한 김종귀는 그렇다면 어떤 사람이었나? 김종귀는 김한홍 세대가 나타나기 전까지 조선 제일로 손꼽혔던 바둑의 고수였다. 바둑을 제법 둔다 하는 이들이 하루가 멀다 그를 찾아와 자웅을 겨루었지만 워낙 실력 차가 커서 채 절반도 판을 이어나가지 못하고 나가떨어지기 일쑤였다. 그만큼 김종귀의 실력은 독보적이었다.

그 뛰어난 바둑 실력 덕분에 그의 삶은 어렵지 않게 흘러갔다. 바둑을 좋아하는 고관대작들이 앞다투어 그를 자신들의 집으로 불러들였다. 김종귀는 고관대작들과, 그리고 고관대작들이 불러온 명사들과 바둑을 두었다. 김종귀는 요령 있는 사람이었다. 그는 일부러 바둑을 아슬아슬하게 만들어 상대를 즐겁게 했다. 이기리라고는 생각조차 하지 않고 바둑을 두었던 상대는 조금만 더 실력 발휘를 했더라면 당대 최고의 고수를 이길 수도 있었다는 아쉬움과 자부심에 현혹이 되어 자신의 패배를 하나도 아프게 생각하지 않았다.

그러나 그의 시대가 영원히 계속될 수는 없었다. 세월은 흐르고 기력은 쇠퇴하기 마련이다. 신진 고수들에게 지는 일이 몇 차례 반복되자 그를 찾는 고관대작들의 손길이 뜸해졌다. 고관대작들만큼 유행에 민감한 이들은 없으므로. 그렇게 고관대작들에게 버려진 김종귀는 종내는 바둑을 처음 시작했을 때 그러했던 것처럼 거리에서 내기 바둑을 두게 되었다. 나이가 들어 기력이 쇠퇴했다고는 하나 당대 최고의 고수로 일세를 풍미했던 김종귀였다. 고관대작들과 어울리는 고수들은 어차피 거리의 내기 바둑 따위에는 관심이 없었다. 그 말은 거리에서 두는 내기 바둑에서 김종귀를 이길 자신이 없기도 하다는 뜻이었다. 그러던 어느 날 젊은 김한흥이 그를 찾아왔고, 그 도전은 김종귀와 김한흥의 삶을 바꾸어 버렸다. 그가 쓴 김종귀전은 바로 그 두 사람의 대국對局 장면을 그린 것이었다.

"김종귀가 김한흥과의 대국 후에 한 말은 생각할수록 그럴듯해서 고개를 절로 끄덕이게 되네. 잘못 두지 않는 것에 대해서는 두려워할 필요가 없다는 그 말 말일세. 자신에 대한 믿음이 실로 대단하지 않은가?"

벗이 인용한 문장은 정확하지 않았다. 실제로는 그는 이렇게 썼다.

잘못 두지 않는 것을 두려워할 필요가 없고, 잘못 두었을 때 두려워할 줄 알아야 한다.

물론 이 문장에 대한 벗의 해석이 틀린 것은 아니었다. 그러나 벗이 간과한 것은―혹은 일부러 간과한 척한 것은―뒷문장이 존재한다는 사실이었고, 그 앞문장과 뒷문장 사이에 존재하는 세월의 간극과 깨달음이었다. 그 문장에 자리한 그 세월의 간극과 깨달음을 정확히 알기 위해서는 김종귀와 김한흥의 대국을 좀 더 자세히 살펴봐야 한다.

'한참 동안 바둑판을 들여다보던 김종귀는 홀연히 기묘한 수를 내어 흐르는 물을 끊고 관문을 무찌르듯 했다.'는 문장은 그날 일어난 일에 대한 너무도 단순한 요약이었다. 그가 김종귀의 여러 일화 중 오직 김한흥과의 대국만을 골라 쓴 이유가 있다. 늙은 김종귀와 젊은 김한흥이라는 대비가 그의 마음을 흔들었기 때문이었다.

김한흥은 젊고 패기에 넘쳤다. 거리의 고수들을 물리치고 승승장구를 거듭해 온 그에게 패배는 남의 이야기였다. 이제 남은 고수라고는 김종귀뿐이었다. 김종귀를 물리치면 김한흥 또한 고관대작들의 눈에 들게 될 것이다. 그런 야심을 갖고 김종귀를 찾아온 김한흥은 일부러 경망스러운 소리가 나도록 힘차게 첫 번째 돌을 놓음으로써 그의 기세와 혈기를 상대에게 보여 주었다. 김종귀는 느릿느릿 두어 나가는 것으로 상대의 기세와 혈기를 꺾으려 했다. 김종귀의 방식은 김한흥의 불만을 불러왔다. 김한흥은 김종귀가 놓자마자 곧바로 그 다음 돌을 놓았고 김종귀의 착수가 늦어지면 얼굴을 살짝 찌푸리며 혼자서 무언가를 중얼거렸다.

그렇다면 국면은 어떠했을까? 너무 빠르게 두어 생각 같은 것은 아예 하지도 않는 것처럼 보이는 김한흥은 실은 포석부터 김종귀를 압도했다. 그 기세에 눌린 김종귀는 속으로 이렇게 중얼거렸을 것이다.

'오늘이 나의 마지막 날이 되겠구나.'

김종귀의 깨달음은 점차 현실이 되어 갔다. 김한흥은 틈만 나면 김종귀의 돌들을 끊었고, 끊긴 돌들은 의당 그래야만 하는 것처럼 생사의 경계를 향해 곧바로 달려갔다. 이곳저곳을 분주히 수습하며 간신히 버티던 바둑은 몰리고 몰려서 이제 돌을 던지지 않으면 안 될 지경까지 이르렀다. 김종귀는 속으로 깊은 한숨을 내쉬었다. 눈앞이 캄캄했다. 거리에서도 내몰리면 이제 김종귀가 갈 곳은 없었다. 바둑판에서 한 세월을 보낸 눈치 빠른 구경꾼들이 귓속말을 주고받았다.

"김종귀도 이제 늙었구먼."

"오늘 한 판은 김한흥에게 양보해야겠군."

인정사정없는 솔직한 그 말들―실제로는 정확한 그 말들―이 김종귀의 마음을 더 아프게 했다. 쓸쓸해진 김종귀는 바둑판을 살짝 밀며 한숨과 함께 이렇게 토해 냈다.

"이제 늙어서 눈이 침침하오. 정신도 혼미하니 내일 계속 두면 어떨까 하오."

김한흥의 눈이 커졌다. 김한흥은 이해할 수 없다는 표정을 지었으나 그 불만을 입으로 내뱉지 않을 정도의 인내는 아직 갖고 있었다. 정작 목소리를 높인 건 구경꾼들이었다.

"세상에 그런 법이 어디 있소? 한 판 바둑을 이틀씩 둔다는 말은 들어 본 적이 없소."

구경꾼들의 태반은 돈을 건 이들이었다. 그런 그들이 다음 날까지 기다릴 이유가 없었다. 돈이 아니더라도 구경꾼들의 몸은 잔뜩 달아 있었다. 옛 고수가 물러가고 새로운 고수가 등장하는 사건은 그들에게 꽤 흥미로운 사건이었다. 흥미로 달아오른 그들에게 그동안 적지 않은 즐거움과 부수입을 선사했던 김종귀의 마음 따위야 알 바 아니었다. 구경꾼들이 무정한 것은 아니었다. 세상 법도가 그러할 뿐이었다. 김종귀는 어쩔 수 없이 눈을 비비고 바둑판을 당겨 앉았다. 몇 해 전 김종귀를 이김으로써 그의 몰락을 예고했던 김한흥 또래 어느 고수의 말이 문득 떠올랐다.

"나는 바둑을 배우는 5, 6년 동안 문밖으로 발을 내민 적도 없소."

김종귀는 자신보다 어린 이가 하는 그 말을 듣고도 아무 말도 하지 않았다. 김종귀 또한 그러했으므로. 먹는 것, 자는 것도 잊고 밤낮으로 바둑만 생각했으므로. 그러나 자신보다 어린 고수에게 그렇게 말할 수는 없었다. 이긴 것은 고수였고 패한 것은 김종귀였으므로.

지나간 시절을 생각하는 동안 혼미하기만 하던 정신이 잠깐 돌아왔다. 순간적으로 되살아난 예전의 감각이 손끝에서 머리로 전달되었다. 마지막 기회였다. 김종귀는 온 힘을 다해 바둑판을 보았다. 하나하나 정밀하게 수를 읽어 나가자 마침내 살아갈 길이 보였다. 그 수가 성립된다면 바둑은 역전, 아니 곧바로 끝이었다. 김종귀는 한 번 더 수순을 확인한 후에 살며시 돌을 놓고는 김한흥을 보았다. 자신만만하던 김한흥의 표정이 바뀌기까지 걸린 시간은 찰나보다도 짧았다.

김한흥은 고개를 저으며 다음 수를 놓았다. 의미 없는 수였다. 김종귀는 아무 말 없이 다음 수를 두었다. 김종귀는 김한흥의 마음을 이해했다. 생각지도 못하던 순간 갑작스럽게 다가온 패배를 인정하기란 쉽지 않다. 김한흥이 마음을 다잡기까지는 얼마간의 시간이 더 필요할 터였다. 스무 수 가까이 더 두어 나가던 김한흥이 마침내 무거운 한숨과 함께 돌을 거두었다. 온 몸의 힘이 다 빠져 버린 그 순간 김종귀는 김한흥에게 벗이 인용한 그 문장을 자기도 모르게 확 내뱉었다.

"잘못 두지 않는 것을 두려워할 필요가 없어. 잘못 두었을 때 두려워할 줄 알아야 하는 법이지."

3

김종귀가 무슨 의도로 그 문장을 내뱉었는지는 사실 분명하지 않았다. 김종귀가 내뱉은 것은 오직 그 문장뿐이었으므로. 벗의 말대로 잘못되기 전까지는 두려워할 필요가 없다, 내가 이긴 것은 내 스스로 잘못되지 않았음을 굳게 믿었기 때문이다, 라고 해석할 수도 있었다. 그러나 그는 김종귀의 말에 숨은 뜻이 있다고 생각했다. 김종귀는 단순히 바둑 한 판을 이야기한 것이 아니라 바둑과 함께 살아온 그의 평생을 이야기한 것이다. 그렇게 볼 때 해석은 달라진다.

'두렵겠지만 어느 순간 잘못 두는 때는 반드시 찾아온다. 젊은 너도 그 점을 명심했으면 좋겠다.'

김한흥이 김종귀의 말에 숨어 있는 그 의도를 알아차렸을까? 김한흥이 대꾸했다는 기록이 없으니 후대의 사람인 그로서는 알 길이 없었다. 하지만 중요한 사실이 하나 있었다. 그날의 대국 이후 김한흥은 달라졌다. 상대방은 안중에도 없다는 듯 패기 넘치게 바둑돌을 놓아 가던 모습이 사라졌다. 혼자 중얼거리던 버릇도, 얼굴을 찡그리던 버릇도 사라졌다. 김한홍은 다른 사람이 되었다. 상대가 시간을 오래 끌어도 싫어하는 모습을 보이지 않았고, 상대가 무르자고 해도 기꺼이 받아 주었다. 내기 없이 그냥 바둑만 두자는 사람이 있어도 응해 주었으며, 주위에서 훈수를 두는 것에 대해서도 전혀 불쾌해 하지 않았다. 김한홍이 '바둑판 위의 군자'란 말을 듣게 된 연유이다. 다시 말하지만 김한홍이 김종귀의 숨은 의도를 알아차렸으리라는 증거는 어디에도 없었다. 그러나 그는 김한홍의 이후 모습에서 김종귀의 영향을 분명히 보았다. 김종귀의 영향? 그것이 과연 무엇일까?

그것은 바로 '슬픔'이었다. 내세울 것 하나 없는 여항인 김종귀가 바둑을 평생의 무기로 삼고 살다 마침내 그 무기를 내려놓고 쓸쓸히 골방으로 들어가는 그 슬픔 말이다. 너무도 당연한 말이지만 그 누구도 바둑에서 영원히 이길 수는 없다. 김종귀는 김한홍과의 대결에서 이겼지만 그 승리가 더 이상 이어질 수 없다는 것을 깨달았고, 김한홍은 김종귀의 그 슬픔이 언젠가는 자신의 것이 되리라는 사실을 김종귀의 말을 듣는 순간 절실하게 느꼈던 것이다.

그의 마음이 어지러워졌다. 젊은 나이로 세상을 떠난 벗 전기의 그림을 처음 보았을 때가 떠올랐기 때문이다. 애써 지우려 해도 한번 떠오른 장면은 못이라도 박힌 것처럼 마음에 단단히 걸려 사라질 줄을 몰랐다. 오래전의 일임에도 어제 일처럼 선명한 그 장면은 이러했다.

누군가의 집에 갔다가 병풍에 그려진 매화 그림을 보았다. 깜짝 놀랐다. 만 그루의 매화나무가 산과 골짜기를 가득 채웠다. 매화나무에서 피어난 꽃들이 바다를 이루었다. 그러면서도 그림은 화려하기는커녕 담백했다. 주인에게 누구의 그림인지를 물었다. 전기의 이름을 들은 후에는 전기가 누구에게 배웠는지를 물었다. 스승도 없이 홀로 배웠다는 말을 듣고는 속으로 한숨을 내쉬었다. 그렇다면 전기는 하늘로부터 그림 그리는 솜씨와 능숙한 손을 선물로 받은 것이었다. 전기에게 필요한 것은 오직 약간의 시간뿐이었다. 하지만 하늘은 다른 것은 다 주었으면서 정작 시간만은 허락하지 않았다. 솜씨와 손을 공짜인 것처럼 있는 대로 다 퍼 주었으면서 정작 그 솜씨와 손을 위해 필요한 단 하나, 시간만은 결코 줄 수 없다는 듯 냉정하게 고개를 돌려 외면했다. 무슨 까닭일까? 하늘은 도대체 왜 그런 술수를 부린 것일까?

지난 몇 달간 유운산방에 틀어박혀 하늘만을 원망했다. 글 하나 쓰지 못하고, 매화 그림만 그리며 원망에 원망을 더했다. 유난히도 더웠던 지난여름 그의 방을 채운 건 땀이 아니라 한숨과 원망, 그리고 슬픔이었다. 눈물이 나려 했다. 꿈속에서 들었던 김정희의 목소리가 귓가에 닿으려 했다. 전기의 질문이 머리를 서늘하게 했다. 더 이상 견딜 수 없다고 생각한 바로 그 순간 내뱉은 벗의 한마디가 그를 다시 현실로 이끌었다.

"김종귀의 슬픔과 김한홍의 깨달음을 내가 모른다고 생각하는 것은 혹 아니겠지?"

그는 아무렇지도 않은 척 무심히 대꾸했다.

"그럴 리가 있겠나?"

"세상은 그러한 것이지. 늙은 사람들은 젊은 사람들에게 떠밀리기 마련이지. 가진 거라고는 제 몸뚱이밖에 없는 우리네 여항인들에게 그러한 진리는 더 가혹하게 적용되기 마련이라네. 그래도 김종귀는 멋진 승부 한 판을 세상에 남겼으니 그나마 복 받은 인생이라 말할 수 있을까?"

"바둑 한 판에 너무 많은 의미를 부여하는 것은 아닌가?"

"그렇긴 하지. 바둑이 무슨 학문과 관련 있는 것도 아니니 말일세. 그러기는 하나……."

자리에서 일어난 벗은 잠시 바둑판을 바라보더니 두 손으로 바둑돌을 쓸어 버렸다. 바둑돌들은 겁에 질린 아이들처럼 순식간에 사방으로 흩어졌다. 벗은 흩어진 돌을 담을 생각도 하지 않고 그를 보며 말했다.

"바둑은 잘 몰라도 이 기분은 꽤 음미할 만하군."

벗이 흩어 놓은 돌을 바라보니 마음이 상쾌해졌다. 그는 하마터면 벗에게 고맙다고 말할 뻔했다. 벗이 그의 어깨를 탁탁 두드리며 재촉했다.

"자, 또 읽어 나가야지. 우리의 읽기는 아직 끝이 나지 않았으니까."

벗의 말이 옳았다. 그는 벗의 얼굴을 똑바로 보며 물었다.

"알겠네, 이제 누구를 읽을 생각인가?"

5장

달이 어찌 물을 가려 비추겠는가

벗과는 달리 사람들은 임회지를 노골적으로 비웃었다. 그렇게 비웃는 것이 사실 일반적인 기준으로 볼 때는 당연했다. 쌀뜨물 연못에 뜬 달을 감상하는 것, 거위 털옷을 입고 한밤중에 거리를 누비는 것, 비바람 부는 배 위에서 춤추는 것. 어느 것 하나 보통 사람들이 쉽게 흉내 낼 수 있는 행동이 아니었다. 보통 사람들에게 있어 임회지는 그저 미친 사람이었다.

임희지林熙之는 스스로를 수월도인水月道人이라 했다. 중국어 역관이다. 사람됨이 강개하고 기개와 절조가 있었다. 둥근 얼굴에 뾰족한 구레나룻, 키는 팔 척으로 그 특출한 모습이 꼭 도인이나 신선 같았다. 술을 좋아하여 간혹 밥도 먹지 않고 며칠씩 술에 취해 살았다. 대와 난을 잘 그렸는데, 대 그림은 강세황姜世晃과 이름을 나란히 하였고 난에 있어서는 더 뛰어났다.

그림을 그리면 문득 수월水月이라는 두 글자를 반드시 이어 썼으며, 혹 화제畵題를 쓰게 되면 어지럽게 적어 알아보기 어려웠다. 글자의 획이 기이하고 예스러워 인간의 글씨 같지 않았다. 생황을 잘 불어 그에게 배우는 사람들이 많았다. 집이 가난하여 특별한 보물이라고는 없었으나 거문고, 칼, 거울, 벼루 등의 옛 물건을 모으는 취미가 있었고, 옥으로 된 옛 붓걸이의 가격은 칠천 전이나 되어서 집값의 두 배에 달했다. 첩을 한 명 데리고 살았는데 이렇게 말하곤 했다.

"내 집에 꽃을 기를 만한 정원이 없으니, 이 첩이 바로 내게는 좋은 꽃 한 송이에 해당한다."

거처하는 집은 몇 개의 서까래로 만들어진 것에 불과하고 빈 땅이라고는 반 이랑도 안 되었다. 그럼에도 반드시 사방 몇 자 되는 연못을 팠는데, 물을 얻지 못하여 쌀뜨물을 모아 부었다. 그 뿌옇게 탁한 연못 앞에 서서 휘파람을 불고 노래하며 말했다.

"내 수월水月의 뜻을 저버리지 않으리니, 달이 어찌 물을 가려서 비추겠는가?"

일찍이 배를 타고 서해의 교동喬桐 섬을 향해 가는데 바다 가운데 이르러 큰 비바람 때문에 거의 건너갈 수 없게 되었다. 배에 탔던 사람들이 모두 정신없이 엎드려 부처나 보살의 이름을 부르며 울부짖었다. 임희지는 달랐다. 갑자기 크게 웃으며 일어나더니 검은 구름 흰 파도의 격랑 속에서 춤을 추었다. 바람이 멎은 뒤 사람들이 그 까닭을 물었다.

"죽는 것은 늘 일어나는 일이다. 그러나 바다 가운데서 비바람 치는 장관을 만나기란 쉽지 않은 일이니 어찌 춤을 추지 않겠는가?"

이웃집 아이로부터 거위 털을 얻어 엮어서 옷을 만들었다. 달 밝은 밤에 두 개의 상투를 틀고 맨발에 거위 털옷을 입고 생황을 비껴 불면서 십자로의 거리를

돌아다녔다. 순라군들이 보고 귀신이라 여겨 모두 달아났다. 그의 광인狂人
같은 성품이 이와 같다.

일찍이 나를 위해 돌 그림을 그려 준 적이 있다. 붓을 몇 번 움직이지
않았는데 돌에 주름이 잡히고 틈이 생겼으며 영롱한 정취가 갖추어졌다.
참으로 기이한 솜씨였다.

호산거사는 말한다.

임희지 같은 이는 태평 시대에나 있을 만한 사람이다. 지금 세상에 그와
같은 사람을 다시 찾아볼 수 있을까? 임희지가 바다 위에서 일어나 춤을 춘
것은 보통 사람이 도저히 따라 할 수 없는 행동이다.

임희지, 묵란墨蘭, 종이에 수묵, 간송미술관

1

벗은 자신이 쓸어 버린 바둑알을 주워 쓸어 버릴 때와는 다르게 먼지 하나까지 세심하게 털어 내어 바둑통에 넣었다. 일을 다 마친 후 그가 지은 표정이 조금은 쓸쓸해 보였다.

"당장의 기분은 좋았으나 뒤처리는 조금 번거로우이. 바둑돌을 던지고 쓸어 버리는 것도 생각만큼 깔끔하지만은 않다는 그런 뜻이네. 그렇다면 자네가 그토록 좋아하는 매화로 주제를 바꾸는 것은 어떻겠나?"

그의 대답을 기다리지도 않고 벗은 제 할 말을 연이어 내뱉었다.

"그래, 우리 같은 책상물림 여항인에게는 바둑 벽癖보다는 매화 벽 쪽이 사실 취향에 더 맞기는 하지. 말하자면 우린 장오복보다는 아무래도 김석손에 더 가까운 부류인 셈이니까."

벗은 김석손金石孫이라는 이름을 들고 나와 바둑에서 매화로 슬며시 전장을 옮겼다. 벗의 선택은 옳았다. 매화를 논하기에 김석손만큼 적합한 인물도 그리 많지는 않으리라. 한마디로 말해 김석손은 매화에 미친 사람이었다. 그 또한 매화 벽을 지녔기에 김석손의 일화는 그저 지나간 시대의 인물 이야기가 아닌, 그의 곁에서 살아 숨 쉬는 이의 이야기 같은 느낌을 주었던 기억이 아직도 생생했다. 그에겐 말할 기회도 주지 않고 제 할 말만 모두 뱉어 낸 벗은 호산외기를 뒤져 김석손전을 읽기 시작했다.

김석손은 자가 백승伯升이다. 매화를 좋아하는 벽이 있어 매화 수십 그루를 심어 놓고 그 사이에서 휘파람을 불며 시를 읊조렸다. 한 시대의 시詩로 이름난 이들을 찾아 매화시를 구했는데, 그의 요청에 응해 주는 이들이 수천 명에 이르렀다. 무릇 시로써 이름이 난 사람이 있으면 신분의 높고 낮음과 귀하고 천함을 묻지 않고 그들이 사는 집을 찾아가 문을 두드렸는데, 김석손은 항상 급하게 서두르는 듯이 보였다. 가로로 된 두루마리에 시를 기록한 것이 황소의 허리보다 더 두꺼웠다. 그는 그렇게 얻은 시들을 비단으로 꾸미고 옥으로 축軸을 만들어 간직했다. 사람들은 그를 매화시에 미친 광인梅花詩狂이라고 불렀다.

방 안 가득 매화시를 걸어 놓고 흐뭇한 웃음을 짓고 있는 김석손의 모습이 저절로 떠올랐다. 한 사람의 가장 행복한 모습을 떠올리는 것처럼 기분 좋은 일은 없었다. 벗 또한 그런 마음이었던 것 같다. 벗이 웃으며 물었다.

"김석손전에서 내가 가장 좋아하는 문장이 무엇인지 아는가?"

"내가 자네의 속을 어찌 알겠는가?"

그의 뒤틀린 대답에 벗은 잠시 얼굴을 찡그렸다. 물론 그는 화난 것이 아니었다. 그는 뒤틀린 대답으로 벗의 흥취를 높여 주었고 벗 또한 그에 맞는 행동을 취했을 뿐이었다.

"바로 여기, 그러니까 '항상 급하게 서두르는 듯이 보였다.'는 이 문장 말일세."

벗은 더없이 자연스러운 손놀림으로 책장을 넘겨 김석손전의 문장 하나를 가리켰다. 그는 속으로 웃음을 지었다. 당연히 그 문장이어야 했다. 그가 가장 공들여 쓴 문장이었으므로. 김석손전을 쓸 때 절대로 빼놓지 않겠다고 미리부터 그려 놓고 있었던 문장이었으므로. 그는 입을 쭉 내밀고 모르는 척 짓궂은 질문을 던졌다.

"자네라면 분명 '매화 수십 그루를 심어 놓고 그 사이에서 휘파람을 불며 시를 읊조렸다.'는 풍류 넘치는 문장을 꼽을 줄 알았는데 내 짐작이 틀렸군. 그렇다면 다시 묻고 싶네. 왜 하필 경망스러운 느낌을 주는 그 문장인가?"

장단을 제대로 맞춘 그의 일갈이 벗을 박장대소하게 만들었다. 벗은 여전히 웃음을 머금은 얼굴로 능청스럽게 답을 했다.

"자네가 쓰고서도 그 심오한 의미를 잘 모르는 것 같으니 풍류를 포기하고 안달복달하는 문장을 고른 이유를 내 알려 주지. 도대체 무엇이 그리 급했냐고 물을 수도 있겠네. 아흔아홉 칸 집에 사는 것도 아닌 터라 이미 간직하고 있는 매화시를 걸어 둘 곳도 마땅치 않았는데 왜 그리 급했냐고 물을 수도 있다, 이 말일세. 하지만, 하지만 말일세, 그는 그럼에도 홀로 급했던 것이지. 마치 그날 하루가 매화시를 구할 수 있는 마지막 날이기라도 한 것처럼 말일세. 그 절실함, 그 부지런함 혹은 황급함에 담긴 의미, 그 마음이 몹시도 나를 아프게 하네."

벗의 지적대로 김석손이 늘 급하게 서두르는 듯 보였던 이유는 단 하나였다. 이 세상에서 매화가 가장 좋았기 때문이다. 좋고, 좋고 또 좋았기 때문이다. 유일한 벽의 대상이었기 때문이다. 그러기에 김석손은 수많은 매화시를 간직하고 있음에도 항상 급하게 서두르는 듯 보였던 것이다. 새로운 매화시를 향해 달려가는 그 급한 발걸음이야말로, 그러므로 매화에 대한 순수한 열정 외에는 그의 가슴속에 다른 아무 욕심도 없음을 여실하게 보여 주는 장면이다. 그런 의미에서 벗의 말은 참으로 적확했다.

"그 마음이 몹시도 나를 아프게 하네."

"어쩌면 쓸어 버리고 엎어 버리고 던져 버리는 데 달인은 실은 김석손인지도 모르겠네."

그의 말을 음미하며 잠시 생각에 잠겼던 벗이 고개를 끄덕였다.

"그럴 수도 있겠네. 매화 말고는 다 쓸어 버리고 엎어 버리고 던져 버린 이가 바로 김석손이니까. 그에겐 오직 매화뿐이었으니까. 매화만을 위해 살았으니까."

그러나 벗이 그리 쉽사리 승복할 리 없었다. 벗은 그가 동의할 틈도 주지 않고 금세 자신이 한 말을 뒤집어 버렸다.

"아닐세, 아니야. 그렇게 말할 수만은 없네. 김석손보다 더한 김영면金永冕이 여기 있지 않은가?"

벗은 호산외기를 재빨리 뒤적거려 김영면을 펼치고는 제대로 한 건 올렸다는 듯 서안 위에 올려놓은 손가락을 빠르게 까닥거렸다.

벗의 선택은 이번에도 절묘했다. 김영면, 그에게는 그리우면서도 가슴 아픈 이름이었다. 용모는 아녀자 같고 숨결은 난처럼 향기로웠던 김영면. 시를 가장 잘하고, 글씨를 그 다음으로 잘하고, 그림을 그 다음으로 잘하고, 거문고는 그 다음으로 잘했던 사람 김영면. 그의 거문고와 그림과 글씨가 나빴다는 뜻이 아니라 그보다는 그의 시가 세상에 드물게 훌륭하다는 뜻이었다. 사실 시와 글씨와 그림과 거문고를 나누는 것은 큰 의미가 없었다. 그의 시와 글씨의 운치는 거문고와 그림 속에 절로 녹아들어 있었으므로. 그리하여 그의 시, 글씨, 그림, 거문고는 어느 것 하나 평범한 수준에 머물러 있지를 않았다. 벗이 '김석손보다 더한 김영면'이라 말한 까닭이었다. 김종귀와 김석손이 다 쓸어 버리고 엎어 버리고 던져 버려 바둑과 매화를 얻었다면 김영면은 시, 글씨, 그림, 거문고를 모두 얻었으므로.

하지만 그에게 있어 김영면은 벽에 몰두해 얻은 성취에 앞서 참으로 그립고도 가슴 아픈 이름이었다. 젊은 시절 그와 친교를 나누었던 김영면은 불과 서른의 나이에 세상을 떠났다. 쓸 때는 몰랐지만, 아니 알 수 없는 일이었지만 김영면이 죽은 나이는 전기와 똑같았다. 그 가슴 아픈 사연이 그의 가슴을 더욱 쓰리게 만들었다.

"'재주는 넘치나 수명에는 박하다.'는 말은 과연 진리일세. 닳고 닳은 진리이건만 이보다 삶의 비애를 제대로 표현하는 문장도 그다지 많지 않은 것만은 어쩔 수 없는 사실이네."

벗의 말을 듣고도 그는 아무런 대꾸도 하지 않았다. 마음이 먹먹했기 때문이다. 벗이 방금 인용한 문장 뒤에 그는 이렇게 썼다.

바람이 유난히 심하게 부는 새벽
혹은 달이 막 떠오르는 저녁이면
아직도 가끔 그 사람을 생각한다.

그 바람 부는 새벽과 달 뜨는 저녁에 떠오르는 이는 이제 두 명이 되었다. 덕분에 김영면과 전기는 외롭지 않을 것이나 그의 마음은 정반대였다. 늙은 노인이 서른에 죽은 두 사람을 보는 그 마음은 괴롭고도 괴로웠다.

2

이번에도 벗은 기민하게 움직였다. 벗은 그가 감정의 소용돌이에 빠져 있기를 원하지 않았다. 벗이 서둘러 또 다른 인물을 언급한 까닭이다.

"아닐세, 아니야. 김영면보다는 임희지가 더 낫지 않겠는가?"

일찍 죽은 벗들의 이름에 사로잡혀 있던 그였기에 벗의 종횡무진이 갑작스럽기는 했다. 임희지의 이름이 튀어나온 사정이 짐작이 되었으나 갑작스러운 건 갑작스러운 것이었다. 그는 대꾸할 말 하나 찾지 못하고 그저 벗의 얼굴을 멀뚱멀뚱 쳐다만 보았다.

"쓸어 버리고 엎어 버리고 던져 버린 이들 중엔 아무래도 임희지가 으뜸인 것 같으이. 연못에 쌀뜨물을 부어 놓고도 하나 부끄러워하지 않았으니 말일세."

그럴 수도 있겠다 싶었다. 중국어 역관인 임희지의 호는 수월도인水月道人이었다. 그의 삶은 그 스스로 붙인 호와 비슷했다. 허름한 집에 살면서도 그는 집값의 두 배에 달하는 옥 붓걸이를 벽에 걸어

놓고 살았다. 좁은 마당에는 사방 몇 자에 이르는 연못을 팠다. 연못에 채울 물을 구하지 못한 임희지는 별로 고민도 하지 않고 쌀뜨물을 부었다. 그 탁한 연못을 바라보며 휘파람을 불고 노래를 불렀다. 그 탁한 연못에 무슨 흥취를 느끼겠느냐는, 나름대로의 이유가 넘치는 타박에는 절묘한 응대로 맞받아쳤다.

달이 어찌 물을 가려서 비추겠는가?

괜히 수월도인이 아니었던 것이다. 임희지의 기행은 쌀뜨물 연못으로 끝나지 않았다. 이웃집 아이에게서 거위 털을 얻은 그는 그것을 엮어 옷을 만들었다. 달이 밝은 밤이 되자 두 개의 상투를 틀고 거위 털옷을 입었다. 맨발인 데다가 춤을 추며 생황까지 부니 귀신이 따로 없었다. 밤거리를 개똥만큼도 두려워하지 않는 순라군들이 발이 보이지 않도록 잽싸게 도망간 것도 그를 영락없는 귀신으로 안 까닭이었다. 강화로 가는 배 안에서 일어난 전설적인 일화도 빼놓을 수는 없다. 비바람에 배가 심하게 흔들리자 임희지는 어떻게 했던가? 자리에서 일어나 춤을 추었다. 임희지의 변은 이러했다.

죽는 것은 늘 일어나는 일이다. 그러나 바다 가운데서 비바람 치는 장관을 만나기란 쉽지 않은 일이니 어찌 춤을 추지 않겠는가?

벗은 그런 임희지야말로 쓸어 버리고 엎어 버리고 던져 버리는 것의 대가라 말한 것이다. 벗과는 달리 사람들은 임희지를 노골적으로 비웃었다. 그렇게 비웃는 것이 사실 일반적인 기준으로 볼 때는 당연했다. 쌀뜨물 연못에 뜬 달을 감상하는 것, 거위 털옷을 입고 한밤중에 거리를 누비는 것, 비바람 부는 배 위에서 춤추는 것. 어느 것 하나 보통 사람들이 쉽게 흉내 낼 수 있는 행동이 아니었다. 보통 사람들에게 있어 임희지는 그저 미친 사람이었다. 그러나 임희지만 그러한가?

그렇지 않다. 김석손 또한 마찬가지이다. 김석손을 매화시에 미친 광인이라 불렀다는 것도 듣기엔 그럴 듯하지만 따지고 보면 임희지의 경우와 별반 다르지 않다. 물론 매화에 묻혀 살던 김석손이야 매화시에 미친 광인이라 불리는 걸 두말없이 혹은 두 손 들고 환영했겠지만 그에게 그런 별칭을 붙인 이들의 속내 또한 그러하지는 않았을 것이다. 그 별칭에는 찬탄과 멸시가 뒤섞여 있되, 굳이 비율로 따지자면 멸시 쪽이 훨씬 더 높았을 것이다.

그렇다면 김영면은 또 어떠한가? 생업과는 무관한 시, 글씨, 거문고, 그림에만 몰두하는 그를 보는 시선 또한 그리 곱지만은 않았을 것이다. 시, 글씨, 거문고, 그림에 능숙하면서도 생계에는 별반 관심이 없던 그를 욕하는 이도 적지 않았을 것이란 말이다.

그는 일화 속에 언뜻언뜻 비치는 사람들의 은근하거나 혹은 노골적인 그 멸시의 감정이 영 마뜩잖았다. 돈을 벌 요량도 아닌 순수한 벽에 가까운 행동을 두고 굳이 멸시를 드러내는 까닭은 무엇인가? 그의 얼굴에 잠깐 머물렀던 그 짧은 분노를 벗은 놓치지 않고 읽어 냈다.

"쓸어 버리고 엎어 버리고 던져 버리는 걸 마뜩찮게 여기는 이들이 많다는 것도 알고 있네. 그건 바로 자네 책에 나오는 쓸어 버리고 엎어 버리고 던져 버린 이들이 다름 아닌 여항인들인 까닭이겠지."

벗의 말대로였다. 고귀한 양반이 연못에 쌀뜨물을 부었다면, 매화 벽을 가졌다면, 시, 글씨, 거문고, 그림에만 매진했다면 그 누구도 손가락질하지는 않았을 터였다. 손가락질은커녕 신분에 어울리는 고상한 벽을 가졌다며 찬탄해 마지않았을 터였다. 하지만 그 벽의 소유자가 여항인이라면 달랐다. 사람들은 그 행동을 순수하게 받아들이지 못한다. 고관대작의 경우와는 달리 날카로운 시선을 들이대며 그 의도가 무엇인지 이리저리 재단하기 바쁘다. 그러고는 그 벽을 미친 행동, 즉 부정적인 의미의 '광狂'이라는 한 글자로 결론지어 버리는 것이다.

그가 '광'의 의미를 생각하는 동안에 벗은 또 다른 인물을 들이밀었다.

"……그 점에서 나는 조수삼趙秀三의 추재기이秋齋紀異에 나오는 '골동품에 미친 늙은이'를 조금은 달리 해석한다네."

세상 곳곳을 돌아다니며 견문을 넓혔던 역관 시인 조수삼은 젊은 시절 자신이 보거나 들은 이야기들을 기억해 두었다가 노년에 이르러 손자를 시켜 글로 옮겨 적게 했으니 그것이 바로 추재기이이다. 벗이 말한 골동품에 미친 늙은이는 원래는 대단한 부자였다. 그런데 노인은 어느 순간 골동품 수집에 재미를 들였다. 하지만 골동품을 고를 안목은 심히 부족한 터라 비싼 돈을 주고도 형편없는 물건을 받기가 일쑤였다. 그런 호사가 오래갈 리 없다. 결국은 집안을 거덜 내는 것으로 이야기는 끝이 난다. 대부분의 이들은 이 이야기를 그저 안목이 부족한 노인네가 가져온 씁쓸한 결말 정도로 이해한다. 그러나 유별난 벗, 잘 읽는 벗은 이를 달리 해석한다는 것이다.

"노인은 허름한 집에서 씁쓸한 만년을 보내면서도 한나라의 것으로 믿는, 그러나 그 진위는 도무지 알 수 없는 자기에 차를 달여 마시면서 그를 만나러 온 이들에게 이야기하지.

'이렇게 하면 굶주림과 추위가 전혀 느껴지지 않는다네.'

사람들은 미쳐도 더럽게 미쳤다 했지만 과연 이 노인이 미친 걸까? 심하게 말하자면 자신의 부귀를 한 잔의 차와 바꾼 셈인데 그걸 두고 그냥 미쳤다고 폄하만 할 수 있을까?"

"그렇다면?"

"어쩌면 노인은 실제로는 도를 깨달은 사람이어서 우리가 이야기한 이들처럼 쓸어 버리고 엎어 버리고 던져 버린 것은 아닐까?"

벗다운 생각이었다. 그 또한 추재기이를 여러 차례 읽기는 했지만 그 늙은이의 이야기를 벗의 관점에서 해석할 생각은 하지도 못했다. 벗은 그가 음미할 시간도 주지 않고 또 다른 주제로 바쁘게 달려 나갔다.

"아무튼 급히 쓸어 버리고 엎어 버리고 던져 버리는 걸 유난히 흠모하는 우리 같은 이들은 역시 문여가文與可보다는 완천리阮千里겠지?"

문여가는 대나무 그림에 뛰어났으며 완천리는 거문고의 명인이었다. 세상에 소문난 인물들이기에 찾는 이들 또한 많았다. 사람들을 대하는 둘의 태도는 달랐다. 문여가는 사람들이 그림을 그려 달라고 내미는 비단을 땅바닥에 던지며 성을 냈다.

'이 비단으로 버선이나 만들어 신을 것이다.'

반면 완천리는 거문고 연주를 부탁하는 사람이 있으면 그 사람의 지위와 나이를 가리지 않고 무조건 들어 주었다.

문여가가 나쁘다거나 완천리가 훌륭하다고 무 자르듯 결론 내릴 수는 없다. 문여가는 사람들의 요구를 거절할 줄 알았기에 대나무 그림에 더욱 매진할 수 있었으며, 완천리는 사람들의 요구를 수용할 줄 알았기에 거문고 연주 실력을 더 낫게 만들 수 있었다. 그러므로 문여가와 완천리는 선악의 문제가 아니라 선택의 문제였다. 하지만 그럴까?

여항인에게 있어 문여가와 완천리는 선택할 수 있는 게 아니었다. 고고한 문여가의 길은 여항인에게는 처음부터 봉쇄되어 있는 거나 마찬가지였으므로. 김종귀가 온 힘을 다해 평생 바둑을 두고, 김석손이 늘 급하게 서둘러 매화시를 얻고, 김영면이 시, 글씨, 그림, 거문고에 한꺼번에 매진하고, 임희지가 쌀뜨물 연못을 판 것도─벗의 해석에 따르면 골동품 노인 또한 이에 해당되리라─바로 그러한 까닭이었다. 때로 벽이 아닌 미친 광인으로 비춰질 위험을 기꺼이 감수한 것도 그러한 까닭이었다.

그러나 그들은 미친 사람들이 아니었다. 김석손이 모은 매화시에는 당대 최고의 작품들이 섞여 있었고, 김영면이 잘하는 것 중 가장 말석으로 꼽히는 거문고 소리는 사람들의 심금을 울렸고, 일찍이 임희지가 그에게 그려 준 돌 그림은 마치 살아 숨 쉬는 듯했다. 그러나 그것들은 이제는 모두 사라진 것들이기도 했다. 김석손이 발로 뛰어 모은 매화시는 그가 죽은 뒤 흔적도 없이 자취를 감췄고, 김영면의 혼이 깃든 거문고는 주인을 잃은 뒤로는 더 이상 사람들의 심금을 울리지 않았고, 임희지의 괴이한 감성이 온전히 드러났던 돌 그림은 언제인지도 모르는 때에 잃어버리고 말았다. 그랬기에 그의 애틋함도 더 컸을 것이고, 종내에는 문장으로 남기게 된 것일 터였다.

3

"아이쿠, 내 정신 좀 보게나, 하마터면 잊을 뻔했네. 이 그림을 좀 보도록 하게."

벗은 꽤 요란스러운 동작으로 보따리에 손을 넣었다. 그림 한 점을 꺼내 펼쳤다. 호기심으로 바라보던 그의 눈빛이 갑자기 심각해졌다. 벗이 꺼내 보인 것은 바로 임희지의 그림이었다. 그가 잃어버렸던 돌 그림이 아니라 대나무와 난을 돌과 함께 그린 그림이었다. 평생을 무엇 하나에 얽매이지 않고 살았던 임희지의 특징이 너무도 잘 드러나 있는 그림이었다. 그림 왼쪽에는 역시나 호방한 서체로 이렇게 쓰여 있었다.

옛사람들이 아끼던 돌과 대나무와 난을 모두 그대에게 준다.

그대는 무엇으로 보답할 건가?

임희지가 그의 곁에 있어 그 호탕함을 토해 내며 말하는 것 같았다. 한동안 아무 말도 못하던 그가 벗에게 물었다.

"대 그림에 있어서는 강세황과 이름을 나란히 하였고 난에 있어서는 더 뛰어났다는 세간의 평이 결코 그르지 않다는 사실을 잘 보여 주는 그림이로군. 한때 내가 가졌던 돌 그림보다 윗길일세. 이 그림은 어디에서 구했나?"

벗은 망설이지도 않고 곧바로 대답했다.

"전기에게서 구했네."

재능 많은 전기는 그림을 사고파는 일에도 뛰어난 솜씨를 발휘했다. 그 또한 전기를 통해 희귀한 그림을 여럿 구한 적이 있었다. 벗이 조용히 다음의 문장을 덧붙였다.

"자네 가슴속에만 그 사람이 있는 게 아니라네."

그는 아무 말도 하지 않았다.

벗의 입에서 시가 흘러나왔다. 조수삼이 임희지를 생각하며 쓴 시였다.

그가 깃털 옷 입고 쌍상투를 틀고서 생황을 불던 밤

제5교 입구에는 달빛 아래 눈이 쌓였지.

술기운이 손가락 사이에서 시원스레 흘러나와

대청 가득 난과 대를 거침없이 그린다네.

　　그는 시를 듣되, 듣지 않았다. 그는 임희지를, 김영면을, 김석손을 생각하려 애를 썼다. 그럼에도 그의 눈에 보이고 귀에 들리는 것은 전기의 모습과 음성이었다. 어떻게 하면 좋을까? 그는 벗과 함께 울고 싶었다. 그동안 차곡차곡 쌓아 왔던 슬픔을 눈물로 토해 내고 싶었다. 그는 간신히 스스로를 억눌렀다. 그래서는 안 되었다. 해는 아직 중천이었다. 읽을 것은 많이도 남았다. 눈을 한번 감았다 뜬 후 벗에게 조용히 말했다.

　　"고송유수관도인古松流水館道人 이인문李寅文이 그린 누각아집도樓閣雅集圖라는 그림을 혹 보았는가? 그 그림 속에는 임희지와 김영면이 함께 있다네. 임희지는 그림을 잡고 굽어보고 있고, 김영면은 난간 곁에서 거문고를 두고 앉아 있다네. 그리운 이들이 보고 싶다면 자네도 그 그림을 꼭 한번 보게나."

6장

유유한 한세상에 글로써 벗을 모은 사람

땔나무와 물과 끼니 걱정에서 벗어난 천수경은 또 다른 분야이자 실은 그가 꿈꾸었던 분야에서도 이름을 떨쳤다. 그것은 바로 시 모임의 주관자로서 얻은 명성이었다. 13인으로 시작한 송석원 시 모임은 몇 해 뒤에는 수백 명이 참여하는 대규모의 모임으로 발전했고, 나중에는 워낙 많은 이들이 참여해 시를 겨루었던 까닭에 글로 하는 전쟁, 즉 백전이라 불리기까지 했다.

천수경千壽慶은 자가 군선君善이다. 집이 가난했으나 독서를 좋아했고
시에 능했다. 옥류천玉流泉 위 소나무와 바위 아래 띳집을 짓고 스스로
송석도인松石道人이라 불렀다. 돌벽에 새긴 송석원松石園 글씨는 완당학사
김정희가 쓴 것이다. 동인을 모아 여러 패로 나누어 하루도 빠짐없이 시를
지었다. 시를 할 줄 아는 사람으로 나이가 많고 적음에 관계없이 송석원 시
모임에 참여하지 못하면 부끄러운 것으로 여겼다.

아들 다섯을 두었는데 첫째를 송松, 둘째를 석石, 셋째를 족足, 넷째를 과過,
다섯째를 하何라고 하였다. 송과 석은 그 거처하는 장소로 이름을 지은 것이고,
족은 세 아들로 족하다는 것이고, 과는 네 아들이 많다는 것이고, 하는 다섯
아들이 도대체 어찌된 일인가 하는 뜻으로 붙인 것이다. 사람들이 서로 전하여
웃음의 재료로 삼았다.

세상에 유행하는 『풍요속선風謠續選』은 그가 손수 편집한 것이다. 천수경이
죽자 그의 문인 안시혁安時爀이 그 장례를 주관해 치렀다. 동인들은 비석을 세워
그 무덤에 표하기를 '시인 천수경의 묘'라고 하였다.

호산거사는 말한다.

유유한 한세상에 글로써 벗을 모은 사람은 거의 없다. 지난번 송석원에
들렀는데 벌써 주인이 몇 번이나 바뀌었는지 알 수 없다. 상상해 보건대, 푸른
소나무와 이끼 낀 돌 사이에서 읊조리던 사람 중 지금 생존해 있는 사람은
몇이나 될까?

이인문, 송석원시사회도松石園詩社會圖, 1791, 종이에 담채, 개인
김홍도, 송석원시사야연도松石園詩社夜宴圖, 1791, 종이에 담채, 개인

1

벗은 자신의 특기인 단도직입적이면서도 실은 숨은 의도가 차고 넘치는 질문 하나를 새로 꺼내 들었다.

"송석원에 가 본 적이 있나?"

송석원은 송석원 시 모임松石園詩社을 이끌었던 천수경의 집이었다. 천수경은 소나무와 바위로 가득한 집을 얻은 후 그 경치에 만족해 송석원이라 이름 붙이고, 스스로 송석도인松石道人이라고 하였다. 그렇다면 송석원에 사는 도인 천수경은 어떤 사람이었을까?

천수경은 여항인 대개가 그렇듯 가난한 집에서 태어났다. 끼니도 잇기 어려웠지만 의지가 굳센 그는 어려운 환경을 탓하지 않았다. 천수경은 그 어려웠던 시절을 독서와 공부로 버텨 나갔다. 밤낮 없었던 독서와 공부는 천수경을 외면하지 않았다. 그가 경전과 시에 정통하다는 소문이 나자 여항의 몇몇 부호들이 그에게 자식들의 교육을 맡겼다. 천수경은 선생으로서 뛰어난 능력을 보였다. 책에 흥미를 못 느끼던 자식들의 입에서 논어와 맹자가 저절로 흘러나오고 시를 읽어 주어도 무슨 뜻인지 몰라 눈만 껌뻑거리던 아이들이 시 한 편을 죽은 나뭇가지 부러뜨리듯 손쉽게 뚝딱 지어내자 부모들의 입이 벌어졌다.

소문은 좁은 골목길을 따라 여항인 사회에 빠르게 퍼졌다. 소문은 왕래를 낳았다. 천수경을 찾아오는 아이들의 숫자가 하루가 다르게 늘었다. 아이들의 숫자가 너무 많아 감당하기 어려워진 천수경은 나중에는 반을 나누어 아이들을 가르치기도 했다. 그렇게 늘어난 아이들의 숫자는 한때는 수백 명에 이르기도 했는데, 그토록 많은 아이가 찾아온 이유는 천수경의 교수법이 워낙 훌륭하기도 했거니와 그 수업료 또한 다른 선생이 받는 것에 비해 매우 적었기 때문이었다. 천수경이 어떤 종류의 사람인지를 보여 주는 장면이다.

천수경은 대쪽 같은 사람이기도 했다. 천수경의 명성이 여항 밖에서도 높아지자 고관대작들이 그를 만나 보기 위해 초빙하는 경우가 잦아졌다. 대개는 '군선君善'이라는 그의 자를 부르며 존중하는 마음을 보였지만 일부 덜떨어진 이들은 천수경의 신분을 물고 늘어지며 예의 없게 행동하기도 했다. 그럴 때 천수경은 어떻게 했나?

아무 말 없이 자리에서 일어나 신발을 신고 소나무와 바위가 반겨 주는 집으로 돌아왔다. 그 무례함을 조금만 참았다면 천수경이 누릴 수 있는 것은 꽤 많았을 것이다. 하지만 그는 그렇게 하지 않았다. 그저 좁은 방 안에 들어와 아무 말 없이 벽만 보고 앉았을 뿐이었다. 잠깐만 참으면 되는데 그렇게까지 모질게 행동할 필요는 없지 않겠느냐는 주위 사람들의 말에 천수경은 이렇게 대답했다.

아이들에게서 받는 수업료로도 땔나무와 물을 사기에는 부족하지 않소.

땔나무와 물과 끼니 걱정에서 벗어난 천수경은 또 다른 분야이자 실은 그가 가장 꿈꾸었던 분야에서도 이름을 떨쳤다. 그것은 바로 시 모임의 주관자로서 얻은 명성이었다. 천수경은 송석원 시 모임을 개최하면서 다른 무엇이 아닌 '여항인 벗들과의 교유'를 가장 큰 덕목으로 내세웠다.

논어에 이런 말이 있다. '벗이란 그 뜻을 벗하는 것이다.'
'벗으로 인仁을 돕는다.' '덕德은 외롭지 않고 반드시 이웃이 있다.'라는 말 또한 벗을 사귀는 도리를 높이 평가한 것이다. 우리 여항인들은 절차탁마切磋琢磨를 하는 데에 있어 특히 도움이 필요하니 서로 만나 격려하고 돕는 일이 꼭 필요하다 하겠다. 그러나 먹고사는 일을 하는 데만도 몹시 바쁜 까닭에 서로 어울려 절차탁마하기란 말처럼 쉽지만은 않다. 그리하여 서로 만나지도 못하고 홀로 지내는 경우가 많았다. 그러한 세태에 대해 심히 안타깝게 여긴 바, 드디어 함께 모여 시를 논할 수 있는 모임을 개최하게 되었다.

송석원을 모임 장소로 제공한 천수경은 참여한 이들과 함께 세부 규칙도 만들었다. 한 달에 한 번은 정기적으로 모임을 가지기로 했으며 대보름, 초파일, 유두 같은 특별한 절기에도 가능하면 빼놓지 않고 모임을 가지기로 했다. 그 결과 그들은 1월에는 다리 밟으며 달구경을 했고, 4월에는 초파일 등불을 즐겼고, 6월에는 시냇가에서 갓끈을 씻었고, 9월에는 산사를 찾았고, 10월에는 야외에서 고기를 구워 먹었고, 섣달그믐은 뜬눈으로 함께 지새우며 놀았다. 그러나 그 모든 풍류에서 빠지지 않은 것은 원래 모임의 취지인 시를 짓는 일이었다.

소박한 규칙과는 달리 모임의 규모는 점차 확대되었다. 13인으로 시작한 시 모임은 몇 해 뒤에는 수백 명이 참여하는 대규모의 모임으로 발전했고, 나중에는 워낙 많은 이들이 참여해 시를 겨루었던 까닭에 글로 하는 전쟁, 즉 '백전白戰'이라 불리기까지 했다. 백전에 간다, 라고 하면 순라군들도 고개를 끄덕이며 더 이상 시비 걸지 않을 정도였으니 그 명성을 짐작할 만하다. 그러므로 송석원 시 모임은 단순히 친목을 도모하는 시 모임이 아니라 여항인 사회의 구심점으로까지 자리매김한 특별한 모임이기도 했다.

그는 호산외기에 한때 성대했던 이 시 모임을 다음과 같은 문장으로 정리했다.

동인을 모아 여러 패로 나누어 하루도 빠짐없이 시를 지었다. 세상에 시를 할 줄 아는 사람으로 나이가 많고 적음에 관계없이 송석원 시 모임에 참여하지 못하면 부끄러운 것으로 여겼다.

송석원 시 모임의 풍경은 아름다운 두 점의 그림으로 남아 있다. 이인문의 송석원시사회도松石園詩社會圖와 김홍도의 송석원시사야연도松石園詩社夜宴圖가 바로 그 그림들이다. 이인문은 낮을 배경으로 그렸고, 김홍도는 밤을 배경으로 그렸다. 이인문은 주변의 풍광에 초점을 맞추었고, 김홍도는 송석원 시 모임에 참여한 이들의 모습에 초점을 맞추었다. 이인문의 그림은 이인문의 그림이어서 좋았고, 김홍도의 그림은 김홍도의 그림이어서 좋았다. 두 사람은 송석원 시 모임에 참여하지 않았으면서도—의뢰를 받은 후 김홍도의 집에서 함께 그림을 그렸으면서도—송석원 시 모임의 현장에 있었던 것처럼 생생한 그림을 그려 냈다. 그 그림을 어디서 보았던가? 전기가 차린 약방 이초당二艸堂에서였다.

천수경에서 시작해 전기에까지 이르러 어느새 마음이 묵직해진 그를 벗이 다시 현실로 이끌었다.

"얼마 전에 송석원에 가 보았다네. 예전의 성대함은 이제 꿈속의 이야기나 마찬가지이더군."

벗의 말을 들으며 고개를 끄덕였다. 천수경이 죽은 후 송석원은 다른 이의 것이 되었다. 주인이 바뀌자 풍광도 바뀌었다. 자연도 그 사실을 알았는지 소나무는 시들었고 바위는 부서졌다. 남은 소나무와 바위가 그래도 송석원이라 주장하고 있기는 했으나 그곳은 이미 송석원이되 송석원이 아니었다. 송석원에 기울였던 천수경의 정성을 생각할 때 참으로 허망한 일이었다.

3

"송석원 글씨는 보았나?"

드디어 벗의 속내가 밝혀졌다. 벗이 송석원에 가 보았느냐고 물은 까닭은 결국은 이 질문을 하기 위함이었다. 그는 이렇게 답했다.

"보고 만졌다네. 차갑더군."

그 말은 사실이었다. 오래간만에 송석원을 찾은 그가 제일 먼저 향한 곳은 바로 '송석원'이라는 글씨가 새겨진 바위였다. 바위 앞에 선 그는 한동안 바라보기만 하다가 손을 뻗어 글씨를 만졌다. 깜짝 놀라 손을 뗐다. 냉기로 가득 찬 글씨는 차갑고도 차가웠다. 그는 한 걸음 물러나 글씨를 보았다. 김정희의 글씨였다. 젊은 시절 김정희의 힘이 느껴지는 아름다운 글씨였다. 김정희에게 글씨를 부탁한 이는 천수경이었다. 송석원 시 모임이 사람들의 이목을 끌자 김정희의 글씨를 바위에 새겨 오래도록 기념하려 했던 것.

"'바위에 송석원松石園이라 새긴 글씨는 완당학사 김정희가 쓴 것이다.' 이게 바로 자네가 쓴 문장일세. 그 뜻은 알겠으나 지나치게 소략하다는 느낌을 도무지 지울 수 없네. 그 유명한 김태욱金泰郁의 일화를 넣지 않은 이유는 도대체 무엇인가?"

벗의 질문이었다. 이 질문을 하기 위해 벗은 송석원에 가 보았느냐고 물었고 글씨를 보았느냐고 물었던 것이다. 그의 시선을 느낀 벗은 손을 들어 팔뚝을 가리켰다. 벗의 팔뚝이 너무 가늘어 웃음이 나왔다. 그가 웃는 이유를 알아챈 벗은 함께 웃으면서도 그 가는 팔뚝을 가리기는커녕 오히려 다른 한손으로 툭툭 펴 보이기까지 했다. 그건 바로 김태욱의 일화가 바로 그 팔뚝, 가는 팔뚝이 아닌 그보다는 훨씬 우락부락한 팔뚝과 관계가 있기 때문이었다. 여항인 사회에서 전설처럼 떠도는 그 일화는 김정희의 글씨가 바위에 새겨진 후 열린 송석원 시 모임에 참가한 김태욱이 술에 취해 자리에서 벌떡 일어나는 것으로 시작된다.

벌떡 일어난 김태욱은 비틀거리는 걸음으로 송석원 글씨가 새겨진 바위 앞으로 갔을 것이다. 글씨를 만지며 혼잣말을 내뱉었지만 흥취에 취한 다른 이들은 그의 행동에 별반 관심을 갖지 않았을 것이다. 잠시 후 자리로 돌아온 김태욱은 자신이 가져온 칼을 뽑아 들었을 것이다. 그는 다른 이들이 말릴 새도 없이 그 칼로 자기의 팔목을 찌르고 소리를 질렀을 것이다.

이 팔은 잘라 버려야 한다. 우리가 날마다 모이니 그 수가 어찌 열 명, 백 명에 그치겠는가. 그런데도 이런 글씨를 쓸 사람이 유독 한 명도 없어서 남의 손을 빌려 쓰게 한단 말인가.

술에 취해 깊이 찌르지 못했던 까닭에 피는 그다지 많이 흐르지는 않았을 것이다. 다른 이들에게 붙들린 김태욱은 잠시 저항을 하다 그대로 엎어져 통곡을 했을 것이다. 그 통곡이 자아내는 구슬픔은 다른 이들의 가슴에도 그대로 전이되었을 것이다. 잠시 침묵이 흘렀을 것이다. 그 침묵을 깨뜨린 것은 술잔을 들고 일어선 누군가의 떠들썩한 목소리였을 것이다. 그 목소리로 모임은 다시 종전의 분위기를 되찾았을 것이다. 사건의 당사자인 김태욱 또한 술 한 잔을 들이켜고는 이내 호쾌한 웃음을 터뜨림으로써 조금 전의 요란했던 통곡을 멀리로 치워 버렸을 것이다. 그러나 통곡은 멀어졌을 뿐 완전히 사라진 것은 아니었을 것이다. 그날의 모임이 그 이후 유독 떠들썩

했던 까닭은 사라졌다고 믿었던 그 통곡 소리가 실상은 모두의 머릿속에서 좀처럼 사라지지 않았기 때문이기도 했을 것이다.

벗이 자신의 빈약한 팔뚝까지 내보이며 김태욱의 이름을 거론한 이유를 그는 물론 잘 알고 있었다. 김태욱과 팔뚝은 김태욱이 만졌던 것, 즉 김정희의 글씨로 연결된다. 그러므로 벗은 사실 그에게 이렇게 묻고 있는 것이나 다름없었다.

"송석원에 정말로 김정희의 글씨가 필요했을까?"

벗은 김태욱의 일화를 술자리에서의 단순한 사건이 아닌 여항인의 기개 혹은 울분과 연결 짓고 있었다. 당대 최고의 서예가라 할 완당학사 김정희의 글씨는 명성에 걸맞은 훌륭한 작품이었으나 하필 그 글씨가 다른 곳도 아닌 여항인 천수경의 집 바위에 새겨지는 것이 과연 옳으냐고 벗은 묻고 있는 것이었다. 보다 노골적으로 말하자면 '우리'의 모임에 '남'의 인정이 필요하느냐고 묻고 있는 것이었고, 그 모든 사연을 잘 알고 있을 그가 천수경의 전을 쓰면서 김태욱의 이름을 쓰지 않은 이유를 묻고 있는 것이었다.

그는 뭐라 답했나?

"그 글씨를 부탁한 이는 바로 천수경이었다네."

그의 답을 들은 벗은 아, 하는 짧은 탄식을 내뱉은 후 고개를 서너 번 끄덕거렸다. 천수경이 부탁했다는 사실을 벗이 몰랐기 때문이 아니었다. 박학다식하면서도 여항의 사정에 밝은 벗이 그 사실을 몰랐을 리 없다. 벗이 고개를 끄덕거린 이유는 그가 그렇게 답한 까닭을 실상은 벗 또한 질문을 던지기 전부터 이미 짐작하고 있었기 때문이었다.

그 글씨의 탄생에 관여한 이는 그가 말한 대로 바로 천수경이었다. 다시 말하면 김정희가 여항인 집에 속한 바위에 새길 글씨를 쓴 까닭은 다른 사람이 아닌 천수경이 부탁했기 때문이었다. '여항인'이자 '우리'에 속한 늙은 천수경이 '고관대작'의 아들이자 '남'인 젊은 김정희에게 부탁했기 때문이었다. 거기엔 숙고해야 할 복잡한 사정 따위는 없다. 그 이유는 어린아이라도 알 수 있을 정도로 간단하고 명확했다. 천수경에게는 김정희의 글씨가 필요했기 때문이었다. '여항인'이자 '우리'에 속한 천수경이 사는 집에 '고관대작'의 아들이자 '남'인 김정희의 글씨가 갖추어지는 것이 실상은 무척이나 영예로운 일로 간주되었기 때문이었다. 질문 하나만 더 던져 보면 천수경의 속내는 보다 명확해진다.

'여항인 중 글씨 잘 쓰는 자가 썼어도 그러했을까?'

그렇지 않았을 것이다. 여항인이었다면 쉽지 않았을 것이다. 쉽지 않았던 게 아니라 불가능했을 것이다. 오직 김정희의 글씨라야만 명성을 높이는 일이 가능했을 터.

김태욱이 난동 아닌 난동을 부리던 자리에는 늙은 천수경도 있었을 것이다. 천수경은 김태욱이 난동 아닌 난동을 부리는 동안 무엇을 했을까? 모르긴 몰라도 그저 말없이 술만 들이켰을 것이다. 늙은 천수경으로서는 드물게 술을 비우고 또 비우면서 김태욱의 울분이 조용히 가라앉기만을 바랐을 것이다. 다른 이들이 알면서도 말하지 않는 그 이유, 송석원에 김정희의 글씨가 필요한 이유를 김태욱이 그 울분 속에서 조용히 깨닫기만 바랐을 것이다.

벗이 더 이상 질문을 던지지 않은 것이 다행이었다. 그로서도 김태욱의 일화를 선택하지 않은 이유를 논리적으로 설명해 낼 방법 따위는 알지 못했으므로. 영민한 벗은 당겼다 늦출 줄도 알았다. 김정희와 김태욱에 대해 더 언급했다면 그는 완전히 허물어질 수도 있었다. 벗은 그를 밀어붙이는 대신 그저 그가 쓴 문장들을 조용히 읽어 나갔다.

천수경이 죽자 그의 문인 안시혁이 그 장례를 주관해 치렀다. 동인들은 비석을 세워 그 무덤에 표하기를 '시인 천수경의 묘'라고 하였다.

"참으로 좋은 문장일세."

'시인 천수경의 묘', 그렇게 다른 수식어 없이 시인으로 죽었다는 것에 천수경은 아마도 가장 만족했을 것이다. 죽어서야 그는 비로소 여항시인이 아닌 '시인'이 될 수 있었던 것이다. 그것이 그가 그 따뜻한 사연을 천수경전의 말미에 넣은 까닭이었다.

4

벗은 더 이상 밀어붙이지 않았지만 그의 마음은 편치 않았다. 말이 되어 나오지 못하는 벗의 질문에 대해 그는 속으로 답을 하고 있었다. 그 답은 이러했다. 젊은 임금이 살아 있던 시절, 성세盛世가 이어지리라 낙관적으로 믿었던 그 시절 회갑을 맞은 그는 벗들을 부르고 김정희를 모셨다. 벗들은 그림을 그렸고 김정희는 품평을 했고, 그는 벗들을 격려하는 시를 썼다. 전기는 그날의 모임을 기억하며 이렇게 글을 썼다.

가을은 깊어가고 기운이 말쑥하니 차를 마시며 길게 휘파람 분다. 옛날 광주리 속에서 완당공의 서화에 대한 평어 두어 장을 찾아냈으니, 이것은 내가 지난여름에 이 책 가운데 기록된 사람들과 어울려 그림과 글씨를 가지고 재주를 겨루어서 스스로 한때의 호걸스러운 자라고 일컬었던 일에 대한 것이다. 한번 읽어 보니 말은 간략한데 뜻은 원대하여 경계하고 가르침이 정성스럽고 잘하는 자로 하여금 더욱 정신차리고 정진하게 하고 잘못하는 자로 하여금 두려워하여 고치게 한 것이다……. 우리 완당 공이 주신 것이 어찌 거룩한 것이 아닌가.

김정희를 '모신' 것은 바로 그였다. 천수경이 김정희에게 글씨를 부탁했듯 그 또한 김정희를 모셔 품평을 부탁했다. 혹독한 관리의 손처럼 매서운 품평을 들으면서 어떤 이의 마음속에는 분명 김태욱이 있어 마구 소리를 질러댔을 것이다. 그러나 김태욱보다 세상에 잘 길들여진 그들은 속으로만 소리를 질렀지 겉으로 드러나게 하지는 않았다. 전기처럼 완당 공의 품평을 겸허하게 받아들이고 평생의 교훈으로 삼은 이가 대부분이었다. 그들이 그랬던 것은 바로 '그'가 김정희를 '모셨기' 때문이었다. 전기의 글에 그의 이름 하나 없어도 뭐라 할 수 없는 까닭이었다. 한 사람에 대한 극찬으로 가득한 전기의 글이 여타의 글과는 확연하게 달랐어도 뭐라 할 수 없는 까닭이었다. 벗이 사족을 붙였다.

"대사간을 지낸 윤제홍尹濟弘은 천수경의 시를 두보, 한유와 나란히 전할 만한 뛰어난 작품이라 평했더군. 물론 자네는 결코 쓰지 않을 문장이기는 하지만 말일세."

그는 벗의 말이 귀를 지나 내장으로 흘러내려 가도록 내버려 두고는 고개를 들어 하늘을 보았다. 하늘은 구름 한 점 없이 맑기만 했다. 송석원에서의 일이 다시 한 번 머리에 떠올랐다. 글씨에서 손을 뗀 후 그는 무엇을 했나? 그 글씨를 보고 또 보았다. 송석원은 과거의 영광을 잃었으나 김정희의 글씨만큼은 여전히 아름다웠다.

7장

허물어진 집 두어 칸이면 그만일 뿐

열다섯에 온갖 경서와 역사서에 정통하고 시에도 뛰어났던 장홍이, 비록 어린 소년이기는

했어도 그 영민한 장홍이 그저 점승의 모부인에게 잘 읽은 애두를 대접하기 위해

새벽에 일어나 광주리에 가득 메고 절룩거리며 걸어가 바쳤던 것일까?

그는 장홍을 생각할 때마다, 이 이엄이라는 호를 떠올릴 때마다

평생 다리를 절고 산 외로운 여항인의 모습을 지워 버리지 못하는 것이었다.

장혼張混은 자가 원일元一이고, 호는 이이엄而已广인데, 한유의 '파옥삼간이이破屋三間而已'의 뜻에서 취했다. 장우벽張友璧의 아들로서 어버이를 효도로 섬겼다. 한쪽 다리를 절었지만 집이 가난하여 땔나무를 하고 물 긷는 일을 직접 했다.

나이 아홉 살 되던 해의 일이다. 장혼은 길에서 현달한 관리가 행차하는 것을 보았다. 장혼은 나뭇짐을 세워 놓더니 그 관리 앞으로 나아가 읍을 하고 안부를 물었다. 관리의 행차는 무척 화려했지만 장혼은 부끄러워하거나 주저하지도 않았다. 그는 아버지가 오래전부터 알고 지낸 이였다. 그 일을 들은 사람들은 장혼을 무척이나 기특하게 여겼다.

장혼이 살던 집은 정승인 김종수金鍾秀의 집에서 그리 떨어지지 않은 곳에 있었다. 김종수 또한 효자로 이름이 높았다. 장혼의 집에는 앵두나무가 한 그루 있었다. 어린 장혼은 앵두가 익자 새벽에 일찍 일어나 앵두를 땄다. 그는 광주리 가득 앵두를 따서는 그것을 어깨에 메고 절룩거리며 김종수의 집으로 갔다. 장혼은 김종수를 찾아 앵두를 올리며 이렇게 말했다.

"모부인의 장수를 축원하는 의미에서 상국께 드리는 것입니다."

감동한 김종수는 어머니에게 앵두를 올리며 이렇게 말했다.

"이 앵두는 효자 장동자가 바친 것입니다."

김종수가 붓과 먹으로 답례했으나 받지 않았다.

장성해서는 널리 배우고 잘 기억했으며 더욱 시에 능해 『비단집篚段集』 스무 권을 남겼다. 정조 경술년1790에 감인소監印所 사준司準이 되었다. 임금의 명에 의해 찬정撰定한 여러 책 가운데 장혼의 교정을 거친 것은 모두 선본善本으로 쳤다. 그가 지은 『아희원람兒戱原覽』『몽유편夢喩篇』『근취편近取篇』 등은 발간되었고, 『대동고식大東故寔』『동민수지東民須知』 등 간행되지 않은 것들도 대단히 많으니 책에 바친 그의 열정을 짐작할 만하다.

아들 창昶은 자가 영이永而로 글을 잘 읽었으며 우리나라의 역사와 고사를 많이 알았다. 일찍이 함경도 등산쯢山 고을의 절제사를 지냈는데 지금은 집에 거처하며 글을 읽고 있다.

호산거사는 말한다.

백성들에게 큰 덕을 베풀고, 훌륭한 일을 이루는 것은 모두 독서를 통한 글에서 오는 것이다. 그 지위에 오르지 못한 사람은 머리가 하얗게 세도록 경서를 공부하고, 방 안에 틀어박혀 책을 저술하는 일에 온 힘을 쏟는다면 후세의 사람들에게 큰 혜택을 남길 수 있다. 그러한 공로는 저 지위에 오른 이보다 더 나을 수 있다.

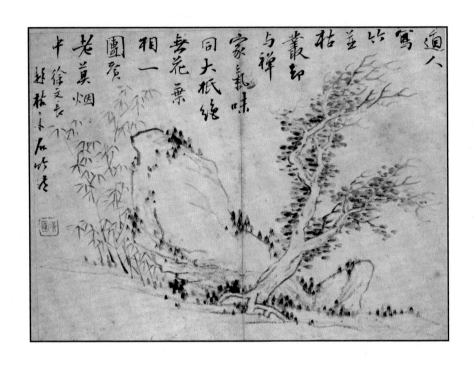

道人寫竹枯葉
叢卻与禪家氣味
相一同大抵綠無花菓
圓覺老莫烟
中徐之長趙根木石水居

조희룡, 고목석죽도枯木石竹圖, 종이에 수묵, 서울대박물관

1

벗은 절름발이와 책과 앵두로 이번에 읽을 인물에 대한 운을 뗐다.

"오른발을 절었던 절름발이 장혼이야말로 여항의 선생이라 할 수 있겠지. 그가 여항 아이들의 교육을 위해 펴낸 여러 책들을 생각하면 우리는 그에게 그 무엇으로도 갚을 수 없는 큰 빚을 진 것일세. 그러나 내게는 그 귀한 책들보다 앵두가 더 크게 다가오니 이는 앵두의 비중을 앵두 크기보다 몇 갑절은 키워 버린 자네 때문이겠지?"

장혼을 말하겠다는 뜻이었다. 읽기의 흐름으로 볼 때 이는 지극히 자연스러운 일이었다. 천수경을 논하면서 또 다른 짝 장혼을 논하지 않을 수는 없었다. 천수경이 주도한 송석원 시 모임의 또 다른 중심 인물이 바로 장혼이었으므로. 천수경과 함께 풍요속선風謠續選을 편찬한 이도 바로 장혼이었으므로. 천수경이 아이들을 가르치는 일에 능했다면 장혼은 아이들을 가르치기 위한 책을 펴내는 일에 능했으므로.

장혼의 책 만드는 능력은 정조 임금 시절에 특히 빛을 발했다. 장혼은 정조 임금이 책을 인쇄하고 반포하기 위해 만든 기관인 감인소에서 일하며 중요한 책의 교정을 도맡다시피 했다. 그 교정 실력이 하도 뛰어나 대나무를 쪼개는 것 같다는 평을 들었다. 직접 목활자까지 만들어 가며 책 만드는 일에 열정을 바쳤던 장혼은 여항의 아이들을 위해 아희원람 같은 책을 지어 간행했다.

그 정도의 공로라면 자신을 내세울 수도 있었을 것이다. 어깨에 힘을 주고 배를 슬쩍 내밀 수도 있었을 것이다. 그러나 장혼은 천성적으로 겸손한 사람이었다. 그의 호 이이엄이 무엇보다도 많은 것을 시사해 준다. 한유의 시구인 '허물어진 집 두어 칸이면 그만일 뿐破屋數間而已'의 끝 두 자에 집을 뜻하는 '엄广'을 붙였다. 뭐라 설명하기도 어려운 이이엄이라는 호를 장혼은 자신의 글을 통해 이렇게 풀이했다.

> 꽃이 피면 꽃을 보고, 나무가 무성해지면 그 아래서 쉬고, 열매가 달리면 따고, 채소가 나면 삶아 먹는다. 참으로 느긋하고 편안한 것이 어찌 다만 전원의 숲과 물의 아름다움뿐이겠는가? 홀로 거처할 때면 낡은 거문고를 어루만지고 옛 책을 읽으면서 그 사이에서 노닐면 그만일 뿐이요, 마음이 내키면 나가서 산기슭을 걸으면 그만일 뿐이요, 손님이 오면 술상을 차리게 하고 시를 읊으면 그만일 뿐이요, 흥이 도도해지면 휘파람을 불고 노래를 부르면 그만일 뿐이다. 배가 고프면 내 밥을 먹으면 그만일 뿐이요, 목이 마르면 내 우물의 물을 마시면 그만일 뿐이요, 추위와 더위에 따라서 내 옷을 입었다 벗었다 하면 그만일 뿐이요, 해가 지면 내 집에서 쉬면 그만일 뿐이다……. 이 때문에 내 집의 편액을 이이엄而已广이라 한다.

이이엄에서 사는 여유와 소박한 만족의 흔적이 '그만일 뿐'이라는 반복적인 종결어미에 잘 드러나 있다. 그러나 여유와 만족은 사실 장혼의 삶, 특히 그 전반부에서는 무척이나 찾기 어려운 것이었다.

2

장혼은 한쪽 다리를 절었고, 가정 형편은 끼니를 잇기 힘들 정도로 어려웠다. 게다가 장혼의 아버지인 장우벽張友璧은 가족에게 닥친 난관을 해결하고자 하는 의지조차 보이지 않았다. 그는 호산외기에서 장혼의 아버지 장우벽의 삶을 이렇게 기록했다.

장우벽은 자가 명중明仲, 호는 죽헌竹軒으로 고려 태사 벼슬을 한 장정필張貞弼의 후손이다. 고고한 성품이 남과 달랐고, 효성과 우애로써 소문이 났다. 글을 외우고 읽는 일을 그리 열심히 하지는 않았지만 때때로 문장을 지으면 훌륭하고도 우아하여 세상에 전할 만했다.

일찍이 그 자식에게 이렇게 훈계했다.

"비록 반고班固, 양웅揚雄 같은 뛰어난 재주와 권문세족의 부귀를 지녔다고 하더라도 진실로 명분과 교양에 결함이 있으면 세상에 자신을 세울 수 없느니라."

음직蔭職으로 나라의 제사 일을 담당하는 통례원通禮院 관원에 충원되었는데 일 년이 채 못 되어 관직을 버리고 떠났다. 그 변은 이러했다.

"어버이가 계시지 않으니 녹봉은 받아서 무엇을 하겠는가?"

자유로워진 장우벽은 천지자연을 벗으로 삼았다. 한 언덕, 한 골짝도 빠짐없이 다녔다고 하는 말이 전해진다. 그는 음악의 이치를 깨달아서 스스로 악보를 쓰는 경지에 올랐다. 그가 쓴 악보는 지금도 음악하는 이들에게 훌륭한 지침이 되고 있다. 날마다 인왕봉에 올라가 노래하다가 돌아오는 것을 하루 일과로 삼았다. 사람들이 그가 노래 부른 곳을 가리켜 가대歌臺라고 했다.

요약하자면 현실적이고 확실한 관원의 삶을 비현실적이고 불확실한 가객歌客의 삶과 바꾼 것이 바로 장혼의 아버지 장우벽이었다. 부모가 없으니 녹봉 또한 없어도 된다고 외치는 그 목소리를 자못 호쾌하게 여기는 이도 많을 것이다. 그러나 장우벽에게는 부모가 없었으나 장혼에게는 부모가 있었다. 바꿔 말하면 장우벽에게는 자신이 부양해야 할 자식들이 남아 있었던 것이다. 그럼에도 장우벽은 관원으로서의 삶, 가족의 끼니를 책임져야 하는 아버지로서의 부양의 의무를 포기하고 자신이 원하는 가객의 삶을 살았다. 가난한 집안의 장남, 게다가 한쪽 다리를 저는 절름발이 장혼은 그런 아버지, 그리고 그런 아버지와 살았던 어머니에게 어떤 태도를 보였나?

장혼은 아버지를 탓하지 않았다. 그는 말년에 간질병을 앓았던 아버지의 쾌유를 빌며 대변까지 맛보아가며 온 힘을 기울였다. 아버지가 세상을 떠난 뒤에는 자신의 잘못으로 그리 되기라도 한 것처럼 자책을 하며 일 년이 넘도록 매운 것과 비린 것을 입에 대지 않았다. 어머니의 만류가 없었더라면 그 기간은 사정없이 길어졌을 터였다. 어머니가 세상을 떠난 뒤에는 아버지를 잃었을 때보다 더 심하게 통곡을 했다. 그 이유는 이러했다.

아버지가 돌아가신 후에는 어머니께서 계신 것으로 위안을 삼았다.

그런데 이제는 어머니도 계시지 않으니 영영 가르침을 의지할 곳이 없구나.

장혼은 삼년상을 치르는 동안 맛난 것을 멀리했으며 아침저녁으로 곡을 할 때마다 매번 눈물을 보였다. 장혼이 부모에게만 지극정성을 보인 것은 아니었다. 그 지극정성은 이웃에게도 발휘되었고, 벗이 말한 앵두는 바로 이 장면에서 등장한다.

장혼이 살던 집은 정승인 김종수의 집에서 그리 떨어지지 않은 곳에 있었다. 김종수 또한 효자로 이름이 높았다. 장혼의 집에는 앵두나무가 한 그루 있었다. 어린 장혼은 앵두가 익자 새벽에 일찍 일어나 앵두를 땄다. 그는 광주리 가득 앵두를 따서는 그것을 어깨에 메고 절룩거리며 김종수의 집으로 갔다. 장혼은 김종수를 찾아 앵두를 올리며 이렇게 말했다.
"모부인의 장수를 축원하는 의미에서 상국께 드리는 것입니다."
감동한 김종수는 어머니에게 앵두를 올리며 이렇게 말했다.
"이 앵두는 효자 장동자가 바친 것입니다."

3

　사람들은 이 일화를 두고 효성으로 소문난 장우벽의 아들다운 행적이라 칭찬을 아끼지 않았다. 하지만 그는 이 일화에 사람들이 생각하는 것 이상의 의미가 숨어 있다고 보았다. 벗이 앵두의 비중 운운하는 발언을 한 것은 이 일화를 선택한 그의 속내를 알고 싶다는 뜻이었다. 그는 짧은 문장으로 자신의 마음을 드러냈다.

　"나는 이 일화에 더 큰 의미가 숨어 있다고 본다네."

　그렇다면 그가 파악한 이 일화에 숨어 있는 더 큰 의미는 과연 무엇일까? 더 큰 그 의미를 알아내기 위해 주목해야 할 것은 앵두를 바친 다음에 일어난 일이었다. 한 나라의 정승인 김종수가 어린 동자로부터 앵두를 받고도 답례를 하지 않았을 리가 없다. 물론 그러했다. 김종수는 붓과 먹을 선물로 주려 했다. 하지만 뜻밖의 일이 벌어졌다. 장혼이 그것들을 고사固辭한 것이다. 사람들은 이를 두고 당연한 일을 하면서 선물을 받을 수는 없다는 뜻으로 해석을 하며 장혼의 됨됨이를 칭찬했다.

　그는 그렇게 생각하지 않았다. 이 일화를 들었을 때 그의 머릿속에는 서너 개의 질문이 앞다투어 떠올랐다. 장혼은 왜 하필 한 나라의 정승인 김종수의 집에 앵두를 바쳤을까, 장혼은 왜 새벽같이 김종수의 집을 찾았을까, 동자童子라 불러야 어울리는 아직 어린 소년, 그것도 한쪽 다리를 저는 소년이 앵두를 바치는 것을 보면서 김종수는 무슨 생각을 했을까, 하는 질문 등등.

소년의 순수한 의도에 지나치게 많은 의미를 부여하는 것일 수도 있었다. 그러나 장혼은 영민한 소년이기도 했다. 장혼은 서당에 다니지 않았는데 이는 그의 어머니가 아들의 총명과 지혜가 지나칠까 염려했기 때문이었다. 총명과 지혜가 지나친 것을 왜 염려했을까? 그것은 장혼이 여항인이기 때문이었다. 어찌 되었건 장혼의 능력이 어릴 때부터 몹시 뛰어났음에는 의심의 여지가 없다. 그 총명과 지혜는 어떻게 드러났나? 문자를 알았던 어머니는 시험 삼아 장혼에게 책을 주었다. 그런데 따로 공부를 한 적이 없었던 아이는 그 책을 막힘없이 읽어 낸 것은 물론 자신이 읽은 것을 곧바로 외워 버리는 경이驚異를 선보였다.

나이를 먹어 감에 따라 장혼은 더 뛰어난 능력을 발휘했다. 열다섯 나이에 온갖 경서經書와 역사서 등에 정통하게 되었으며 시를 짓는 능력도 뛰어나 사람들이 앞다투어 그가 지은 시를 전할 정도였다. 그런 장혼이, 비록 어린 소년이기는 했어도 그 영민한 장혼이 그저 늙은 부인에게 잘 익은 앵두를 대접하기 위해 '새벽에 일어나 광주리에 가득 앵두를 따서 어깨에 메고 절룩거리며 걸어가 김종수에게 바쳤던' 것일까?

조금은 지나치게도 보이는 그의 질문에 대해 반론을 제기할 수도 있겠다. 그의 설명을 들은 벗 또한 그러했다.

"만년에 가난했던 것은 장혼이 지닌 삶의 태도로 보아 피할 수가 없는 재난이었지. 하지만 장혼은 그 재난에도 흔들리지 않았다네. 여러 날을 굶어도 그저 꼿꼿이 앉아 책만 읽었으며, 사람을 대할 때도 정연한 모습을 잃지 않았다네. 그 점으로 볼 때 자네의 이번 주장은 조금은 억측에 가깝다는 생각이 드네."

벗이 아니라 그 누가 봐도 장혼의 태도는 올곧다고 할 수 있을 것이다. 그뿐만이 아니었다. 죽음을 앞둔 장혼이 자식들에게 남긴 유언도 벗의 입장을 지지했다.

만사挽辭를 요청하지도 말고 제문祭文을 받지도 말라.

고관대작에게서 제문을 받는 것은 문자를 조금이라도 아는 여항인이라면 누구나 바라는 일이었다. 그럼에도 장혼은 제문을 일절 받지 말라는 유언을 남긴 것이다. 이쯤 되면 그의 질문은 도를 넘은 것으로 평가되어야 마땅할 듯싶다. 하지만 그는 장혼의 만년의 모습 속에서도 그의 어린 시절 일화에 드러난 것과 비슷한 질문을 던질 수 있었다. 장혼은 왜 여러 날을 굶어도 꼿꼿이 앉아 책만 읽었을까, 왜 다른 여항인과는 달리 제문을 받지 말라는 유언을 남겼을까, 하는 질문들.

그렇다면 일견 궁지에 몰린 그의 대답은 도대체 무엇인 걸까? 그가 벗에게 털어놓은 답은 다음과 같았다.

"장혼은 그냥 여항인이 아니라 절름발이 여항인이었다네. 죽을 때까지 그 사실은 변하지 않았지."

대답을 들은 벗은 웃음을 한번 지었다 다시 거두었을 뿐 아무런 질문도 하지 않았다. 웃음을 보인 후 질문을 하지 않았다는 것은 제대로 알아들었다는 것을 뜻한다. 그랬다. 그가 앵두에 그 크기에 비해 과도할 수도 있는 의미를 부여한 것은 그에게 있어 장혼은 절름발이 여항인이었기 때문이다. 영민하고 속내 깊은 장혼은 절름발이 여항인이었고, 어린 시절부터 그 사실을 뼈저리게 자각한 장혼은 절름발이 여항인처럼 보이지 않기 위해 평생 애를 쓰며 살았다. 그러기 위해 장혼은 부모에게 더 깊은 효심을 보였고, 남들보다 더 많이 공부하고 책을 읽었고, 가난에도 더 의연하게 대처했던 것이다. 그러므로 결국 장혼은 평생을 '절름발이 여항인'이라는 굴레를 쓰고 산 셈이었다.

그러나 이 모든 것은 그의 억측일 수도 있었다. 그저 그만일 뿐이라는 '이이엄'이라는 호처럼 장혼은 실상은 여유와 만족하는 마음으로 평생을 살았을 수도 있었으니. 그럼에도 그는 장혼을 생각할 때마다, 이이엄이라는 호를 떠올릴 때마다 평생 다리를 절고 산 외로운 여항인의 모습, 정승의 모부인을 위해 새벽에 광주리 가득 앵두를 따고 절룩거리며 걸어야 하는 여항인의 모습을 지워 버리지 못하는 것이었다. 벗이 입을 열었다.

"어느 판서가 벗들과 함께 단풍놀이 모임을 가지려다가 장혼이 상을 당했다는 소식을 듣고 이렇게 말했다네. '장 선생이 상복을 입은 날에 우리들이 술 마시고 시 지으며 놀 수가 있겠는가?' 그러고는 서둘러 술자리를 끝냈다고 하네. 자네는 이 일화를 알고도 취하지 않은 것인가, 아니면 아예 들은 적도 없는 것인가?"

그는 질문을 조금 바꾸어 벗에게 되넘겼다.

"자네라면 이 일화를 취할 텐가?"

벗은 대답하지 않고 호산외기만 뒤적거릴 뿐이었다.

허물어진 집 두어 칸이면 그만일 뿐

8 장

하루라도 시가 없으면 문득 성을 낸 사람

김양원과 함께 시를 읊으면 왠지 흥이 솟았다. 그의 시가 훌륭해서였을까? 꼭 그렇지는 않았다. 김양원은 시를 제대로 배운 적도 없었다. 이렇게 이야기하고 싶다. 김양원에게 있어 시는 삶이었다고. 시장 바닥을 짐처럼 여기면서도 그에게 있어 시는 분명 삶이었다.

그는 시 모임에 빠지지 않았고, 시 모임에 사람들이 적게 올 때면 화를 냈고, 주고받는 시에 기운이 없어도 화를 냈다.

김양원金亮元은 그 이름은 잊어버렸고 자로 불렸다. 젊어서부터 협기가 있어서 계집을 사 술을 팔게 하였다. 몸집은 크고 모습은 사나웠으며 기생집과 도박장을 떠돌아다녔는데 기세가 거칠고 등등하여 사람들이 감히 멸시하지 못했다. 『통감절요通鑑節要』 한 줄도 알지 못하면서 시에 벽癖이 있어 자기의 기세를 꺾고 시인들을 따라다녔다. 나이가 적고 많고 간에 시로써 이름이 난 사람이면 마치 큰 손님을 대하듯 하였다.

그가 지은 시는 민첩하고 넉넉하여 다른 이가 열 구를 지으면 자신도 열 구를 지었고, 다른 이가 백 구를 지으면 자신도 백 구를 지었다. 남보다 뒤에 처지는 것을 큰 수치로 여겼다. 강산 풍물을 구경하며 노니는 것을 좋아하였는데, 그의 계집에게 여비를 의논하면 계집은 그의 여비를 마련해 주는 것은 물론이고 혹시라도 늦게 준비한 것은 아닌가 걱정할 정도였으니 계집 또한 기특하다. 일찍이 사람들에게 이렇게 말했다.

"자연의 아름답고 신묘한 기운을 빌려서 내 뱃속의 기름지고 냄새나는 것들을 씻어 버리고 난 후에야 시가 따라서 생길 것이다."

가랑비 속에 발 드리우고 풀빛을 바라보다
사립문 앞에서 지팡이 짚고 새소리 듣는다.
세월은 오래되어 산중의 나무 늙어 가고
연기와 구름 사이로 석루石樓만 높이 솟았네.

이와 같은 시구는 주객들의 술자리에서 나올 수 있는 평범한 작품이 아니다.

천지 사이의 별 총총히 흩어져 있고
누대 위아래에 달빛 층층이 비추네.

「등석燈夕」이라는 작품의 한 구절인데 이는 조금 평범한 편이라 하겠다. 시 모임에서 함께 노닐 적에 그는 하루라도 시가 없으면 문득 성을 내며 이렇게 말했다.

"어찌하여 시사詩社의 뜻을 저버리느냐?"
성서시사城西詩社가 번성함은 김양원의 역할이 꽤 컸는데 그가 없는 지금은
텅 비어 쓸쓸하다.

호산거사는 말한다.
문인이 술집을 차리고 그릇을 씻는 것은 위로 거슬러 올라가면
사마상여司馬相如 한 사람을 만날 수 있다. 그 이후로는 김양원 한 사람을
만날 수 있다. 그렇다고 김양원이 사마상여 같은 대문호라는 의미는
아니다. 다만 그 뜻이 있는 바가 비슷함을 취했을 뿐이다.

이재관, 오수도午睡圖, 종이에 수묵담채, 호암미술관

1

생선 파는 이의 거친 목소리가 오늘 따라 이상할 정도의 침묵에 잠겨 있는 동네를 깨웠다. 바닷가의 생선 비린내를 고스란히 옮긴 듯한 생명력으로 가득한 그 목소리는 그의 집 바로 앞까지 다가왔다가 다시 멀어졌다. 김정희의 복심腹心으로 몰려 3년 동안 머물렀던 유배지에서 보고 들었던 생선 이름, 잊었던 그 이름들이 머릿속에 하나 둘 떠올랐다. 웅어, 넙치, 복어, 방어, 갈치, 해파리, 다랑어, 상어, 문절만둥어, 천산갑, 쏘가리……. 그는 유배지에 가서야 바닷가 어부들의 머릿속에는 그와는 너무도 다른 단어들로 가득 차 있다는 사실을 알았다. 자신이 알던 세계와 전혀 다른 세계의 존재!

인어를 잡았다 다시 놓아 주었다던 허무맹랑한 무용담을 아무렇지도 않게 늘어놓던 어부도 떠올랐다. 쪽진 머리를 한 인어는 지느러미 색깔과 비슷한 붉은 치마를 입고 있었다고 했다. 용이 승천하는 것을 보았다던 또 다른 어부도 떠올랐다. 우레 치고 비 내리던 날 하늘을 보니 구름 속에 기다란 것이 매달려 있었다고 했다. 동그라미를 그렸다 기둥처럼 쭉 뻗었다 하는 것이 비록 황홀하고 신령스러운 모습은 아니었더라도 용임에는 틀림이 없었다고 늙은 어부는 앞니 빠진 입술에 힘을 주어 말했다. 생선 파는 이의 외침을 통해 그는 유배지의 기억을 떠올렸지만 벗은 달랐다.

"흔연관화실欣涓館畵室로 놀러 다니던 그 시절이, 지금 생각해 보면 정말로 좋았던 것 같네."

생선 파는 이의 외침이 벗에게는 흔연관화실의 기억을 일깨웠던 것이다. 흔연관화실! 이 또한 몹시 그리운 이름이었다. 화실의 주인은 어린 시절부터 그와 가깝게 지냈던 이재관李在寬이었다. 그 화실에서 그림 그리고 술 마시고 낮잠 자고 하는 이가 바로 이재관이었다. 이재관은 젊은 나이에 죽은 전기처럼 스승도 없이 홀로 그림을 배웠다. 홀로 배워서 그린 그림이 보통 훌륭한 것이 아니었다. 연기와 구름, 풀과 나무, 날짐승과 들짐승, 곤충과 물고기에 이르기까지 그리지 못하는 것이 없었다.

이재관 하면 절대 잊을 수 없는 기억이 하나 있다. 스무 살이 되던해 그는 이재관, 이학전李鶴田과 함께 도봉산에 놀러간 적이 있었다. 이재관의 뛰어난 산수화 솜씨 덕분에 서원에서 맛난 음식을 대접받은 기억은 수십 년이 지난 지금도 어제 일처럼 생생했다. 그러나 이재관이 가장 뛰어난 솜씨를 발휘하는 것은 초상화를 그릴 때였다. 실물과 똑같이 그려 내는, 아니 실물의 기운을 제대로 담아내는 정교한 솜씨 덕분에 그는 태조 임금의 어진御眞을 새로 그리는 일을 맡아 벼슬과 명성을 함께 얻었다. 어진을 그린 뒤 이재관의 삶은 달라졌다. 국가의 공인을 받은 셈인 이재관의 집 앞에는 주인의 명령을 받고 그림을 얻으러 온 하인들의 발걸음이 끊이지를 않았다. 이를 몹시 부러워한 규장각 서리 출신의 김예원金禮源은 '하인이 꾸벅꾸벅 한 짐 지고 가는 게 우습구나. 또 자네 집에 와서 그림을 흠뻑 받아가는 것이 아닌가.'라는 시 한 수를 짓기도 했다.

그러나 벗이 흔연관화실을 말하며 이재관만 생각하지는 않았을 것이다. 흔연관화실은 분명 벗에게 '불청객 아닌 불청객' 김양원을 함께 떠올리게 했을 것이다. 불청객 아닌 불청객 김양원은 술을 파는 장사를 생업으로 삼았다. 그러나 보통의 술집 주인은 아니었다. 수완 좋은 계집 하나를 구해 술집을 맡기고는 정작 본인은 술 마시고 시 쓰고 이곳저곳 마음껏 놀러 다니는 한량 중의 한량이었다. 벗이 질문 하나를 슬쩍 던졌다.

"그런데 김양원은 도대체 그날의 모임을 어떻게 알고 화실로 온 걸까?"

2

흔연관화실에 대한 그리움에 이어진 벗의 느닷없는 질문에는 연원이 있다. 기억조차 가물가물한 오래전 어느 날 그와 벗, 그리고 김예원이 뭉쳤다. 좋은 술을 구했다는 핑계로 오래간만에 이재관의 화실을 방문하기 위함이었다. 술병을 흔들고 앞장서서 빠르게 걷던 벗이 갑작스레 멈추더니 심각한 표정으로 물었다.

"김양원은 오지 않는 거, 맞지?"

"우리 셋, 그리고 이재관 말고는 아무도 모르는 일이네."

규장각 서리 출신답게 꼼꼼한 김예원이 단호한 대답을 했다. 두 사람의 대화를 듣고 있노라니 절로 웃음이 났다. 모의라도 꾸미는 듯한 그 느낌이 실로 묘했기 때문이다. 눈치 빠른 벗이 그 웃음에 숨은 의미를 놓치지 않고 곧바로 질타를 퍼부었다.

"무엇이 우스운가? 이게 다 이재관에 대한 배려인 걸 알고도 웃음이 나오는가?"

그릇된 말은 아니었다. 김양원은 시를 즉석에서 뽑아내는 걸 술 뽑아내는 일보다 백배는 더 좋아하지만 이재관은 그림은 잘 그려도 시는 젬병이었다. 모처럼 이재관의 화실에 가는 것이니 주인을 기쁘게 하는 것이 좋겠다, 그러니 이번에는 시보다는 그림 이야기를 마음껏 나누자는 게 바로 벗이 말한 '배려'의 정체였다. 그러나 그 배려는 실은 약간은 숨겨진 의도가 있는 불순한 배려이기도 했다.

복잡하고 불순한 배려를 꺼내 들게 만든 대상이 바로 불청객 아닌 불청객 김양원이었다. 벗은 시를 논하지 않는 것이 주인에 대한 '배려'라 했지만 사실 시를 뽑아내기 좋아하는 게 모임에 있어 흠이 될 까닭은 없다. 흥을 더하기에 시와 같이 훌륭한 수단도 별로 없으므로. 그림과 시가 제대로 어우러지면 그보다 더한 흥취는 세상에 없을 것이므로.

그러나 거기에는 어느 정도껏이라는 전제가 있기 마련이다. 김양원은 한번 시를 뽑아내기 시작하면 멈출 줄을 몰랐다. 술까지 들어가면 그 정도는 더 심해졌고 결국은 다른 이는 제쳐두고 홀로 시를 뽑아내는 수순으로 귀결되는 일이 다반사였다. 다른 이들도 생각하라고 점잖게 타일렀으면 좋겠지만 가뜩이나 기골이 장대하고 인상이 험상궂은 데다가 술집에서 익힌 거친 행동까지 고루 갖춘 김양원이고 보니 웬만한 뱃심으로서는 그를 말릴 수가 없었다.

모든 이가 고루 즐기는 것을 좋아하는 벗, 무던해 보여도 실상은 무척 까다롭고 예민한 벗은 독불장군형인 김양원을 별로 마음에 들어 하지 않았다. 벗이 김양원의 참석 여부를 확인하고 묻지도 않은—그러니까 괜히 찔리는 자신의 속을 저도 모르게 드러내 보인 셈인—배려 운운하는 데에는 그러한 사연이 숨어 있었던 것이다.

화실은 산봉우리가 만들어 낸 깊은 그늘에 덮여 있었다. 문을 열고 들어가니 그림을 그리고 있던 이재관이 고개를 끄덕하며 맞이했다. 불화를 그리고 있는 중이었다.

이재관의 옆을 지키고 있던 스님 둘이 두 손을 모으고 고개를 숙여 보였다. 이재관이 그림을 마무리하는 동안 금파錦波와 용해龍海라고 자신을 소개한 스님들과 이야기를 나누었다. 용해 스님이 묘향산에서 온 지 얼마 되지 않았기 때문에 자연스럽게 화제는 묘향산으로 옮겨갔다. 이리저리 흘러가던 이야기가 운해와 노을에 이르자 벗은 입을 크게 벌리고 한숨을 내뱉었다.

"묘향산의 운해와 노을이 꼭 내 입안에 들어 있는 것 같네. 이걸 꺼내어 화실 앞에 쫙 펼쳐 놓고 싶군."

운해와 노을이 맛있는 음식이라도 되는 것처럼 입맛까지 다시는 바람에 모두들 웃음을 터뜨렸지만 그 웃음은 이내 경탄으로 바뀌었다. 갑작스럽게 안개가 몰려와 산봉우리와 화실을 덮었기 때문이었다. 산봉우리가 사라지더니 숲이 사라지고 사립문이 사라졌다. 모든 것이 사라지고 가까이 있는 이들의 얼굴만이 희미하게 보일 뿐이었다. 바람이 불었다. 가랑비가 흩날렸다. 안개와 바람과 가랑비가 차례로 얼굴을 스쳤다. 모두들 모처럼 다른 세상을 방문한 것 같은 느낌에 쑥 빠져들려는데 벗이 그만 산통을 깼다. 벗은 잊지 않고 제 자랑을 덧붙였다.

"내 아무래도 신선의 사랑을 한 몸에 받고 있는 듯하네. 그러지 않고서야 내 말 한마디에 어찌 이런 놀라운 일이 생길 수 있겠는가?"

흥이 깨진 흔연관화실의 주인도 가만히 있지 않았다.

"어찌 주인을 두고 객이 신선의 사랑 운운하는 것인가?"

난데없이 벌어진 신선의 사랑 논란에 듣는 이들로서는 그저 웃음만이 나올 뿐이었다. 모두들 함께 웃는데 그 웃음 사이로 다른 이의 목소리가 끼어들었다. 웃음을 멈추고 귀를 기울였다. 그 소리는 이러했다.

"생선 사시오."

잘못 들었나 싶어 다시 들었지만 틀림이 없었다. 김예원이 입을 열었다.

"이건 또 뭔가? 어떤 생선 파는 이가 이리 깊은 산속에서 생선을 사라 외치는 건가?"

신선의 사랑을 한 몸에 받아 어깨가 으쓱해진 벗이 자기 나름의 해석을 들려주었다.

"선재동자가 관음보살의 연못에서 잉어를 훔쳐 놀러 온 모양이로군. 그렇지 않고서야 비바람 몰아치는 산속에서 생선을 파는 정신 나간 놈이 세상에 어디 있겠나?"

그러는 사이 생선 사시오, 하는 소리는 점점 가까워졌다. 모두의 시선이 사립문으로 쏠린 건 당연한 일이었다. 목소리의 주인은 모두의 마음을 알기라도 한 것처럼 사립문을 그냥 지나치지 않았다. 잠시 후 사립문이 덜컥 열리더니 덩치 큰 사내가 들어왔다. 사내는 커다란 물고기 한 마리를 흔연관화실 주인 곁에 내려놓으며 목청을 높였다.

"은하수에서 잡아 온 물고기요."

그 한 문장을 내뱉고 텁수룩한 수염을 쓰다듬는 사내는 바로 김양원이었다. 느닷없는 김양원의 등장에 그는 자기도 모르게 벗의 얼굴부터 확인했다. 벗이 입을 살짝 벌리고 있는 것으로 보아 지금 눈앞에 펼쳐진 광경을 도무지 믿을 수 없어 하는 게 분명했다. 김양원은 검문이라도 하듯 한 사람 한 사람을 살펴보았다. 이재관과 김예원과 그를 지나 마침내 벗의 얼굴과 마주쳤다.

"자네들이 어찌 나를 빼놓을 수 있는가? 이건 도무지 참을 수 없는 일 아니겠는가?"

'자네'들이란 말은 썼지만 꼭 벗을 두고 한 것 같은 느낌이 그의 마음에만 존재했던 것은 아니었나 보다. 그새 상황 파악을 모두 끝낸 벗은 재빨리 자리에서 일어나 김양원의 손을 덥석 잡았다.

"빼놓기는 누가 빼놓았다는 건가? 그저 우연히 모인 것이라네. 자네까지 왔으니 세상에 이런 우연이 또 어디 있겠는가?"

우연에 우연을 가장한, 도무지 믿을 수 없는 변명이었다. 그런 말에 일일이 꼬투리 잡을 속 좁은 김양원은 아니었다. 김양원은 손을 휘휘 내저은 뒤 자리에 앉아서는 시부터 한 수 뽑아냈다. 끝나기가 무섭게 김예원을 재촉하는 바람에 시의 내용조차 파악하기 어려웠다. 김예원의 뒤를 이어 그가 시를 읊었고, 결국은 시를 모른다며 손사래 치는 이재관을 제외하고는 모두가 시 한 수씩을 읊었다. 그러는 사이 고기가 익고 술이 데워졌다. 고기와 술의 완성을 기다리고 있기라도 한 것처럼 시간 맞추어 안개가 사라지고 비와 바람도 그쳤다. 벗이 그를 보며 말했다.

"신선의 사랑은 빨리도 사라지는군."

오고가는 이야기를 귀 기울여 듣던 김양원이 벗과 그의 얼굴을 두루 살피다 역시나 벗의 손을 잡고 흔들었다.

"신선의 사랑은 또 뭔가? 그런 싱거운 소릴랑 집어치우고 어서 시나 읊게. 모두들 자네의 시를 기다리고 있네."

모두라기보다는 김양원 혼자일 것이었다. 벗은 김양원 모르게 눈을 흘기면서도 또다시 시 한 수를 금세 뽑아냈다. 그 광경을 지켜보던 이재관이 웃으며 김양원에게 말했다.

"자네 덕분에 좋은 시들이 줄줄이 뽑아져 나오는군. 술과 고기에 시까지 몰고 왔으니 바로 자네가 신선일세."

김양원은 기분 좋게 술잔을 비운 후 또 다른 시를 읊기 위해 목청을 가다듬었다. 벗은 김양원이 보지 않는 틈을 타 또다시 그에게 눈을 흘겨 보였고 그는 웃음으로 화답했다.

3

"용해 스님의 소식은 좀 들었는가?"

그는 고개를 저었다. 구름처럼 안개처럼 세상을 떠도는 이의 소식을 어찌 알겠는가? 그저 살아 있다는 것 하나만을 알고 있을 뿐이었다. 벗이 용해 스님을 꼭 집어 말한 이유가 있다. 그날의 모임에 참석했던 이들 중 살아 있는 건 벗과 그, 그리고 용해 스님뿐이었다. 김양원과 이재관, 그리고 김예원과 금파 스님은 이미 저세상 사람이 된 지 오래였다.

"그때는 내가 왜 그리 김양원을 꺼렸는지 참으로 모르겠네. 생각해 보면 시를 읊으면서 제일 흥겨웠던 건 김양원과 함께했을 때였네."

벗의 솔직한 고백이었다. 생각해 보면 그 또한 그러했다. 김양원과 함께 시를 읊으면 왠지 흥이 솟았다. 김양원의 시가 훌륭해서였을까? 꼭 그렇지는 않았다. 김양원은 시를 제대로 배운 적도 없었다. 그렇다면 이유는 무엇일까? 이렇게 이야기하고 싶다. 김양원에게 있어 시는 삶이었다고. 시장 바닥을 집처럼 여기면서도 그에게 있어 시는 분명 삶이었다. 김양원은 시 모임에 빠지지 않고 참가했고, 시 모임에 사람들이 적게 올 때면 화를 냈고, 주고받는 시에 기운이 없어도 화를 냈다.

다시 말하지만 그의 시가 모두 다 훌륭했다고 말하기는 어려웠다. 그럼에도 분명 김양원에게 시는 삶이었다. 술집 주인 김양원은 마치 자신이 이백李白이나 두보杜甫라도 되는 것처럼, 시에 목숨을 건 사람처럼 온 사방에서 시를 외쳤다. 그랬기에 오랜 세월이 지났음에도 불청객 아닌 불청객 김양원의 모습이 좀처럼 잊히지 않는 것이었다. 옛 기억은 시를 불러왔다. 그는 목청을 가다듬고 김양원을 위해 지었던 시 한 수를 꺼내 들었다.

협객의 기골 늠름하여 칼을 쓰기에 마땅하고
철석의 간장 맑고 부드러워 시 읊기에 능하구나.

벗은 깊은 한숨을 내쉰 후 말했다.

"아마도 나는 칼을 쓰며 시를 읊는 게 마음에 들지 않았던 것 같네. 같은 여항인이면서도 은연중에 칼잡이이며 무뢰한이라 비하하는 시선이 있었던 게지. 거기다가 그 시가 나보다 못했으면 모를까, 가끔은 천하의 절창이기까지 했으니……. 그런데 그날 김양원은 도대체 어떻게 알고 화실로 찾아왔을까?"

벗은 그의 대답을 기다리지 않고 눈을 감아 버렸다. 그러니 그건 질문이되, 질문은 아니었다. 그 마음을 알았기에 그는 그저 벗의 얼굴만 보았다. 그 얼굴에 벗의 속내는 드러나 있지 않았다. 그저 살랑살랑 불어오는 바람이 벗의 수염을 이리저리 흔들 뿐이었다.

그는 사립문을 바라보며 이제는 사라진 생선 파는 이의 외침을 생각했다. 그리고 자신들이 인어와 용을 보았다고 확신하는 바닷가 어부들의 거칠면서도 생기에 찬 얼굴을 다시 한 번 떠올렸다. 그 확신과 생기가 참으로 부러웠다.

9장

시어가 사람을 감탄시키지 못하면
죽어도 그만두지 않았다

이단전은 시에 자신의 분노를 담아 표출했고, 자신의 피와 땀이 서렸을 시를 아낌없이 불태울 정도로 시에 열정을 보였다. 그럼에도 이단전은 떨어지는 해와 뜬구름을 말했다. 떨어지는 해와 뜬구름, 걸기와 분노로 가득했던 평소의 이단전에게는 어울리지 않는 시어들이었다. 투쟁하듯 평생을 살았던 이단전이지만 머지않아 다가올 죽음을 분명히 예감했기 때문이었으리라.

이단전李亶佃은 자가 운기耘岐로, 출신은 비천했으나 재주는 높았다. 시와 글씨에 뛰어나 그 이름을 일세에 드날렸다. 사대부와 더불어 노닐면서 필재疋齋라 자호했다. '필疋'은 곧 하인下人이니, 이는 스스로의 처지를 빗댄 것이다. 그의 시는 발상이 기상천외했다. 그 스스로 다른 이들을 놀라게 할 만한 것이 못 되면 입 밖에 내지 않는 것을 원칙으로 삼았다.

두보의 말이 떠오른다.

"시어詩語가 사람을 감탄시키지 못하면 죽어도 그만두지 않았다."

두보가 훗날의 이단전을 예언한 것이나 마찬가지라고 할까?

거문고 소리를 듣고 지은 시는 이러하다.

골짜기의 나뭇잎 쓸쓸히 떨어지고
시냇가의 구름 조용히 피어오른다.

왕유王維와 위응물韋應物의 경지에서 좌우를 흘겨보고 내려다볼 만한 시라 하겠다. 「수성동水聲洞」 시는 또 어떠한가?

떨어지는 해에겐 남은 힘이 없다.
뜬구름은 스스로 그 모습 바꾼다.

참으로 아름답다. 이 시를 지은 후 얼마 되지 않아서 병으로 죽으니 사람들이 이 시를 두고 죽음을 예감하고 썼다 했다. '죽지 않는 사람은 없다. 하지만 아름다운 시구를 얻는다면 죽어도 그 무엇이 슬프겠는가?'라는 말이 있으니 이는 이단전을 두고 한 말일 것이다.

그는 항상 한 말들이 주머니 하나를 차고 다녔다. 그러고는 사람들이 지은 좋은 시구를 얻게 되면 주머니 속으로 던져 넣었다. 이하李賀의 비단주머니와 그 정취는 같으나 운치는 달랐다. 다른 이의 시는 아꼈으면서 자신의 시는 아끼지 않았으니 그의 넓고 넓은 가슴은 오히려 이하의 무리 여럿을 포용할 만했다.

최북, 풍설야귀인도風雪夜歸人圖, 종이에 채색, 개인

1

"이단전과 정초부鄭樵夫 중 결국 자네는 이단전을 고른 것인가?"

벗은 이번에는 자신의 장기인 성동격서를 버리고 곧바로 찌르는 정공법을 택했다. '하루라도 시가 없으면 화를 냈다'던 김양원을 논했으니 '술 한 잔에 시 한 편'을 지었다는 시인 이단전의 전을 읽고 그에 대해 말하는 것은 조금도 이상한 일이 아니었다. 하지만 벗은 곧바로 이단전으로 들어가는 대신 왜 하필 정초부가 아닌 이단전의 전을 썼느냐고 그에게 닦달하듯 묻고 있는 것이었다.

벗이 성명과 성격도 판이한 이단전과 정초부를 한 묶음처럼 다루는 데에는 어느 정도 합당한 이유가 있다. 두 사람은 모두 비천한 노비 출신이었다. 이단전은 명문 기계 유씨 가문의 노비였고, 정초부 또한 기계 유씨 가문에 전혀 뒤지지 않는 명문인 함양 여씨 가문의 노비였다.

우연인지 필연인지는 모르겠으나 글을 익히게 된 과정도 비슷했다. 이단전은 유씨 가문의 자제들이 글 읽는 소리를 훔쳐 들으며 글을 익혔고, 정초부는 주인이 글 읽는 소리를 훔쳐 듣고는 듣는 족족 다 다 외워 버리는 식으로 글을 익혔다.

이후의 과정도 비슷했다. 이단전은 그의 타고난 재능을 알아본 주인의 배려로 잡일에서 면제받고 글을 홀로 더 익힌 후 주인집에서 나와 살았고, 정초부 또한 주인의 배려로 여씨 가문의 자제들과 함께 글을 익히다 주인집에서 나와 나무꾼으로 생계를 이어갔다. 한

세대의 이름난 시인으로 생을 마감했다는 것은 물론 두 사람의 가장 중요한 공통점일 터.

"이단전과 정초부 중 결국 자네는 이단전을 고른 것인가?"

집요한 벗은 오래 기다리지 못하고 똑같은 질문을 다시 한 번 던졌다. 그럼에도 그가 쉽게 대답을 내놓지 않자 벗은 가볍게 한숨을 내쉬고는 두 사람의 또 다른 공통점을 짚는 것으로 방향을 틀었다.

"단전과 초부라, 참 쓸쓸한 이름들 아닌가?"

벗의 말대로 그 이름들은 쓸쓸한 이름들이었다. 아니 쓸쓸함을 넘어서 당혹스럽기까지 한 이름들이었다. 단전亶佃, 진실로 '단亶'에 머슴 '전佃'이니 풀이하자면 '진짜 머슴'이라는 뜻이다. 초부樵夫, 땔나무 '초樵'에 지아비 '부夫'이니 풀이하자면 '나무꾼'이라는 뜻이다. 이단전이 즐겨 썼다는 호 필재疋齋는 또 어떠한가? 필재의 '필疋'은 아래 '하下'와 사람 '인人'이 더해 만들어진 글자이다. 아랫사람, 그게 무엇인가? 바로 하인이다. 거기에 집 '재齋'를 더한 것이 바로 필재의 의미이다.

단전과 초부라는 범상치 않은 이름이 의미하는 바는 무엇인가? 시인으로 제법 이름도 얻었으니 자신을 높이고 과거를 포장할 만도 하건만 그들에게는 그럴 생각이 아예 머릿속에 존재하지도 않았던 것.

그러나 벗이 둘의 공통점에 주목할 생각이었다면 애당초 그에게 이단전과 정초부 중 왜 이단전을 택한 것이냐는 식의 극단적인 질문은 던지지도 않았을 것이다. 그 질문은 그러므로 여러 공통점, 특히나 이름에서 드러나는 쓸쓸함과 당혹스러움, 그럼에도 시인으로 명성을 얻은 드문 삶이라는 공통점에도 불구하고 두 사람이 결정적으로 다른 종류의 사람인 까닭은 도대체 무엇이냐고 묻고 있는 것이나 마찬가지였다.

2

벗은 그의 얼굴을 빤히 쳐다보았지만 그는 아예 입을 닫아 버렸다. 그가 자신의 질문에 당장 대답할 의사가 없다는 사실을 분명하게 확인한 벗은 결국 스스로 이야기를 풀어 나가기 시작했다. 벗은 조수삼에게서 들었다는 이단전의 일화부터 꺼내 놓았다.

"조수삼과 이단전은 일찍이 이덕무李德懋에게서 시 쓰는 법을 함께 배웠다네. 이덕무가 시 수선공을 자처했다는 것은 잘 알고 있겠지? 하지만 그건 이덕무가 잘 쓰는 유희적이자 자조적인 표현일 뿐이고, 이덕무는 실은 그 누구보다도 뛰어난 시 선생이었다네. 조수삼과 이단전이 괜히 이덕무 문하에서 나온 것은 아니란 말이라네. 아무튼 그런 까닭에 두 사람은 그 성향의 차이에도 불구하고 무척 가까운 사이였다네. 사이가 사이였던 만큼 추억도 많았겠지만 조수삼은 그 많은 추억 중에서도 눈보라가 세차게 몰아치던 어느 날 밤을 가장 못 잊어 했지."

그 이야기라면 그도 들은 적이 있었다. 멧돼지와 산토끼도 제 집에서 웅크리고 나오지 않을 그 매서웠던 밤에 광풍과 폭설을 헤치고 조수삼의 집을 찾아와 문을 두드리는 이가 있었다. 바로 이단전이었다. 가뜩이나 왜소한 체격의 이단전은 내리는 눈에 온 몸이 그야말로 푹 파묻힌 꼴이 먹이를 찾아 눈밭을 떠도는 한 마리 짐승처럼 보였다. 그럼에도 이단전은 눈을 털 생각은 하지도 않고 다짜고짜 소매에서 종이뭉치부터 꺼내며 조수삼을 감동시키기에 충분한 한마디를 내뱉었다.

구천구백구십구 인의 사람이 모두 좋다고 해도 소용없습니다. 오직 선생 한 분이 좋다고 해야만 좋은 겁니다.

구천구백구십구 인이고 뭐고 간에 느닷없이 들이닥친 괴물 같은 모습에 잔뜩 놀란 조수삼은 일단 이단전을 안으로 들어오게 했다. 이단전을 뜨뜻한 아랫목에 앉히고 더 뜨뜻한 차 한 잔을 대접한 뒤에 비로소 종이뭉치를 살폈다. 이단전이 금강산에서 지은 시들이었다. 이단전이 금강산을 보러 갔다는 소문을 듣기는 했으나 돌아왔다는 이야기는 듣지 못했다. 그러니까 이단전은 금강산에서 돌아오자마자 그곳에서 지은 시를 들고 곧바로 조수삼을 찾아온 것이었다.

"이것이 이른바 이단전의 장기인 '불쑥 찾아가기'일세."

하지만 벗이 이단전의 장기로 꼽은 '불쑥 찾아가기'를 조수삼만 당한 것은 아니었다. 역시 눈 내리는 어느 깊은 밤 소문난 문사文士인 심노숭沈魯崇 또한 이단전의 방문을 받았다. 화병에 꽂아 놓은 매화만 바라보며 기나긴 겨울밤의 끝 모를 적적함을 때우고 있던 심노승은 반가운 마음에 서둘러 술을 준비했다. 하지만 심노숭은 제 입에 술 한 잔 털어 넣기도 전에 찬물을 한 바가지 뒤집어쓰고 만다. 술 몇 잔을 단숨에 비운 이단전이 요란한 트림과 함께 자리에서 벌떡 일어나며 뜻밖의 말을 내뱉은 것이다.

"밤에 다른 사람과 놀기로 약속이 되어 있습니다."

갑작스럽게 나타났다 사라진 이단전 때문에 안 그래도 쓸쓸하고 적적했던 심노숭의 겨울밤은 더 쓸쓸하고 더 적적했으리라. 하지만 다음 날 심노숭은 뜻밖의 소식에 망연자실하고 만다. 원래의 약속대로 다른 사람과 놀던 이단전이 그만 그 밤을 넘기지 못하고 세상을 떠났다는 것이다. 성실하고 예민한 심노숭은 이단전의 죽음이 그를 붙잡지 못한 자신 때문이라 생각하며 자책했다.

그는 더할 수 없이 우울한 그 이야기를 들었을 때 곧바로 칠칠이의 그림 한 점을 떠올렸다. 풍설야귀인도風雪夜歸人圖! 어두운 밤, 주인과 아이종이 눈보라를 헤치고 집으로 돌아가는 장면을 그린 그 그림은 이단전의 쓸쓸한 죽음을 예언이라도 하는 듯했다. '풍설야귀인'은 원래 당나라 유장경劉長卿의 시에서 나온 구절이다. 그 시는 이렇다.

해는 저물었고 푸른 산은 멀기만 하고
날은 추운데 하얀 집은 가난하구나.
사립문 밖 개 짖는 소리
눈보라 몰아치는 밤 누군가 돌아오누나.

물론 이단전은 시 속의 남자와는 다르다. 이단전에게는 그를 환영하는 벗들이 있었으므로. 그러나 벗들을 만나면서도 이단전의 마음은 항상 나그네의 그것이었다. 그랬기에 눈보라를 헤치고 나아가 또 다른 누군가를 만나려 했던 것이다.

그가 심노숭의 외로운 밤과 이단전의 죽음을 생각하는 사이 벗은 또 다른 '불쑥'의 일화를 꺼내 들었다.

"남공철南公轍도 빼놓아서는 안 되겠지. 이단전은 그저 불쑥이 아니라 불쑥불쑥 남공철을 찾아가고 또 찾아갔으니 말일세."

벗의 말대로 이단전은 고관대작의 자제인 남공철을 자주 찾았다. 그의 집은 물론이고 그가 가는 곳이면 어디든 따라갔다. 오죽하면 남공철이 "시를 짓고 그림을 그리는 우리들의 산수 모임에 이단전이 문득 뒤를 따라온다."고까지 말했겠는가? 우리들은 물론 남공철과 그의 양반 벗들을 말한다. 이단전이 번듯한 차림을 하고 양반들의 뒤를 따라다녔던 것도 아니다. 이단전은 왜소한 체격에 곰보이기까지 했다. 게다가 자신의 차림새를 돌보는 것은 그의 방식이 아니었다. 어느 날 자신을 찾아온 이단전의 몰골을 보고 깜짝 놀란 남공철이 지은 시가 하나 있다.

호사가로 그대만 한 자 없어 약속도 없이 무작정 찾아왔네.
얼굴은 주름이 더 깊어졌고 옷가지도 헤져 있네.

그럼에도 남공철은 이단전을 박대하거나 꺼려하지 않았다. 박대하고 꺼려하기는커녕 함께 술을 마시고 책과 시를 논했다. 물론 논했다기보다는 이단전이 술과 대화를 독점했다고 말하는 게 더 사실에 가깝겠지만 말이다. 남공철의 글에는 그때의 장면이 손에 잡힐 듯 생생하게 그려져 있다.

군君이 역사서를 읽을 때, 충신과 열사가 절개를 지켜 항거하고 의義를 좇아 목숨을 버리며, 창과 칼날을 밟고 쏟아지는 화살과 바위를 무릅쓰고 나아가는 장면을 보면, 책 위에서 데굴데굴 구르고 펄쩍펄쩍 뛰다가 어떤 때는 하염없이 목을 놓아 통곡하기도 했다. 그러다가 천하가 잘 다스려져 유술儒術을 높이고 예악禮樂을 일으키는 장면에 이르러서는 멍하니 걱정이 사라져서 대낮에 꾸벅꾸벅 조는 사람 자세를 취했다. 나는 일찍이 기이하고 특이한 것을 기준으로 사람을 찾으면 제대로 된 사람을 잃을 우려가 있기는 하겠으나 왕왕 뛰어난 사람을 얻을 수도 있다고 생각했다. 이 군을 보며 그런 사실을 확인했다.

결론적으로 말해 남공철은 이단전의 여러 결점에도 불구하고 그를 세상에서 보기 드문 뛰어난 사람이라 평가했던 것이다.

불쑥 찾아와 술을 마시고 난동을 피우는 이단전을 '뛰어난 사람'으로 인정한 또 다른 명사가 있었다. 그는 바로 최북의 그림을 높이 평가했던 이용휴였다. 이단전은 이용휴에게도 자신의 장기대로 불쑥 찾아가 시집을 내밀었다. 이용휴는 이단전의 이름을 물어본 뒤에 시집을 훑어보았다. 그러고는 벽도화 가지를 하나 꺾어 이단전에게 건넸다.

"참으로 이용휴다운 방법이 아닐 수 없네. 그 장면에서 염화시중拈華示衆을 재연하다니."

벗은 이야기를 하면서 스스로 감탄을 금치 못했다. 이는 제자들에게 연꽃 한 송이를 들어 보인 석가모니의 일화를 이용휴가 이단전 앞에서 재연했다는 뜻이다. 벗의 말대로 홀로 웃은 가섭이 석가모니의 애제자가 되었듯 벽도화 가지를 받은 이단전을 자신의 제자로 삼겠다는 의미가 담겨 있는 행동이었다. 이용휴는 '불쑥' 찾아온 이단전을 인정한 것으로 그치지 않았다. 이용휴는 한 편의 아름다운 글을 통해 이단전에 대한 애정을 온 세상에 알리기까지 했다.

노인이 할 일이 없어 곁에 앉아 있는 손님에게 평소에 본 기이한 구경거리나 특이한 소문을 말해 달라고 해서 들었다. 그 중 한 분이 이렇게 말했다.

"어느 겨울, 날씨가 봄처럼 따뜻했는데 홀연 바람이 일더니 눈이 내렸습니다. 밤이 되어 눈이 그치자 무지개가 우물물을 마셨습니다."

다른 손님은 이런 이야기를 들려주었다.

"지난번에 만난 행각승에게서 들은 이야기입니다. 언젠가 깊은 산골짝에서 한 짐승과 맞닥뜨렸답니다. 범의 몸에 푸른 털을 했는데 가만 보니 뿔도 났고 날개도 돋쳤고 소리는 어린아이와 같았답니다."

이야기를 듣기는 들었으나 황당한 거짓말에 가까워 믿을 수가 없었다. 그 다음 날 아침 한 소년이 나를 찾아와 시를 봐 달라고 했다. 성명을 물었더니 이단전이라고 했다. 그의 이름이 벌써 남들과 달라 놀랐는데, 시고詩稿를 펼치자마자 괴상하고 번쩍번쩍한 빛이 솟구쳤다. 뭐라형용하기 어려울 만큼 비범한 시상詩想이었다. 그제야 비로소 어제 들었던 이야기가 거짓이 아님을 믿게 되었다.

이용휴는 난데없는 이야기로부터 글을 시작한다. 우물물을 마시는 무지개와 괴이한 짐승 이야기를 읽는 동안에는 그가 도무지 무슨말을 하려 하는지 짐작하기가 어렵다. 글의 말미에 가서야 그 무지개와 짐승이 실은 이단전의 비범함을 알리기 위한 인용이었음을 알게 된다. 대가다운 글쓰기 법이었다. 그의 글을 통해 비로소 이단전은 우물물을 마시는 무지개와 괴이한 짐승을 양쪽 어깨에 올린 특별한 시인이 되었으니. 오늘날 사람들의 입에 이단전의 시가 오르내리게 된 데에는 이용휴의 글이 결정적인 역할을 했다.

3

"발 넓은 남공철은 일찍이 정초부 또한 만난 적이 있었다네."
벗의 이야기는 어느새 이단전에서 정초부로 넘어갔다. 벗은 남공철이 정초부를 만나게 된 사연을 말했는데 그 사연이라면 그 또한잘 알고 있었다. 나무꾼 시인으로서 이름을 얻은 정초부는 사대부들의 모임에 여러 차례 초대를 받았다. 그 중에서도 가장 의미 있었던 것이 바로 남공철의 아버지인 남유용南有容 등 당시 정계에서 적잖은 영향력을 발휘했던 십삼 인이 모인 시회에서 그를 초대한 것이었다. 고관대작들의 모임이었던 만큼 시회는 성대하고 화려하면서도 아취가 넘쳤다. 이름난 명인들이 거문고와 비파를 연주했고, 빼어난 화가가 그날의 모임을 그림으로 남겼다. 남공철은 그 그림을 보고 그날 참여한 이들의 면모를 세세하게 묘사하는 글을 쓰기까지 했다.

"남공철이 그 십삼 인을 잔뜩 치켜세웠음은 두말할 필요가 없겠지. 그런데 뜻밖에도 남공철은 정초부에 대한 인상까지 글로 남겼다네. '패랭이를 쓰고 초의草衣를 입은 채 구부정하게 대청 아래에 서서 시를 바치는 사람'이 바로 정초부이지."

벗은 '구부정하게 대청 아래에 서서 시를 바치는 사람'에 유독 힘을 주었다. 벗의 의도는 너무도 분명했다. '불쑥' 찾아가 시를 논하는 이단전과 '구부정하게 대청 아래에 서서' 시를 바치는 정초부를 대비하기 위함이었다. 벗은 이만하면 그가 정초부가 아닌 이단전을 고른 이유로는 충분하지 않겠느냐는 득의만만한 표정을 지어 보였다. 하지만 그는 여전히 가타부타 입을 열지 않았다. 벗은 그렇다면 이번에는, 하고 굳은 다짐이라도 하는 얼굴로 정초부의 또 다른 일화를 꺼내 들었다.

"나무꾼 일을 하면서 생계를 유지하기란 쉽지 않은 일이었을 걸세. 그 중에서도 유난히 어려웠던 어느 해 정초부는 관아에 가서 쌀을 빌리려고 했지. 그런데 이게 웬일인가? 호적대장에 그의 이름이 없다는 것일세. 그래서야 쌀을 받을 수가 없겠지. 이 뜻밖의 사태에

접한 그가 어찌 했던가?"

질문의 형태를 띠고 있지만 이 또한 질문은 아니었다. 나무꾼이자 시인인 정초부가 시 읊는 것 말고 할 수 있는 일이 무엇이 있겠는가?

산새는 옛날부터 산사람 얼굴을 알고 있건만
관아의 호적에는 아예 들늙은이 이름이 빠졌구나.
큰 창고에 쌓인 쌀 한 톨도 나눠 갖기 어렵다니!
강 누대에 홀로 올라 보니 저녁밥 짓는 연기 피어오르네.

정초부의 이름만큼이나 쓸쓸한 시였으나 논리 정연한 벗은 그 쓸쓸함에 별반 주목하지 않았다. 이후에 벌어진 일을 말하는 벗의 목소리가 점점 높아졌다.

"노비가 시를 지었다는 소식이 어찌어찌해서 군수에게까지 들어갔던 모양이야. 호기심이 동한 군수는 당장 그를 불러들여 제목 하나를 던져 주고는 시를 읊으라고 했지. 정초부가 시를 읊자 군수가 어찌 했는지 아는가?"

그는 물론 답하지 않았다. 그 뒤에 벌어진 일이야 잘 알고 있지만 이야기를 꺼낸 벗의 의도가 분명해진 이상 굳이 답할 이유는 없었다.

"군수는 정초부를 칭찬하고 쌀을 하사했지. 그러니까 정초부는 시를 통해 쌀을 얻은 셈이지. 이쯤 되면 초부라는 이름의 의미는 다시 한 번 생각해 봐야만 하네. 단전과 필재에는 분노가 담겨 있지만 초부에는 순응만이 있을 뿐이라네. 그러니 이제 내 질문에 답해 보게

나. 이단전과 정초부 중 결국 자네는 이단전을 고른 것인가?"

그는 벗을 보며 웃었다. 벗은 웃지 않았다. 머쓱해진 그는 대답 대신 정초부가 지은 또 다른 시 한 수를 읊었다.

시인의 남은 생애는 늙은 나무꾼 신세
지게 위에 쏟아지는 가을빛 쓸쓸하기만 하다.

정초부가 아닌 이단전을 선택한 이유에 지나치게 몰입해 있는 벗을 정초부의 아름다운 시로 누그러뜨려 보려는 심산이었다. 그러나 자신의 신세에 대한 특유의 쓸쓸한 자각으로 가득한 시조차 벗의 마음을 돌리지는 못했다. 벗은 마치 시 대결이라도 벌이는 듯 곧바로 이단전의 시를 읊었다.

조물주는 무슨 생각으로 해동 한 모퉁이에 나를 태어나게 했을까?
심성은 바보와 멍청이를 겸했고 행색은 말라깽이에 홀쭉이.
사귀는 이는 모두가 양반이지만 지키는 분수는 고작 남의 집 종
혹시라도 천축에 가게 된다면 이 무슨 연고인지 부처에게 물어보리라.

"하나 더 말하지. 이덕무에게서 시를 배운 뒤 시에 눈을 뜬 이단전은 그 이전에 썼던 시를 모두 태워 버렸다네."

시를 읊은 것으로도 모자라 시를 태운 일화까지 인용함으로써 벗은 자신의 속내를 아낌없이 드러냈다. 벗의 말대로였다. 정초부는

시를 통해 자신의 쓸쓸한 심사를 피력했지만 이단전은 시에 자신의 분노를 담아 표출했고, 자신의 피와 땀이 서렸을 시를 아낌없이 불태울 정도로 시에 열정을 보였다. 벗의 열변이 이어졌다.

"자신이 쓴 시를 태워 버리는 게 어디 쉬운 일이던가? 나는 운도 맞지 않는 시 한 수를 지어 놓고도 혹시 쓸모가 있지 않을까 싶어 쉽게 버리지 못한다네. 아무튼 그 자신이 품었던 뼈아픈 심정과 무서운 다짐을 이단전은 더 뼈아프고 무서운 문장들로 표현했다네."

진실한 감정과 경물을 그려 낼 수 없다면 시가 아닌 한낱 모사품이 될 뿐이다. 음식을 죽 늘어놓고 옷감을 덕지덕지 쌓아 놓은 것과 하나 다르지 않다. 붓과 벼루에서 손을 떼자마자 벌써 진부한 말, 죽은 시구가 되어 버리는 것이다.

"자, 어떠한가? 이것으로도 전부가 아니네. 그 모진 결심으로 탄생한 시 하나를 더 살펴야만 하네. 내가 읊을 시는 사람들이 그의 대표작으로 손꼽는 관왕묘關王廟일세."

오래된 사당 으슥하여 대낮에도 스산하다.
늠름한 관왕의 상像은 한나라 옷을 입었다.
중원을 평정하려는 대업 마치지 못해서인가
적토마는 천년 후에도 안장을 풀지 못하고 있다.

"어떤가, 참으로 멋진 시편이지 않은가?"

늠름한 관우의 모습과 평생의 숙원을 이루지 못한 안타까움의 절묘한 대비! 관우의 겉과 속이 제대로 드러난 명편名篇이었다. 그의 시는 남공철의 마음에도 강한 인상을 남겼다. 이용휴는 우물물을 마시는 무지개와 괴이한 짐승을 들었지만 남공철은 과부와 나그네를 들었다.

이 군이 지은 시에는 영롱한 마음과 지혜가 담겨 있는데, 때로는 곤궁함과 불평의 언어를 드러내기도 한다. 그러므로 군의 시는 화를 내는 듯하고 비웃는 듯하기도 하며, 과부가 밤에 곡하는 듯하고 나그네가 추운 새벽에 일어나는 듯하기도 하다.

그가 남공철을 생각하는 동안 벗은 뜀박질이라도 한 것처럼 가쁘게 숨을 몰아쉬었다. 그것으로 끝이라 생각했는데 그렇지 않았다. 벗은 숨을 고른 후 이단전의 또 다른 시 한 수를 읊었다.

떨어지는 해에겐 남은 힘이 없다.
뜬구름은 스스로 그 모습 바꾼다.

끝자락에 다다른 벗이 하필 그 시를 읊은 이유는 이단전을 애도하기 위함이었다. 벗이 읊은 시는 이단전이 죽기 얼마 전에 지은 것이었다. 떨어지는 해와 뜬구름, 결기와 분노로 가득했던 평소의 이단전에게는 어울리지 않는 시어들이었다. 그럼에도 이단전은 떨어지는 해와 뜬구름을 말했다. 투쟁하듯 평생을 살았던 이단전이지만 머지않아 다가올 죽음을 분명히 예감했기 때문이었으리라. 벗은 그의 얼굴을 보며 힘주어 문장을 내뱉었다.

"사람은 다 죽기 마련이네. 하지만 자네가 쓴 대로 세상에 널리 회자될 아름다운 시구 하나라도 남기고 죽는다면 슬플 것이 도대체 무엇이 있겠는가? 정초부는 어떠한가? 정초부의 시는 쓸쓸하나 아름답진 않네. 왜 그런 줄 아는가? 그 삶의 비굴함 때문이지."

4

벗은 이단전에 대해 그가 쓴 그 문장을 자신의 결론으로 삼았다. 벗이 그에게 더 이상 이단전을 고른 것이냐고 묻지 않은 것은 더 이상 물을 필요가 없다고 생각했기 때문일 터였다. 하지만 그는 벗이 이야기를 접는 순간 입을 열었다.

"정초부를 우리가 어찌 비난할 수 있겠나? 우리들이 원래 쓸 수 있는 글은 바람과 구름과 달빛과 이슬을 읊거나 그도 아니면 안부를 묻는 짧은 편지 정도일세. 이단전은 다른 글을 쓰려 했으나 정초부는 우리가 쓸 수 있는 글을 썼네. 이단전을 높이는 것은 괜찮으나 정초부를 낮추지는 말게."

"음, 정초부를 낮추지는 말라는 것이지?"

벗은 그의 마지막 말을 반문의 형태로 바꿔 말한 후 입을 닫았다. 바쁘게 동자를 움직이는 것을 보니 그가 한 말의 의미를 곰곰 생각하는 모양이었다. 사실 벗의 생각은 그르지 않았다. 그는 이단전과 정초부 중 이단전을 선택했다. 그러나 그 선택의 이유는 벗의 짐작과는 달랐다. 그 또한 벗처럼 이단전을 높이 평가했다. 고관대작들에게도 꺾이지 않는 기개를 보인 이단전의 삶, 시에 모든 것을 건 삶, 여항인의 한계에 끝없이 도전해 나간 그 삶이 후세에 귀감이 되리라 믿어 의심치 않았다. 하지만 이단전의 독보적인 뛰어남 때문에 그가 이단전을 고른 것은 아니었다.

그가 이단전을 고른 이유는 정초부를 고르고 싶지 않았기 때문이었다. 무슨 소리인가? 벗이 비난하는 정초부의 삶은 사실 그의 삶과 너무도 유사했다. '패랭이를 쓰고 초의를 입은 채 구부정하게 대청 아래에 서서 시를 바치는 사람'은 그와 닮아도 너무나 닮았다. 바람과 구름과 달빛과 이슬을 읊고 지는 꽃과 흩어지는 수초에 관심을 두는 것, 그것이 그가 쓰는 글의 정체였다. 김정희에게 모진 말을 듣고서도 아무 말 못하는 것이 그의 모습이었다. 가슴속에 한을 그대로 담아 둔 후 종내는 한숨 터지도록 아름다운 시를 뽑아내는 정초부의 삶은 그 쓸쓸함과 비루함의 정도에 있어 그의 삶과 너무도 유사했다. 그랬기에 오히려 정초부를 외면하고 싶은 마음을 갖게 했다. 궁금증이 생겼다. 과연 벗은 그런 그의 속내까지 짐작하고 질문을 던진 걸까?

생각의 정리를 마친 벗이 그를 보며 웃었다.

"정초부에 관해서는 내 짐작이 틀렸군."

벗이 흔쾌히 승복하기는 했으나 어쩐 일인지 그의 마음은 편하지 않았다. 벗이 더 이상 물고 늘어지지 않았기에 그는 잠깐의 고민 끝에 이단전이 차고 다녔다는 시 주머니 이야기를 스스로 꺼냈다.

"이단전은 한 말들이나 되는 시 주머니를 차고 다녔다네. 물론 이런 습속이 당나라 이하李賀로부터 비롯되었다는 것은 자네도 잘 알고 있겠지. 그런데 이단전은 자기가 지은 시를 넣은 이하와는 조금 달랐네. 무엇이 달랐느냐고? 이단전은 다른 이가 지은 좋은 시구 하나를 얻으면 그것을 주머니에 넣어 채웠다네.

나도 이하를 흉내 낸 적이 있네. 금강산을 유람할 때 곱디고운 비단주머니를 차고 다녔지. 하지만 그 주머니에 무엇을 채웠는지 아는가? 시 한 편일세. 내가 지은 시 한 편만을 넣었다네. 남의 시를 아끼는 이단전, 내 시를 아끼는 나, 그것이 이단전과 나의 차이일세. 지금 생각해 보면 내가 이단전전을 지은 이유가 실은 그것 때문인지도 모르겠어. 알겠는가?"

그의 말은 다 끝났으나 수다스러웠던 벗은 침묵에서 빠져나올 줄을 몰랐다. 긴 침묵은 일갈을 준비하는 것일 터. 여태껏 참았던 벗이 마침내 한바탕 쓴소리를 퍼부을 것이라는 짐작은 틀리지 않았다.

"그 말을 듣고 나니 도저히 그냥 넘어갈 수 없네. '난을 그리려면 만 권의 서적을 읽어 그 기운이 창자에 뻗치고 뱃속을 떠받치고, 자연스레 열 손가락 사이로 나와야만 가능하다. 나는 천하의 서적을 읽지 못했으니 어떻게 그게 가능하겠는가?' 자네, 이 문장들을 기억하는가?"

어찌 잊을 수가 있겠는가, 자신이 쓴 문장들을. 그는 잠자코 벗의 다음 말을 기다렸다. 그러니까 벗은 지금 그가 털어놓은 악몽에 대한 자신의 생각을 밝히고 있는 것이었다.

"그 다음의 문장은 또 무언가? '다만 흔히 말하는 그림쟁이의 병통病痛은 아니다.' 이 문장들을 읽었을 때 나는 깜짝 놀랐네. 문자의 향기와 책의 기운은 부족하나 그림쟁이는 아닙니다, 김정희의 힐난에 자네는 고개 수그리고 이렇게 변명하고 있는 것이 아닌가? 자네는 변명하지 않는 사람이었네. 겉은 온유해도 속은 강한 사람이었네. 그런 자네가 도대체 언제부터 이렇게 연약해진 건가?"

유배를 다녀온 직후 쓴 문장들이었다. 글을 아예 쓰지 못하게 되기 전에 쓴 문장들이었다. 그는 그 문장들을 쓰면서 '여항인의 겸허함'을 떠올렸다. 그러나 벗의 목소리로 들어 보니 그 문장들은 '겸허함'이 아니라 '비굴함'의 정서로 가득해 있었다.

벗이 이 문장들을 인용한 의도는 자명했다. 그런 생각을 머릿속에 넣고 다녔으니 뜻밖의 죽음에 마구 흔들린다는 뜻이다. 그는 아무 말도 하지 않았다. 뭐라 말해도 결국은 변명에 지나지 않을 것임을 그 스스로 잘 알고 있었기 때문이다.

벗은 입을 삐쭉 내밀어 무슨 말인가를 더 하려다 그만두었다. 벗이 유난히 강건한 목소리로 말했다.

"성을 내서 미안하게 되었네. 자, 조금만 더 부지런히 읽어 나가세. 읽다 보면 남은 이야기는 저절로 풀릴 것이니."

10장

열 가지 재능을 가지고 하늘에서 귀양 온 사람

조수삼은 괴력난신과 잠꼬대 같은 말과 인사불성이라는 극단적인 용어까지 써 가며 늙은이가 심심파적으로 쓴 것이니 추재기이에 과도한 의미를 부여하지 말라고 당부를 하였다. 그러나 이런 것들을 염두에 두지 않았더라면 애초부터 그러한 용어를 들어 변명할 이유 또한 없었을 터. 결국 그는 겸양을 가장해 이것이 추재기이의 진정한 가치라고 주장하고 있는 것이다.

추재秋齋 혹은 경원經畹이라는 호를 쓴 조수삼趙秀三은 풍모가 출중했고 신선의
기상이 있었다. 여러 종류의 글을 두루 잘 지었는데 그 중에서도 시에 가장
뛰어났다. 여섯 번이나 중국에 가서 대륙 사람들과 사귀니, 그의 시는 압록강
동쪽에만 국한된 것이 아니었다.

사람들은 조수삼이 가진 것이 열 가지인데 보통 사람은 그 중에 한두 가지만
얻더라도 평생 만족하며 살 것이라고 했다. 그 열 가지는 이렇다. 첫째는
풍도風度, 둘째는 시문詩文, 셋째는 과거문, 넷째는 의학, 다섯째는 장기와 바둑,
여섯째는 글씨, 일곱째는 뛰어난 기억력, 여덟째는 담론談論, 아홉째는 복록福祿,
열째는 장수長壽다.

처음 중국에 갔을 때 길에서 강남 사람을 만나 수레를 함께 타고 가면서 그 말을
모조리 배웠다. 그 뒤로 북경 사람들과 말을 하게 될 때는 필담이나 통역을
통하지 않고 직접 말을 주고받았다. 마지막으로 중국에 갔을 때 요동遼東과
계문薊門 사이에서 전에 사귀던 이의 아들을 만나게 되었다. 영락없는
거지꼴이었다. 그는 비감한 마음으로 옛일을 생각하고는 자신의 주머니를 털어
그 자식에게 주었다.

나이 팔십삼 세에 진사시에 합격했다. 많은 양반 벼슬아치들이 그를 축하해
주었다. 네 명의 아들을 두었고, 손자와 증손자 들은 매우 많이 두고 팔십팔 세에
죽었다. 시문 몇 권이 있는데, 정승 조인영趙寅永이 인쇄하여 세상에 전할 것을
계획하고 있다.

호산거사는 말한다.
조수삼은 하늘에서 귀양 온 사람으로, 하늘은 여러 재능을 주었지만 높은 지위는
허락하지 않았구나.

김홍도, 신선도神仙圖, 종이에 수묵, 서울대박물관

1

"대구의 성 밖에 수박 파는 늙은이가 있었다네. 좋은 종자를 심어 수박이 익으면 그걸 따 가지고 와서 길가에 늘어놓고 팔았지. 그런데 다른 장사꾼들과는 조금 다른 점이 있었다네. 수박을 팔면서도 가격을 말하지 않는 것이 아니겠는가? 그래서 수박을 팔 수 있었는지가 궁금하겠지? 팔긴 팔았지. 어떻게 팔았느냐 하면 값을 주면 받고, 안 주면 안 받았다네."

벗은 수박 파는 늙은이의 이야기를 '불쑥' 꺼내 들었다. 조수삼의 추재기이秋齋紀異에 나오는 이야기였다. 이단전을 말했으니 결국은 이단전이 '불쑥' 찾아갔던 조수삼을 말하지 않을 수는 없다는 뜻이리라. 물론 이단전이 불쑥 찾아가지 않았더라도 벗과 그가 알고 지냈던 조수삼은 호산외기를 함께 읽는 데 있어 빼놓을 수는 없는 인물이기도 했고. 그렇다고는 하지만 왜 하필 벗은 추재기이의 이야기 중에서도 가장 밋밋한 축에 드는 '수박 파는 늙은이' 이야기를 꺼내 들었을까?

추재기이에는 제목에 '기이紀異'란 단어가 들어간 만큼 '수박 파는 늙은이'보다 흥미롭고 기이한 이야기가 많다. '부처가 된 소금장수', '범을 잡은 사내', '노처녀 삼월이' 등은 너무도 흥미롭고 기이해서 읽으면서도 그들이 과연 자신과 같은 세상을 살았던 사람들인가, 하고 괜히 의심해 보며 고개를 살짝 갸웃거릴 정도였다. 책에 관한 정보라면 그 유명한 책쾌 조신선 못지않게 두루두루 꿰고 있는 벗이니만큼 그 사실을 모르지는 않았을 터. 거기다가 냉철하고 논리적인 척하면서도 실은 흥미로운 이야기를 워낙 좋아해 추재기이에 얼굴을 파묻다시피 한 사람이 바로 벗이었으니, 결국 벗은 일부러 고르고 고른 끝에 '수박 파는 늙은이'를 불러온 것이 분명했다. 이 또한 벗이 자랑하는 성동격서이리라. 그는 섣불리 맞서지 않고 침묵을 지킴으로써 벗의 생각을 끌어내기로 했다.

"그러니까 조수삼은 꼭 수박 파는 늙은이 같은 사람이었다는 뜻이지."

벗 스스로 실마리를 비추었으니 이제 벗의 이야기를 본격적으로 끌어내기 위해 필요한 것은 적당한 추임새뿐이다. 무엇이든 하려면 제대로 해야 하는 법. 그래서 그는 판소리꾼처럼 일부러 목소리에 힘을 주었다.

"그 무슨 소리인가? 조수삼이 가진 게 한두 가지도 아닌 열 가지나 된다는 세간의 평도 자네는 못 들었나? 첫째는 풍도, 둘째는 시문, 셋째는 과거문, 넷째는 의학, 다섯째는 바둑, 여섯째는 글씨, 일곱째는 뛰어난 기억력, 여덟째는 담론, 아홉째는 복록, 열째는 장수! 보통 사람은 그 중 한두 가지만 가지더라도 평생을 만족하며 살 만하거늘 열 가지를 가진 조수삼 같은 이를 두고 고작 길가에서 수박 파는 늙은이 같다니 도대체 무슨 말도 되지 않는 망언인가?"

적극적으로 호응해 주는 그의 태도가 벗의 마음에 들었던 것 같다. 씩 웃어 보이던 벗은 흐흠 목청을 가다듬더니 이내 목소리를 높여 대꾸했다.

"그러니까 조수삼은 꼭 뱁새 같은 사람이었다는 뜻이지."

"갈수록 태산이군. 조금 전에는 수박 파는 늙은이라 하더니 이번에는 새 중에서도 가장 작은 새인 뱁새와 조수삼이 비슷하다는 건가?"

"그러니까 조수삼은 미친 선비였다는 뜻이지."

거기에 이르자 그는 허허 웃으며 말 그대로 두 손을 들어 보였다. 벗은 그럴 줄 알았다는 듯 흐뭇한 웃음을 보이며 고개를 끄덕였다. 그쯤에서 그가 손을 든 이유는 두 가지였다. 벗은 한때 조수삼을 몹시 흠모하여 강아지처럼 그의 뒤를 졸졸 따라다녔다. 그런 벗이니만큼 조수삼이 썼던 문장들은 대부분 벗의 머릿속에 들어 있었다. 벗은 지금 조수삼이 썼던 문장들을 그대로 가져오고 있었다. 계속 부추겼다간 조수삼이 썼던 문장을 하나 남김없이 꺼내 읊을지도 모를 일이었다. 사태가 그 지경에 이르면 벗과의 호산외기 읽기는 도무지 끝이 나지 않을 터. 하지만 그가 손을 든 더 중요한 이유가 있었으니, 그것은 벗이 읊은 몇 개의 문장을 통해 이미 그 속내가 거의 다 드러났기 때문이었다.

강아지를 방불케 했던 벗만큼은 아니어도 그 또한 조수삼에 대해서 적지 않은 존경의 마음을 품었기는 마찬가지였던 터라 벗이 인용한 문장들이 어떤 글에서 비롯되었는지는 능히 짐작할 수 있었다. 조수삼이 뱁새라 자처했던 글은 이렇게 시작된다.

뱁새는 새 중에서도 가장 작은 새이다. 아침에 나와 날아간다 하더라도 한 집터 안에서 더 나가지 못하고, 혹 저물어서 돌아온다 하여도 나뭇가지만 얻으면 충분하게 쉴 수 있다. 회오리바람을 일으키는 대붕새는 구만 리 장천에 올라가 반년 동안이나 살면서 원대한 것을 도모한다고 한다. 대붕새에 비하면 뱁새는 편안하고 간편하기 그지없다. 우리네는 소인이라 먹을 것을 구하여 사방으로 왔다 갔다 하기를 한평생 계속한다. 그러다가 집에 돌아와도 무너져 가는 두어 칸 집에 자리 하나 깔개 하나뿐이니, 뱁새가 나무 한 가지에서 사는 놀음과 무엇이 다르겠는가.

조수삼이 미친 선비라 자처했던 글은 이렇게 시작된다.

경원經畹 선생은 조선의 미친 선비이다. 성품이 글 읽기를 좋아하며 머리가 하얗게 세도록 늘 중얼중얼 외웠지만 끝내는 잊어버리고 말아 사람들이 더러 무슨 글귀를 물어도 대답을 못할 때가 많다. 그러나 때로는 기억력이 되살아나, 그럴 때는 물 흐르듯 육경六經을 암송하기도 한다. 어린 시절부터 글짓기를 좋아하여 잠자고 밥 먹기를 폐한 적도 있지만 따지고 보면 그다지 훌륭한 작품은 없다.

조수삼 스스로가 뱁새와 미친 선비를 자처했으니 벗의 주장에는 상당한 일리가 있는 셈이었다. 하지만 벗은 기왕 이야기를 시작한 이상 수박 파는 늙은이, 뱁새, 미친 선비만 나열하고 끝을 볼 마음은 없었던 것 같다. 벗은 추재기이에 등장하는 또 다른 이야기를 꺼내 들었다.

"나무 파는 사람이 있었네. 그 사람은 나무를 팔면서 '나무 사시오.' 하지 않고 '내 나무.' 이렇게만 외쳤다네. 바람 불고 눈 내리는 추운 날에도 거리를 돌아다니며 '내 나무, 내 나무!' 이렇게만 외쳤다네. 그러다 나무 사는 사람이 없어 잠깐 틈이 생기면 거리에 앉아 품속에서 책을 꺼내 들었지. 그 책은 바로 맹자였다네."

2

벗은 이로써 자신이 조수삼을 수박 파는 늙은이, 뱁새, 미친 선비, 나무 파는 사람으로 보고 있음을 숨김없이 드러냈다. 그러한 벗의 이야기를 들으면서 그 또한 어쩔 수 없이 조수삼이 쓴 추재기이를 떠올렸다. 조수삼은 서문에서 추재기이를 쓴 이유를 다음과 같이 밝혔다.

올해 나는 병이 들어 거의 죽다 살아났다. 길고 긴 여름 찌는 듯한 무더위 철을 지내자니 머무는 집은 습하고 비좁아서 헐떡대며 햇볕을 피해 다녔다. 도저히 무료한 시간을 보낼 방법이 없었다. 시험삼아 지난날의 기억창고를 더듬어 되살리려 했으나 열 가지 가운데 한두 가지도 남아 있지 않았다. 남은 것조차 잘못 쓰고 글자가 빠진 초본抄本과도 같았다. 내가 이런 지경으로 노쇠하였다니 정말 너무하다. 드디어 손자에게 붓을 잡으라 하여 베개에 의지하여 이 '기이시紀異詩'를 짓고 그 주인공들에게는 간단한 전기를 붙여 약간 편이 되었다. 여기에는 사람들의 시빗거리나 나라의 정치에 관여되는 말은 하나도 언급하지 않았다. 그런 것을 말하려 하지 않았을 뿐만 아니라 말하려 해도 그런 것은 이미 잊어버렸기 때문이다.

아! 처음에 먹었던 내 마음과는 달리 이것은 한갓 여생을 탄식하며 졸음을 막고 더위를 피하는 데 도움을 줄 뿐일 것이다. 그래서 나와 같은 사람들이 이것을 보면서 이 늙은 것을 민망히 여기고 아울러 괴력난신怪力亂神은 공자도 말하지 않은 것이라 하며 과히 책망하지 않는다면 그나마 다행한 일이라 하겠다. 그러나 글을 짓는 데 있어 급히 짓느라고 끙끙거려 잠꼬대 같은 말이 섞였은즉 인사불성人事不省이라는 책망을 면하기는 어려울 것 같다.

시종 겸양으로 가득한 글이다. 조수삼은 '괴력난신'과 '잠꼬대 같은 말'과 '인사불성'이라는 극단적인 용어까지 써 가며 늙은이가 심심파적으로 쓴 것이니 절대로 추재기이에 과도한 의미를 부여하지 말라고 신신당부를 하고 있다. 그러나 이는 믿을 바 못 된다. 쓰면서 '괴력난신'과 '잠꼬대 같은 말'과 '인사불성'을 염두에 두지 않았더라면 애초부터 그러한 용어를 들어 변명할 이유 또한 없었을 것이니. 결국 조수삼은 겸양을 가장해 '괴력난신'과 '잠꼬대 같은 말'과 '인사불성'이 실은 추재기이의 진정한 가치라고 주장하고 있는 것이었다. 이 서문은 호산외기의 서문과 꽤 비슷한 것이기도 했다.

내가 집에 있으면서 무료하여 귀로 듣고 눈으로 보았던 바의 약간의 사람들을 기억해 내어 그것을 전으로 만들었다. 다행히도 천지간에 머물러 있어서, 후세의 독자로 하여금 지금 사람이 옛일을 대하는 것과 같이 되고자 한다. 이에 마음 놓고 내키는 대로 재빨리 쓰고, 수염을 들어 이것을 읽기를 후세 사람이 고서를 읽는 것 같이 해 보았다. 조금 있다가 생각해 보니 어리석고 또 망령되기도 하다.

수록된 인물의 면모는 다르나 결국 추재기이와 호산외기는 어쩌면 쌍둥이 같은 글일 수도 있음을 보여 주는 장면이었다.

그러나 글과는 달리 정작 조수삼의 삶에서는 '괴력난신'과 '잠꼬대 같은 말'과 '인사불성'은 흔적조차 찾아보기 어려웠다. 풍양 조씨 집안의 겸인傔人을 지냈던 조수삼은 '뛰어난 문장 실력과 넉넉한 인품'을 바탕으로 고관대작들과 교유했으며, 그들을 따라 여섯 차례 중국을 다녀오기도 했다.

그러한 조수삼의 이력으로 볼 때 벗이 말한 '수박 파는 늙은이, 뱁새, 미친 선비, 나무 파는 사람'은 그 어디에도 끼어들 자리가 없는 듯 보였다. 말년 생활도 노망난 늙은이의 생활은 아니었다. 과거에 응시하지 못한 조수삼의 한을 읽은 고관대작들은 팔십삼 세가 된 그에게 진사시 합격증을 선사하기도 했다. '뛰어난 문장 실력과 넉넉한 인품'을 지닌 조수삼은 그 사소한 은혜 또한 그냥 넘기지 않았다. 조수삼은 답례로 다음과 같은 시를 짓기까지 했다.

마른 나무에 봄이 돌아오니 이름 없는 이 몸 이제야 잎이 피려는가.

공이 없으면서도 임금 은혜 입게 되고 어리석은 몸이면서도 조상 덕을 본다.

어진 재상이 축하주를 가져왔고 궁한 집에서는 애들에게 저 사람 보라 하며 글 읽기를 권한다.

영조 옛 임금 두 번째 회갑날, 나에게 내린 분에 넘치는 선물 다시 생각해 본다.

분명 영예로운 일이기는 하나 음미하기엔 어딘지 모르게 입맛이 썼다. 여항인을 대표하는 문장가이자, 뛰어난 인품의 소유자이자, 박학다식을 자랑하는 학자인 조수삼이 겨우 진사시에 합격한 것을 가지고 대사성이라도 된 것처럼 호들갑스럽게 기뻐하다니! 물론 그 속내는 꼭 그렇지는 않았을 터였다. 그가 보기에는 '이름 없는 이 몸 이제야 잎이 피려는가?' 하는 구절이야말로 그 시에 등장하는 조수삼의 유일한 진심인 것 같았다. 그는 속에서 올라오는 쓴물을 간신히 삼키고 벗에게 말했다.

"이야기책 읽어 주는 노인은 동대문 밖에 살았다네. 언문으로 쓴 숙향전, 심청전 같은 전기소설들을 입으로 줄줄 외웠다네. 초하루에는 청계천 제일교 아래에서, 초이틀에는 제이교 아래에서, 초사흘에는 이현에서, 초나흘에는 교동 입구에서, 초닷새에는 대사동 입구에서, 초엿새에는 종루 앞에 앉아서 외웠다네. 초이레부터는 거꾸로 내려왔다네. 아래로 내려갔다가 올라가고, 올라갔다 내려오면서 전기소설들을 외우고 또 외웠다네."

"흥미롭군. 자네 생각엔 조수삼이 이야기책 읽어 주는 노인이었다는 뜻인가?"

벗의 질문을 일부러 외면한 그는 또 다른 이야기를 끄집어냈다.

"이야기 주머니인 김옹金翁은 옛날이야기를 참 잘했다네. 듣는 사람이 누구건 배꼽을 잡게 만들었지. 핵심을 찌르고 말도 잘하는 것이 꼭 귀신이 도와주는 것만 같았다네. 그러므로 가히 재담꾼 중 으뜸이라 할 만했지."

"자네 생각엔 조수삼이 재담꾼이었다는 뜻인가?"

그는 대답하는 목소리에 은근슬쩍 힘을 주는 벗을 향해 이렇게 말했다.

"그렇다고 하지는 않았네. 하지만 설령 그렇다 해도 이야기책 읽어 주는 노인과 재담꾼이 수박 파는 늙은이, 뱁새, 미친 선비, 나무 파는 사람보다는 낫지 않나?"

"뱁새와 미친 선비는 조수삼이 스스로를 그렇게 부른 것이라네."

"그렇다면 수박 파는 늙은이와 나무 파는 사람은?"

"그건 내가 가져다 붙인 것이지. 그 의미를 자네는 짐작하겠는가?"

벗의 역공이었다. 벗이 수박 파는 늙은이와 나무 파는 사람을 고른 의미를 처음엔 잘 알지 못했다. 하지만 이야기를 주고받고 추재기이를 생각할 만큼 생각한 지금은 벗의 선택의 의미를 확실히 알 수 있었다. 수박 파는 늙은이와 나무 파는 사람의 공통점은 그들이기로에 선 인물이라는 데 있다. 문맥으로 보건대 그들은 장사꾼이 아니다. 머릿속은 여전히 선비이나 당장 먹고살기 위해 장사에 나선 것이다. 조수삼이 그랬다. 조수삼은 여항인 중 가장 경서에 밝은 사람이었다. 그러나 그렇게 익힌 경서에 관한 지식은 그의 삶에는 별반 도움이 되지 못했다. 벗은 조수삼의 생 한가운데에 자리한 그 모순을 생각하면서 수박 파는 늙은이와 나무 파는 사람을 고른 것이리라. 그는 벗에게 되물었다.

"그런 자네는 이야기책 읽어 주는 노인과 재담꾼의 의미는 알고나 있는가?"

"추재기이의 주인공은 실은 조수삼이라는 것이겠지."

벗은 그다지도 중요한 이야기를 별다른 고민도 하지 않고 곧바로 내뱉었다. 책 잘 읽는 벗은 이번에도 그의 속내를 제대로 읽었다. 추재기이를 쓴 조수삼은 그에게 있어 어쩐지 최북을 연상케 만들었다. 스스로를 칠칠이, 호생관이라 불렀던 그 최북 말이다. 칠칠이, 호생관의 의미가 이중적이듯 추재기이도 겉은 기이해도 속내는 판이할 터. 그는 수긍하는 대신 결론을 말했다.

"그렇다면 조수삼은 우리 생각에 이야기책 읽어 주는 노인, 재담꾼, 수박 파는 늙은이, 나무 파는 사람인 것이로군."

"그렇군. 가진 게 열 가지나 되는 선생은 우리에겐 그런 의미로군."

3

재담꾼이라도 된 것처럼 주거니 받거니 하던 대화가 거기서 끊어졌다. 가진 게 열 가지나 되는 조수삼은 결국 추재기이라는 책과 '진사'의 칭호만을 남긴 채 세상을 떴다. 조수삼은 '진사'의 칭호에 감읍했지만 그와 벗은 추재기이에서 조수삼의 진면목을 보았다. 사람들은 조수삼이 가진 비현실적인 열 가지를 칭송하고 부러워하지만, 실은 추재기이 한 권이 그 열 가지보다 더 나을 수도 있었다. 벗은 시한 편을 읊었다.

아름다운 글짓기가 평생의 버릇이었다.
어제 신선을 만나 의아하게 여겼다.
내 이리 총총히 가리라는 기별이었나 보다.
한 생애 깨끗지 못할 때도 있었음을 스스로 뉘우친다.

처음 듣는 시였다. 그는 고개를 갸웃하고 벗을 보았다.
"조수삼이 죽기 얼마 전에 지은 시인데 제목은 '절필의 외침'이라네. 아마 자네는 처음 듣는 것일 테고."
벗의 말대로 그가 미처 알지 못하던 시였다. 가슴이 먹먹해졌다. '한 생애 깨끗지 못할 때도 있었음을 스스로 뉘우친다.'고 진솔하게 고백하는 마지막 구절 때문이었다. 그 구절 속에는 시 쓰는 여항인이면서 경전 읽는 사대부를 꿈꾸며 살았던 조수삼의 회한, 그리고 반성이 솔직하게 표현되어 있었다. 그 속에 담긴 마음이, 문자로는 부족한 그 안타까움이 그를 아프게 했다.

"조수삼이 미친 선비라 자처했던 글이 어떻게 끝나는지 아는가?"

물론 알고 있었다. 그러나 그는 말하지 않았다. 그것은 한때 조수삼의 뒤를 졸졸 쫓아다녔던 벗의 몫으로 남겨 두는 것이 옳았다.

"'나는 갈아도 갈리지 않는 지조와 물들어도 물들지 않는 청백淸白을 사모하는 사람이로다.' 나는 이 문장을 조수삼의 진심이 드러난 많지 않은 글 중의 하나로 본다네. 자네는 어떤가?"

그가 그 문장을 음미하는 동안 벗은 또 다른 이야기를 꺼내 들었다.

"내 나무, 하고 외치던 사람이 읽었다던 맹자 말일세. 그는 무슨 구절을 읽었을까? '한 사나이가 군주를 섬긴다는 것은 경세제민經世濟民의 대의를 구현하기 위한 것이지 녹을 받아 궁핍을 면하기 위한 것은 아니다. 그러나 때로는 단지 생활비를 벌기 위해서 벼슬을 할 때도 있다.' 난 자꾸 이 구절이 떠오르는데 설마 그 사람이 진짜 이 구절을 읽지는 않았겠지?"

단지 생활비를 벌기 위해서 벼슬을 할 때도 있다, 는 구절에 가슴이 뜨거워졌다. 어찌 내 나무, 하고 외치던 사람만이 그렇겠는가? 경세제민의 대의를 구현하기 위한 삶, 더 구체적으로 말하면 경전 읽고 실천하는 삶이 원천적으로 봉쇄되어 있는 '우리' 여항인들 치고 이 구절에 해당되지 않는 이가 누가 있겠는가?

벗은 이번에도 그의 마음을 정확히 읽어 냈다. 벗이 인용한 맹자의 문장은 사실은 조수삼의 삶에 대한 벗의 뜨거운 변호였다. 그는 고개를 저으며 벗에게 이렇게 말했다.

"조수삼이 가진 것이 모두 열 가지라는 말은 그릇된 것일세. 열한 번째가 있으니 그것은 바로 인仁의 마음일세. 조수삼은 중국을 여섯 차례 드나드는 과정에서 여러 중국인 벗을 사귀었네. 그런데 마지막 중국 행차에서 중국인 벗의 아들을 만났다네. 그 아비는 죽고 자식은 거지처럼 살고 있었지. 조수삼이 어찌 했는가? 자신이 가진 모든 것을 다 그 자식에게 내주었네. 나이 칠십인 그가 또다시 중국을 방문할 수는 없었을 터. 그럼에도 그는 자신이 가진 모든 것을 다시 만날 수도 없는 이방인의 자식에게 내주었지. 그게 바로 조수삼이 조수삼이 되는 까닭일세. 늙은 진사였으나 실은 진짜 진사이기도 한 까닭이고. 자네 생각은 어떠한가?"

벗의 말을 생각하는 동안 벗은 벗다운 재기 가득한 또 다른 말로 그의 마음을 찔러 왔다.

"혹 호산외기의 주인공은 자네 아니던가? 추재기이의 주인공이 실은 조수삼인 것처럼."

과연 그러한가? 벗이 말하기 전까지 한번도 그의 머릿속에 떠오른 적이 없는 생각이었다. 그러나 벗이 말하자 어쩌면 그럴 수도 있다는 생각이 갑자기 들기 시작했다. 벗을 바라보았다. 능청스러운 벗은 자신의 질문은 이미 잊은 듯 호산외기에 머리를 처박다시피 하고 다음 읽기의 대상을 고르고 있었다.

11장

가슴과 소매에 가득한 책으로 신선이 되다

신선인지 아닌지를 따지느라 나이와 학살 사건을 제법 장황하게 펼쳐 놓기는 했으나 실상 조신선은 그가 하는 일로 주목을 받아 마땅했던 이들이었다. 이가환, 정약용 등이 그에게 그토록 많은 관심을 가졌던 것도 사실은 그가 책을 사고파는 책쾌였기 때문이었다.

그것도 이 세상에 존재하는 그 어떤 책이라도 원하기만 하면 가져다주는, 세상에 단 하나밖에 없는 책쾌였기 때문이었다.

조신선전

조신선曹神仙이 어떤 사람인지는 알 수 없다. 그는 서울 곳곳을 누비고 돌아다니면서 책 파는 것을 직업으로 삼았는데, 동서남북 존비귀천의 집을 막론하고 그의 발자취가 이르지 않는 곳이 없었다. 어린아이와 하인 들이 그를 보면 '조신선'이라 손가락질하며 업신여기고 비웃는 일이 있어도 그저 한번 웃고 말 뿐이었다. 사람들이 나이를 물으면 '육십'이라 했다. 칠십 세가 된 어떤 노인이 말하기를 "내가 아이 때에 조를 보았는데 그때도 '육십'이라고 말했다." 하였다. 이로써 헤아려 보면 조신선의 나이는 나중에는 백사십 세쯤 되었을 것이다. 그런데도 얼굴 모습은 사십이거나 그도 안 되어 보였다. 이 때문에 사람들이 그를 신선이라 칭한 것이다. 탈없이 죽었는데 아무런 일도 일어나지 않았다. 나도 그와의 인연이 있기는 했다. 일찍이 박도량朴道亮의 서점에서 그를 본 적이 있다.

호산거사는 말한다.
조는 과연 신선일까? 책을 파는 것을 스스로 즐김은 종능宗能, 도홍경陶弘景과 같이 문자선文字仙의 경지에 이른 경우로 보아도 될 것이다.

책탁문방도 冊卓文房圖, 18세기, 호암미술관

1

"자네 혹시 신선이 되고 싶은 건가?"

선문답 같은 질문 하나 던져 놓고 호산외기를 뒤적거리던 벗은 이번에도 역시 그의 답은 듣지도 않고 자신이 선택한 부분들을 큰 소리로 읽어 나갔다.

김가기金可基는 집에 있을 때는 새벽에 일찍 일어나 천천히 시냇가로 걸어가 엉덩이를 드러내고 앉았다. 배에서 소리가 나더니 물이 입안에서 나왔다. 조금 지나서 다시 그 물을 마시니 샘물이 쏟아지는 듯 곧바로 항문 아래로 빠져나왔다. 이와 같은 행동을 여러 번 반복한 후에야 그만두었다. 김가기는 아무런 병도 앓지 않고 죽었다. 그가 죽은 방 안에는 이상한 향기가 가득했고 며칠이 지나도 사라지지 않았다. 사람들이 모두들 시신을 남기고 혼백은 신선으로 화한 '시해尸解'라고 여겼다.

그가 쓴 김신선전金神仙傳이다.

승문관 산원散員을 지낸 신두병申斗柄은 어느 날 갑자기 가깝게 지내던 사람을 찾아가 말했다.

"지금 나는 떠나오. 훗날 모년에 풍악산에서 만날 수 있을 것이오."

그 사람은 그 말을 그저 한 귀로 흘려들었다. 그해가 되어 그 사람은 풍악산을 가게 되었고 그곳에서 신두병을 만났다. 둘은 함께 술을 마시며 이야기꽃을 피웠다. 함께 유람을 하자는 그 사람의 요구를 들은 신두병은 이렇게 대답했다.

"지금은 갈 곳이 있소. 모년 모월 모일에 그대의 선산을 방문하겠소."

선산이라니, 도무지 알 수 없는 말이었다. 그런데 그해가 되자 그 사람이 죽었다. 장사 지내는 날에 신두병은 술 한 병을 갖고 와 통곡을 했다. 그 이후 그의 종적은 아무도 알 수가 없었다.

그가 쓴 신두병전申斗柄傳이다.

조신선의 나이는 나중에는 백삼사십 세쯤 되었을 것이다. 그런데도 얼굴 모습은 사십이거나 그도 안 되어 보였다. 이 때문에 사람들이 그를 신선이라 칭한 것이다. 탈없이 죽었는데 아무런 일도 일어나지 않았다.

그가 쓴 조신선전이다. 그가 쓴 글 세 편의 일부를 차례로 읽은 벗은 웃으며 말했다.

"나도 신선은 있다고 생각하네."

그것이 전부일 리는 없었다. 호산외기 읽기가 절정을 향해 달려가고 있는 마당이었다. 벗의 한마디 한마디에 담긴 의미가 가벼울 리 없었다. 그는 벗이 읊은 시를 듣고서야 벗의 속내를 짐작했다.

세상에 신선이 없다고 말하는 이 누구인가?
서울 장안 저자에서 날마다 부르는걸
일백 년 지난 일을 자세히도 말해 주고
삼신산 신선을 벗 삼아 함께 다닌다네.
책을 팔아 술에 취하니 마음은 풍요로운데
원숭이나 학처럼 기골은 야위어 가네.
전우치田禹治와 장생蔣生이 어디 있느냐고?
멍청한 네 눈앞에서 그가 달리는 걸 못 보는 건가?

벗이 읊은 건 조수삼의 시였다. 조수삼에 대해 더 할 말이 남아서
인가? 그렇지 않다. 벗이 말하려는 건 조수삼이 아니라 그가 쓴 시에
등장하는 인물이었다. 일백 년 전의 일도 말해 주고 삼신산 신선과
도 동무를 삼고 전우치와 장생과도 비견할 만한 인물, 책을 팔아 번
돈으로 술에 취하면서도 먹는 것을 꺼려 하루하루 기골이 야위어 가
기만 하는 인물, 조수삼이 '신선'이라 칭한 인물이었다. 그런 까닭에
그의 이름은 다름 아닌 '조신선'이었다.
　그렇다면 과연 조신선은 벗의 말대로 신선인 것일까? 과연 벗은
지금 문자 그대로의 신선을 말하려 하는 것일까?

2

사실 그는 조신선을 본 적이 있었다. 비록 단 한 번이었지만 말이다. 그건 바로 박도량의 책방에서였다. 그는 들어가고 조신선은 나오는 중이라 마주친 시간은 길지 않았다. 그럼에도 그는 자신이 마주친 사람이 그 유명한 책쾌 조신선이라는 사실을 단박에 알아차렸다. 소문대로 수염은 붉고 눈은 번쩍번쩍 빛이 났다. 키는 껑충했으나 체구는 고목처럼 바짝 말랐다. 그는 자기도 모르게 고개를 살짝 숙였다. 조신선 또한 고개를 살짝 숙여 보이더니 이내 몸을 돌려 거리를 향해 달려갔다. 그는 아무 말 못하고 조신선이 달리는 것을 넋을 놓고 보았다. 조신선이 완전히 사라지고 나서야 뒤늦은 후회가 찾아왔다.

'한심하기는, 조신선을 붙잡고 나이라도 물어볼 것을.'

생전 처음 만나는 이를 붙잡고 나이부터 물을 생각을 했다는 것은 어찌 보면 어처구니없는 일일 수 있겠다. 그러나 그가 만난 사람은 다른 이도 아닌 조신선이었다. 세간에는 조신선의 나이를 둘러싼 수많은 추측이 만발했다. 그러니 다른 이라면 몰라도 조신선에게 나이를 묻는다는 것은 좀처럼 해결되지 않는 궁금증을 풀기 위해 만사 제쳐놓고 꼭 해야만 하는 긴요한 일이었던 셈이다.

아무튼 그가 잠깐 만나본 조신선은 아무리 높여 잡아도 육십을 넘긴 사람으로는 보이지 않았다. 문제는 수십 년 전 조신선을 만났던 사람들이 추정한 나이 또한 육십 언저리였다는 데에 있다. 조신선을 만난 적이 있다는 노인은 그가 조신선의 나이에 대해 묻자 한숨부터 쉬었다.

"아이 때에 조신선을 본 적이 있소. 그때 자기 나이를 육십이라 말했다오."

노인의 나이는 칠십이었다. 그렇다면 조신선의 나이는 아무리 적게 잡아도 백이십은 넘는다는 이야기가 된다. 노망난 노인의 이야기로 치부할 수도 있다. 하지만 그릇된 논리를 결코 참아 내지 못하는 정약용丁若鏞조차도 그와 비슷한 이야기를 했다는 것을 알면 사정은 달라진다.

정약용이 조신선을 처음 만난 것은 정조 임금이 즉위하던 해1776였다. 그때 정약용은 자신이 본 조신선의 나이를 사오십 정도로 추정했다. 그 다음 만남은 20여 년 뒤인 순조 임금 즉위 해1800에 이루어졌다. 세월이 적지 않게 흘렀음에도 조신선의 용모는 하나도 변하지 않았다. 정약용은 내심 당황했지만 그럴 수도 있겠다, 생각했다. 드물지만 불가능한 일은 아니었기 때문이다. 정약용은 그로부터 20여 년 뒤 다시 조신선의 소식을 접했다. 조신선을 만나 본 이는 고개를 절레절레 저으며 이렇게 말했다.

"여전히 사오십 정도로밖에는 보이지 않더군."

정약용은 그의 말이 좀처럼 믿기지 않았다. 그래서 고개를 젓는 행동으로 아무래도 그 이야기는 믿을 수 없다는 뜻을 확실하게 내보였다. 그럼에도 정약용은 자신이 들은 이야기를 완전히 거짓이라 부정하지는 못했다. 이어지는 글에서 정약용은 이가환李家煥의 '영조

32년1756에 조신선을 보았는데 그때도 사오십 정도로 보였다.'는 말을 인용했다. 이것으로 미루어 볼 때 정약용의 머릿속은 완전히 혼란에 빠졌음이 분명했다. 자신이 본 것으로 계산하면 팔십을 넘은 노인이 사오십으로 보이는 셈이고, 이가환이 본 것으로 계산하면 백세를 훌쩍 넘긴 노인이 사오십으로 보이는 셈이었으므로. 논리를 중요하게 여기는 정약용은 고민 끝에 다음과 같은 애매하고 비논리적인 결론을 내놓았다.

"그 사람의 붉은 수염에 혹 무슨 특별한 이치가 있는 것은 아닐까?"

조신선의 나이를 둘러싼 의혹은 이것으로 끝이 아니다. 조수삼은 조금 더 과격한 이야기를 전했다. 조신선이 직접 자신의 나이를 서른다섯으로 밝혔다는 이야기가 그것이다.

혹 누가 나이를 물으면 "잊었다오."라고 대답했다. 후에 또 누가 물으면 서른다섯이라고 했다. 올해 물은 사람이 그다음 해에 "어찌하여 올해도 서른다섯을 넘지 않는다고 말하오?"라고 물으면 그는 웃으며 답했다.

"인생은 서른다섯일 때가 좋다고 하오. 하여 그 좋은 서른다섯 살로 내 나이를 마칠까 싶어 더 세지 않았다오."

다른 이의 말을 떠벌리기를 유난히 좋아하는 이가 그를 보고 "나이가 수백 살임이 분명하다."라고 말하자 그는 눈을 동그랗게 뜨고 대꾸했다.

"그대는 어떻게 수백 년 전 일까지 아는가?"

듣고 보면 맞는 말이기에 사람들은 그더러 뭐라 하지 못했다. 술 마신 뒤 왕왕 자신이 보고 들은 이야기를 하곤 했는데 나중에 그것들을 가만히 생각해 보면 모두 백수십 년 전에 일어난 일들이었다.

조수삼의 회고는 무척 중요하다. 조신선이 자신의 나이를 서른다섯으로 밝히기는 했으되, 실은 그 이상, 그러니까 많게는 백수십 살일 수도 있음을 넌지시 암시했다는 내용이 담겨 있기 때문이다.

조신선을 그냥 보낸 일은 생각하면 할수록 아쉽고 또 아쉬웠다. 나이를 둘러싼 그 모든 사정을 훤히 꿰고 있던 그는 바로 눈앞에서 조신선과 마주쳤음에도 당황한 나머지 입도 벙긋하지 못하고 그냥 보내 버렸다. 조신선의 나이와 관련된 궁금증을 직접 해결할 기회를 허공에 날리고 만 셈이었다. 그러나 위안이 되는 점도 있었다. 사실 조신선에게 나이를 물었다 해도 달라질 것은 하나 없었다. 이가환, 정약용, 조수삼의 예를 통해 알 수 있는 것은 조신선에게 나이란 아무 의미가 없는 것이라는 사실뿐이었다. 그러므로 조신선의 정확한 나이를 당사자의 입으로 듣는 것은 애초부터 불가능한 일이었을 터.

나이를 둘러싼 논란 말고도 조신선을 신선이라 부를 수 있는 또 다른 이유가 있기는 했다. 영조 임금 때 일어난 끔찍한 사건이 좋은 예이다. 영조 임금은 청나라에서 발간된 명기집략明紀輯略이라는 책에 태조와 인조 임금을 능멸하는 문장이 들어 있다는 사실을 알고 진노했다. 임금의 진노는 학살을 불러왔다. 영조 임금은 이 책을 취급한 책쾌와 책쾌에게서 책을 구입한 이들을 잡아다 참형에 처했다. 아까운 목숨과 함께 압수된 책도 함께 불태워졌다. 다른 그 누구보다도 책쾌로서 발 빠르게 활동했던 조신선이었으니 이 학살에서 벗어날 길은 없어 보였다. 그러나 보통의 책쾌가 아니었던 조신선은 학살이 벌어지기 얼마 전에 서울 거리에서 사라졌다. 그는 사라지기 전 거래하던 집들을 찾아다니며 일일이 인사까지 했다.

"일이 있어 영남 땅에 몇 년 갔다 돌아오겠습니다."

조신선은 영조 임금의 과도했던 진노가 바닥에 가라앉아 먼지로 바뀐 뒤에야 다시 서울 거리에 나타났다. 어디로 도망갔다 왔느냐는 질문에는 그저 이렇게 답할 뿐이었다.

"내가 지금 여기 있는데 어디를 도망갔다 왔단 말이오?"

신선인지 아닌지를 따지느라 나이와 학살 사건을 제법 장황하게 펼쳐 놓기는 했으나 실상 조신선은 나이와 학살 사건이 아닌, 그가 하는 일로 주목을 받아 마땅했던 인물이었다. 이가환, 정약용, 조수삼이 조신선에게 그토록 많은 관심을 가졌던 것도 사실은 그가 책을 사고파는 책쾌였기 때문이었다. 그것도 이 세상에 존재하는 그 어떤 책이라도 원하기만 하면 가져다주는, 세상에 단 하나밖에 없는 책쾌였기 때문이었다. 전설적인 책쾌답게 조신선은 고객의 노소와 거리의 원근을 가리지 않았다. 책을 사고팔기를 원하는 이가 있으면 어디든, 언제든 갔다. 그냥 간 것도 아니고 항상 달려서 갔다. 그랬기에 조수삼은 다음과 같은 문장을 남겼던 것이다.

조신선은 해만 뜨면 저잣거리로, 골목으로, 서당으로, 관청으로 달렸다. 위로 높은 벼슬아치부터 아래로 소학을 읽는 아이에 이르기까지 찾아다니지 않는 이가 없었다. 그런데 그가 달리는 것은 나는 듯했고, 그의 가슴과 소매에 가득 찬 것은 책이었다.

'가슴과 소매에 가득 찬 것은 책'이라는 문장에 조신선의 또 다른 모습이 숨어 있다. 책쾌들은 보통 책들을 보따리에 담아 들고 다녔다. 조신선은 달랐다. 조수삼의 글에 나타나 있듯 그는 가슴과 소매에 책을 넣고 다녔다. 다른 책쾌들이 그렇게 하지 않는 이유는 명확했다. 가슴과 소매에는 책을 많이 넣을 수 없었기 때문이다. 그렇다면 조신선은 다른 책쾌와 달리 몇 권의 책만 달랑 들고 다녔다는 뜻일까? 그렇지 않다.

어느 집에선가 조신선을 불러들여 자치통감강목資治通鑑綱目을 보고 싶다 했다. 조신선은 그 말을 듣자마자 가슴과 소매에서 책들을 꺼내기 시작했다. 한 권 두 권 나오던 자치통감강목이 마침내 전 권 모두 주인 앞에 놓였다. 주인은 직접 보았으면서도 자신이 본 것을 도무지 믿을 수 없었다. 자치통감강목은 80권이 넘는 거질이었기 때문이다.

짐작할 수 없는 나이, 학살 사건에서 살아남은 것, 셀 수 없이 많은 책들을 가슴과 소매에 넣고 다닐 수 있는 능력, 늘 달리는 모습만 보면 조신선은 확실히 이인異人이라 할 수도 있겠다. 그러나 조신선을 더욱 신선답게 만드는 것은 책을 대하는 그의 태도였다. 그 점은 누군가의 우문에 답한 그의 현답에서 제대로 드러난다.

"책은 모두 당신 것이요? 또 그 안에 담긴 뜻을 아시오?"
"내 비록 책은 없지만 아무개가 어떠어떠한 책을 몇 년 소장하고 있다면 그 책들의 일부는 내가 판 것이오. 비록 그 뜻은 모르지만 어떤 책은 누가 지었으며, 누가 주석을 달았고, 몇 권 몇 책인지 다 알 수 있다오. 그런즉 세상의 책이란 책은 다 내 책이니 세상에 책을 아는 사람도 나만 한 사람이 없을 것이오. 세상에 책이 없어진다면 나는 달리지 않을 것이오. 세상 사람들이 책을 사지 않는다면 내가 날마다 마시고 취할 수도 없을 것이오. 이는 하늘이 세상의 책으로 나에게 명한 바이니, 내 생애를 책으로 마칠까 하오."

실로 감동적인 답변이 아닐 수 없다. 그가 조신선을 호산외기에 넣기로 한 것은 조신선을 신선이라 생각했기 때문이라기보다는 그가 책을 사고파는 일을 평생의 명命으로 생각했기 때문이었다. 책을 사고파는 것, 그것이 조신선이 오랫동안 세상에 머무른 이유였고, 끔찍한 학살 사건에서 살아남은 이유였고, 많은 책들을 가슴과 소매에 넣고 다녔던 이유였고, 늘 바쁘게 달렸던 이유였다.
　벗이 질문을 던졌다.
　"앞서 읽었던 김신선전에 보면 시해란 말이 나오네. 신선이 된 자들에게만 일어나는 특별한 일이니 조신선도 분명 그러했으리라 믿네. 과연 그랬는가?"

그는 고개를 저었다. 그는 조신선의 죽음을 목격한 이를 찾아가 직접 이야기를 듣는 수고를 아끼지 않았다. 그이는 분명 '탈없이 죽었고 별다른 일은 없었다.'고 당시의 광경을 전해 주었다. 몇 사람을 더 찾아 만나 보았지만 그들의 의견 또한 처음의 이와 다르지 않았다. 벗이 또다시 물었다.

"시해는 아니다…… 그럼에도 자네는 조신선을 신선이라 생각하는 게지?"

벗의 말에는 연원이 있었다. 그가 쓴 '조신선은 과연 신선일까? 책을 파는 것을 스스로 즐김은 종능, 도홍경과 같이 문자선의 경지에 이른 경우로 보아도 될 것이다.'라는 문장을 염두에 두고 한 말이었다. 그가 다른 경우와 마찬가지로 긍정도 부정도 하지 않자 벗은 지체 없이 처음에 했던 질문으로 되돌아갔다.

"자네 혹시 신선이 되고 싶은 건가?"

3

벗은 또다시 신선이 되고 싶은 것이냐고 물었다. 그는 잠시 생각한 후 고개를 저었다. 벗은 그를 똑바로 보며 읊었다.

문밖에 나가지 않고도 손으로 달 속 굴을 더듬고 발로 하늘 끝을 밟아서 조화옹의 수단이 그 가슴 가운데 있고, 바람과 구름의 변하는 양태가 그 손가락 끝에 있어서, 놓으면 하늘과 땅이 도리어 작게 되고 거두어들이면 한 주먹에도 차지 않는 것이니, 이것이 마음 가운데 통쾌함이다. 그러므로 하늘 아래 제일 통쾌한 일이라는 것은 문장만 한 것이 없다.

"이 문장 기억하는가?"

어찌 잊을 수 있겠는가, 자신의 가슴속에서 나온 문장을. 그가 대답하지 않자 벗이 곧바로 자신의 의견을 피력했다.

"자네가 쓴 문장일세. 이 문장이 조신선의 평에 쓴 말, '책을 파는 것을 스스로 즐김은 종능, 도홍경과 같이 문자선의 경지에 이른 경우로 보아도 될 것이다.'라는 문장과 무엇이 다른 겐가? 그러니 내 자네더러 신선이 되고 싶은 것이냐고 묻는 것일세."

벗의 속내는 이제야 온전히 드러났다. 벗이 신선을 말하고 조신선을 말한 것은 실은 그가 쓴 이 문장을 말하기 위함이었다. '하늘 아래 제일 통쾌한 일이라는 것은 문장과 같은 것이 없다.'고 했던 그가 글 한 줄 쓰지 못하고 있음을 책하기 위함이었다. 유배 뒤 찾아온 악몽과 젊은 벗의 죽음을 방패 삼아 스스로 집 안에 유배되다시피 한 것을 책하기 위함이었다.

벗의 공세는 조금씩 심해지고 있었다. 벗은 조용조용한 걸음으로 다가와 어느새 그의 목에 살짝살짝 손을 대고 있었다. 그의 손가락 끝이 다시 떨렸다. 그는 간신히 주먹을 움켜쥐어 떨림을 숨겼다. 그러나 그 떨림은 그의 목소리로 옮아갔다.

"'지난날의 조생曺生을 돌이켜보니…… 아! 기이하도다.' 이 문장이…… 말하는 그대로일세. 조신선이 신선이지…… 조수삼도 나도…… 신선은 아닐세."

조수삼의 글에 나오는 문장을 인용해 상황을 넘기려 했다. 벗은 그런 그를 용납하지 않았다. 벗은 그의 얼굴을 빤히 보며 이렇게 덧붙였다.

"자네가 신선이 아니다? 그거 실망스러운 답변인걸. 시란 무엇인가? 문장이란 무엇인가? 사람이 하늘과 땅의 중간을 얻어서 삶을 살면서 느낀 정과 감동이 말로 나타나는 것, 그것이 시이고 문장이 아니던가? 문장에는 귀천이 없으니 자네가 신선이 되지 말란 법이 도대체 어디에 있단 말인가? 그렇다면 김정희 같은 이들만 신선이 된다는 뜻인가?"

벗은 자신의 말인 것처럼 그럴듯하게 내뱉었지만 실상 그것은 여항시 선집을 편찬한 바 있는 홍세태洪世泰의 말이었다. 시와 문장에는 귀천이 없다, 물론 이 말을 하기 위해 홍세태는 '학문의 깊이와 세기가 부족하고 품은 뜻과 능력도 부족하지만'이란 수식어를 달아야 했다. 그렇긴 해도 여항인의 시와 문장이 양반 사대부의 그것들과 하나 다르지 않을 수도 있다고 말한 것은 가히 혁명적인 사건이었다.

벗이 홍세태를 인용한 까닭은 분명했다. 그가 쓰는 글, 범주를 좁히자면 그가 쓰는 책 호산외기는 그가 생각하는 것보다 훨씬 가치가 있다는 의견에 다름 아니었다. 그럼에도 전기의 죽음에 움츠러들어 악몽에 시달리며 옴짝달싹 못하고 있는 그를 책망하고 또 책망하는 것이었다. 책망은 무섭고 날카로웠으나 약해질 대로 약해진 그는 이번에도 실망스러운 대답만을 하고 말았다.

"사실 살구씨만 있다면 누구나 신선이 될 수 있다네. 이른 새벽 이를 닦은 후 살구씨를 입안에 한참 동안 넣은 후 껍질을 벗겨 낸다네. 그런 후 다시 살구씨를 입안에 넣어 한참을 침과 섞은 후 죽처럼 물러지면 단번에 삼켜 버리는 것이지. 하루에 일곱 개를 먹되, 일 년 동안 꾸준히 하면 피가 바뀌어 몸이 가뿐하고 편안해지지."

벗은 하아, 하고 한숨을 쉬고 침착하게 말을 이었다.

"역시 내가 아는 자네답네. 그렇다고 내 당장 뭐라 하는 것은 아니네. 결국 나는 그렇게 말할 수밖에 없는 자네의 심정을 이해하는 사람이니까. 자, 그렇다고 염려하지는 말게. 아직 우리의 호산외기 읽기는 끝난 게 아니니까."

그에게 격려를 던진 성실하고 강건한 벗은 비밀 이야기라도 하듯 주위를 두리번거리더니 목소리를 낮추어 말했다.

"그런데 정말 조신선이 죽기는 죽은 걸까?"

인품이 높아야 필법 또한 높다

여항인이면서도 자신을 참다운 선비로 생각했던 김홍도는 그림 그리는 이로는 드물게 실로 많은 이의 사랑을 고루 받았던 사람이기도 했다. 도도한 자부심을 가진 이들은 보통 도도함의 크기만큼 혹은 그 크기의 몇 배에 이르는 배척을 당하기 마련이지만 김홍도는 그렇지 않았다. 꾸민 아름다움이 아닌 자연스럽게 풍겨 나는 아름다움, 그 드문 미덕을 가진 이가 바로 김홍도였다.

김홍도전

김홍도金弘道의 자는 사능士能이며 호는 단원檀園이다. 풍채와 태도는
아름다웠고, 마음이 활달하고 구애됨이 없어 사람들이 신선 같다 말하곤 했다.
산수, 인물, 화훼, 영모翎毛를 그렸는데 모두 신묘한 경지에 이르렀고 신선을 그린
그림은 더더욱 뛰어났다. 앞사람들의 기법을 답습하지 않고 그 스스로 천기天機를
운용하여 그림을 그렸다. 그림에 깃든 정신과 생리가 호젓하면서도 상쾌할 뿐만
아니라 그 광채가 사방을 밝혀 사람을 기쁘게 만들었으니 가히 특별하고 신묘한
솜씨라 할 만했다.

정조 때 대궐 안에서 도화서圖畵署의 화원으로 있었는데, 임금은 그가 올리는
그림들을 몹시 마음에 들어 했다. 임금은 일찍이 회칠을 한 큰 벽에 바다에
사는 여러 신선을 그리라고 명하였다. 김홍도는 환관에게 짙은 먹물 두어 되를
받들게 하고는 모자를 벗고 옷을 걷어 올렸다. 벽 앞에 선 그는 비바람처럼
거세고 빠르게 붓을 휘두르더니 두어 시간이 못 되어 그림을 완성했다. 물은
흉흉하여 집을 무너뜨릴 듯했고, 신선은 생동하는 모습으로 구름을 뚫고
하늘로 올라가려는 듯했다. 그 옛날 당 현종이 대동전大同殿 벽에 그리게 했다는
그림보다도 훌륭했다. 임금은 그를 몹시 아꼈다. 금강산, 단양, 청풍, 영춘,
제천 등의 산수를 그려 오라고 김홍도를 보냈을 때는 각 고을에 명을 내려 그를
근신近臣에게 하듯 잘 대접해 주라고 하기까지 했다.

그는 음직으로 벼슬이 연풍延豊 현감에 이르렀다. 원래 집이 가난하여 가끔은
끼니를 잇지 못했다. 하루는 어떤 사람이 매화 한 그루를 팔려고 하는데 그
모양이 매우 특이했다. 돈이 없어 못 사고 있는데 마침 돈 삼천 전을 보내 준
사람이 있었으니, 그림을 요청하는 예물이었다. 이천 전을 떼어 매화를 사고,
팔백 전으로는 술 몇 되를 사서 동인同人들을 모아 매화음梅花飮을 마련하고, 남은
이백 전으로 쌀과 땔나무 비용을 삼았으니, 삼천 전이 하루의 계책도 못 되었다.
그의 소탈하고 광달曠達함이 이와 같았다.

그의 아들 양기良驥는 자가 천리千里이며 호는 긍원肯園이다. 그는 그림에 가법을
이어받아 산수, 가옥, 수목을 잘 그렸는데, 아버지보다 더 낫다고 말하는 이도
있었다. 나와 절친했는데, 지금은 죽은 지 이미 여러 해가 되었다.

호산거사는 말한다.

원나라 말 예찬倪瓚의 그림은 앞사람의 자취를 쓸었고 소쇄함이 세속을 벗어났으므로 사람들은 그의 그림을 갖고 있는지의 여부로 그 사람의 고상함과 속됨을 정하였다. 원나라 때 이름난 화가들이 성대하게 일어났지만 예찬에 비할 바가 못 되는 것은 그의 인품이 유독 높았던 까닭이다. 김홍도가 김득신金得臣, 최북崔北과 이인문李寅文 중에서도 유독 높은 이름을 얻고 있는 까닭은 무엇인가? 나는 이렇게 말하고 싶다.

'인품이 높아야 필법 또한 높다.'

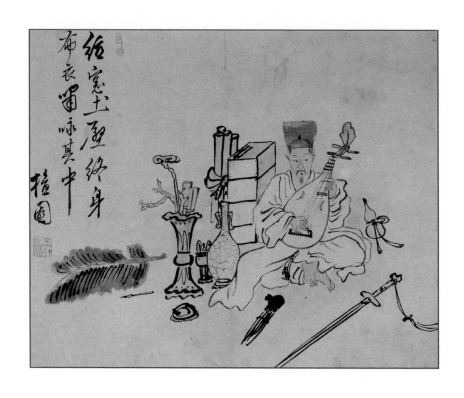

김홍도, 포의풍류도布衣風流圖, 종이에 담채, 개인

1

벗이 김홍도전을 소리 내어 읽었다.

그는 음직으로 벼슬이 연풍 현감에 이르렀다. 원래 집이 가난하여 가끔은 끼니를 잇지 못했다. 하루는 어떤 사람이 매화 한 그루를 팔려고 하는데 그 모양이 매우 특이했다. 돈이 없어 못 사고 있는데 마침 돈 삼천 전을 보내 준 사람이 있었으니, 그림을 요청하는 예물이었다. 이천 전을 떼어 매화를 사고, 팔백 전으로는 술 몇 되를 사서 동인들을 모아 매화음을 마련하고, 남은 이백 전으로 쌀과 땔나무 비용을 삼았으니, 삼천 전이 하루의 계책도 못 되었다. 그의 소탈하고 광달함이 이와 같았다.

벗이 김홍도전을 소리 내어 읽는 것을 들으면서 그는 머릿속으로 계속 전기를 떠올렸다. 약방을 하면서 그림을 사고파는 일을 함께 했던 전기는 가끔씩 그에게 좋은 그림을 들고 와 시세보다 싼값에 넘기곤 했다. 그렇게 해서는 남는 것이 없지 않느냐고 묻는 그에게 전기는 이렇게 대답했다.

우리의 우정이 본래 이런 데 있지 않으니까요.

그 말을 할 때의 전기의 표정을 그는 여태도 잊을 수 없었다. 살짝

입가에 웃음을 머금고 있던 전기, 그 말만을 내뱉고는 고개를 들어 먼 곳을 보던 전기, 그러면서 즐거운 일이라도 있는 것처럼 손가락을 위아래로 바쁘게 움직이던 그 모습이 꼭 어제 일처럼 생생하기만 했다. 아마도 그는 죽는 순간까지 그 말과 표정과 행동을 잊지 못할 것이었다.

벗이 입을 열었다. 그는 머릿속 전기를 간신히 지우고 벗의 말에 집중하려 애썼다.

"김홍도전이야말로 자네가 쓴 것 중 가장 흥미로운 전이었다네. 왜 그런 줄 아는가?"

그가 고개를 젓자 벗은 당연히 그럴 줄 알았다는 듯 고개를 끄덕이며 말을 이었다.

"여항인 중 김홍도만큼 많은 일화를 가진 이도 별로 없을 것이네. 그만큼 많은 사람의 사랑을 받았던 화가는 조선 천지에 다시없을 테니까. 그럼에도 자네는 단 몇 개의 일화만을 골라 썼고, 그 일화 중에서도 내가 방금 읽은 그 일화를 가장 길게 다루었네. 그 까닭은 도대체 무엇인가?"

"긍원이 직접 들려준 일화이기 때문일세."

긍원은 바로 김홍도의 아들 김양기였다. 벗이 방금 읽은 일화는 그의 말대로 김양기가 직접 그에게 들려준 것이었다. 김양기는 김홍도가 오십 가까이 된 나이에 얻은 아들, 위의 일화에도 등장하는 연풍 현감을 지내던 시절에 얻은 아들이었다. 아버지를 닮아 그림에 뛰어난 솜씨를 보였던 김양기는 안타깝게도 이미 오래전에 세상을 떠났다. 벗은 그의 설명이 그리 마음에 들지는 않는 것 같았다. 그러나 벗은 당장은 더 캐묻지 않았다.

"긍원도 이제는 그리운 인물이 되었네."

먼저 간 김양기를 떠올리며 깊은 한숨을 쉬던 벗은 곧바로 자신이 아는 일화를 이어갔다.

"빈 병풍을 준비해 놓고 김홍도의 산수화를 받기 원하던 이가 있었다네. 하지만 김홍도는 어찌된 까닭인지 석 달이 지나도록 그림을 그리지 않았다네. 그 사람은 김홍도를 만날 때마다 언제 그림을 그릴 거냐고 독촉을 해댔지. 김홍도는 그럴 때마다 웃으며 이렇게 대답했다네. '그림이 어찌 억지로 그려지겠습니까? 나는 내 흥을 기다릴 뿐입니다.'"

벗이 말하는 이는 남주헌南周獻이었다. 남공철南公轍 집안의 종손인 남주헌은 명문가 출신이면서도 김홍도와 격의 없이 지냈다. 남공철이 최북, 이단전을 아꼈다는 사실을 감안하면 여항인과 허물없이 지내는 것은 그 집안의 내력인지도 모르겠다. 아무튼 그는 김홍도의 그림을 여러 점 소장하고 있었고, 다른 화가의 그림을 접하면 먼저 김홍도에게 물어 그 가치를 확인한 후에야 소장할 정도로 김홍도를 신뢰했다.

"그러던 어느 날 그 사람과 어울려 잔뜩 술을 마신 김홍도가 마침내 붓을 들었네. 석 달을 끌었던 그림은 순식간에 완성이 되었다네. 그렇다고 그림이 형편없는 것도 아니었지. 형편없기는커녕 가슴속을 시원하게 만드는 훌륭한 산수화였다네. 감탄한 그 사람은 김홍도에게 이렇게 말했다네. '그대의 그림은 신이 그린 것이구려. 내 훗날 반드시 그대를 위해 전을 짓겠소.'"

벗의 이야기를 듣는 동안 또다시 전기가 떠올랐다. 전기에게도 비슷한 사연이 있었다. 일찍이 그와 가까운 이기복李基福이 전기에게 그림을 그려 달라 부탁한 적이 있었다. 전기는 3년이 지난 어느 날 편지와 함께 그림 한 점을 보냈다. 그 편지에는 이렇게 쓰여 있었다.

어제 갑자기 그릴 내용이 생각나 척척 칠해 나갔습니다. 그러나 볼만한 것은 하나도 없습니다.

김홍도의 이야기와 전기의 이야기가 중첩되는 것은 여태까지 보여 준 벗의 태도로 보아 결코 우연이 아닐 터. 그로서는 그저 벗이 잘 읽는 사람이라는 사실을 다시 한 번 인정할 수밖에 없었다.

남주헌과의 일화는 그도 들은 바 있었다. 복잡하고 화려한 치장과 수식을 싫어하는 벗은 '가슴속을 시원하게 만드는 훌륭한 산수화'라고 간략하고 명확하게 표현했지만 남주헌의 표현은 그보다 훨씬 호들갑스러웠다. '태산이 그 앞에 보이기도 하고, 큰 바다가 그 뒤로 보이기도 하고, 풀, 나무, 새, 짐승이 갑작스럽게 보이기도 하고, 구름과 아지랑이가 서린 풍류의 기운이 가득한 달이 보이기도 하고, 사계절의 아침저녁이 한꺼번에 엇갈리며 보이기도 해서 마치 가슴속이 시원스럽게 씻어지는 듯'하다고 했다.

그러나 그가 남주헌이 남긴 일화에서 가장 주목한 것은 훗날 전을 짓겠다는 남주헌에게 김홍도가 했다는 말이었다. 김홍도는 손을 저어 사양하면서 다음과 같은 표현을 썼다.

지금 세상에는 이미 내 그림을 모르는 이가 없습니다.

물론 김홍도는 이 문장 뒤에 '저는 사대부들에게서 공이 품격 있는 고문에 능하다는 말을 들었습니다. 그러니 이 그림을 위해 평을 써 주시는 게 어떻겠습니까?'라는 공손한 문장들을 덧붙여 남주헌의 기분을 돋워 주었다. 김홍도는 그런 사람이었다. 취화사醉畵士라는 호를 즐겨 썼을 정도로 술을 좋아했지만 본래부터 다정하면서도 도량이 넓은 사람이기도 했다. 그러나 '지금 세상에는 이미 내 그림을 모르는 이가 없습니다.'라는 문장에는 자신의 그림에 대한 자부심이 가감 없이 드러나 있다. 김홍도의 도도한 자부심은 가끔은 뜻밖의 장소에서 불쑥 고개를 내밀기도 했다. 그 장소는 바로 궁궐이었다.

1791년 9월, 김홍도는 이명기李命基와 함께 정조 임금의 어진을 그리는 일을 맡았다. 임금의 어진이니만큼 결정은 간단하지 않았다. 임금은 초본 석 점을 그리게 한 뒤 신하들을 불러 의견을 들었다. 석 점의 그림 중 한 점은 원유관에 강사포를 갖춘 그림이었는데, 족자 표구를 해 가운데에 놓았다. 왼쪽 그림과 오른쪽 그림은 기름종이에 그린 것이었다. 채제공蔡濟恭이 먼저 의견을 내놓았다.

"제 천한 소견으로는 왼쪽 그림이 더 나은 것 같습니다."

임금이 그의 의견에 동의를 표했다.

"내 생각도 그러하다. 왼쪽 그림은 밑그림을 십여 차례 그린 후에 가까스로 얻은 것이다. 오른쪽 그림은 그저 보이기 위해 오늘 아침에 대략적으로 그려 낸 것이니 아무래도 뜻에 차지 않는다."

홍낙성洪樂性이 넌지시 반대 의견을 냈다.

"소신의 생각에는 족자본이 잘 그려진 것 같습니다. 얼굴 채색을 다소 윤택하게 한다면 부족한 점이 없어 보입니다."

채제공이 다시 한 번 왼쪽 그림이 좋다고 말하자 임금은 다른 신하들에게 의견을 물었다. 의견은 둘로 갈렸다. 임금은 그 의견들을 주의 깊게 경청한 후 이렇게 말했다.

"내 생각에는 왼쪽 그림이 족자본보다 나은 것 같다. 그러나 신하들의 의견이 모아지지 않으니 그림을 그린 이명기와 김홍도의 이야기를 들어보는 게 좋겠다."

이명기는 왼쪽 그림이 좋다고 말함으로써 채제공의 손을 들어 주었다. 임금과 채제공, 이명기까지 동의했으니 왼쪽 그림이 뽑히는 것이 거의 확실해진 순간 김홍도가 다른 의견을 피력했다.

"제 생각엔 오른쪽 그림에다 족자본을 참조해 완성하는 게 좋을 것 같습니다."

자신에 대한 믿음이 굳건한 임금은 물론 김홍도의 의견을 듣고 뜻을 바꾸지는 않았다. 임금은 오른쪽 그림은 완성도가 떨어진다고 단호하게 말하고는 왼쪽 그림을 택했다.

김홍도는 그런 사람이었다. 다정하면서도 도량이 넓었지만 임금에게도 자신의 뜻은 분명히 밝혔을 정도로 그림에 대한 확고한 신념을 갖고 있었던 사람, 그가 바로 김홍도였다. 이는 그가 즐겨 사용했던 사능士能이라는 자에도 잘 드러나 있다. 사능은 원래 맹자에 쓰였던 문구로 '참다운 선비만이 할 수 있다'는 뜻을 갖고 있다. 이는 김홍도가 자신을 참다운 선비로 파악하고 있음을 알려 준다.

2

여항인이면서도 자신을 참다운 선비로 생각했던 김홍도는 그림 그리는 이로는 드물게 실로 많은 이의 사랑을 고루 받았던 사람이기도 했다. 도도한 자부심을 가진 이들은 보통 도도함의 크기만큼 혹은 그 크기의 몇 배에 이르는 배척을 당하기 마련이지만 김홍도는 그렇지 않았다. 그의 스승이었던 강세황은 김홍도를 다음과 같이 평했다.

사능은 어떤 사람인가? 얼굴이 준수하고 마음가짐은 깨끗하여 그를 보는 이는 누구든 사능이 고상하여 속세를 넘어섰으며 시중 거리에 흔한 자잘한 무리가 아님을 곧바로 알게 될 것이다. 그는 품성이 아름다워 거문고와 젓대의 전아한 음악을 좋아했다. 꽃 피고 달 밝은 저녁이면 때때로 한두 곡조를 연주하며 스스로 즐겼다. 그 기예가 곧바로 옛사람을 좇을 수 있는 정도인 것은 물론이고 그 풍채와 정신 또한 우뚝하고 빼어나니 진나라, 송나라의 훌륭한 선비 중에나 그 짝을 구할 수 있을 것이다.

팔은 안으로 굽기 마련이니 스승의 의례적인 칭찬이라 폄하할 수도 있을 것이다. 그러나 일찍이 이단전과 최북의 재능을 단번에 읽어 냈던 이용휴 또한 김홍도에 대해서 극찬을 아끼지 않았다.

사능 김홍도 군은 능히 스승 없이 자득한 지혜로 새로운 뜻을 처음 내어 붓이 다다르는 곳마다 신묘함이 더불어 갖추어졌다. 정확한 필선 구사와 청색, 금색, 홍색, 백색의 현란한 색채 효과는 참으로 정교하고 묘하고 또 화려해서 '옛사람이 나를 보지 못한 것이 한'이라 할 만했다. 그는 자신의 그림에 대단한 자부심이 있어 경망스럽게 함부로 먹을 뿌리지 않았다. 이는 대개 그 인품이 매우 높아 고상한 선비와 운치 있는 시인의 풍모가 있어서, 자신의 심력과 손놀림이 사람들 교제에나 소용되는 예물이 되고 말거나 장식용 놀잇감이 되지 않도록 한 것이다.

홍신유洪愼猷의 평은 강세황과 이용휴에 비해 더 개인적이다. 그런 까닭에 김홍도에 대한 그의 애정이 더 잘 드러난다.

그 생김생김이 빼어나게 맑으며 훤칠하고 키 또한 크니 속세의 사람 같지가 않다. 그 사람이 아름다우므로 그림 또한 그 사람과 같다. 내가 그 사람과 그림을 사랑했고, 사능 또한 나의 시와 글씨를 사랑했다.

강세황과 이용휴와 홍신유의 평이 그저 허언만은 아니라는 사실을 입증하는 그림이 하나 있다. 김홍도의 포의풍류도布衣風流圖이다. 그림 속 남자는 사방관을 쓰고 당비파를 연주하고 있으며, 그의 앞에는 생황과 칼 한 자루, 파초 잎이 놓여 있다. 책과 두루마리와 호리병과 자기가 남자를 지켜보고 있다. 그림의 여백에는 이렇게 쓰여 있다.

종이창에 흙벽 바르고, 이 몸이 다할 때까지 포의로 지내면서 시나 읊조리련다.

고고한 선비의 모습처럼 보이는 남자에게 재미있는 구석이 하나 보인다. 맨발이라는 것이다. 아취와 맨발, 그러나 남자에게 아취와 맨발은 모순처럼 느껴지지 않는다. 너무도 잘 어울려서 맨발이라는 것이 하나 이상하게 보이지를 않는다. 그 남자는 아마도 김홍도 자신일 것이다. 꾸민 아름다움이 아닌 자연스럽게 풍겨나는 아름다움, 그 드문 미덕을 가진 이가 바로 김홍도였던 것이라고 그는 이 그림을 볼 때마다 생각하곤 했다. 벗의 질문이라기보다는 조금은 날선 비판이 그의 귀를 날카롭게 자극했다.

"삼천 전을 사용한 방식은 역시 김홍도로구나, 하는 생각을 절로 갖게 만든다네. 하지만 여기에는 문제가 있네. 그 초탈함은 현실의 어두움을 완벽하게 지워 버리는 역할을 하고 있네. 김홍도의 만년이 몹시 어려웠다는 것은 알고 있겠지? 그럼에도 그의 전을 쓰면서 매 화음 일화를 통해 그런 말은 살짝살짝 비추기만 하고 제대로 다루지 않은 까닭은 또 무엇인가?"

벗의 비판은 일리가 있었다. 벗의 말대로 김홍도의 만년은 자못 쓸쓸했다. 어느 정도였는가 하면 외동아들인 김양기의 학비조차 감당할 수 없을 정도였다. 일세의 대화가가 어린 자식에게 보낸 편지는 그의 마음을 몹시 아프게 했다.

너의 스승님 댁에 갈 월사금을 보낼 수 없어 한탄스럽다.
정신이 어지러워 더 쓰지 않는다.

그는 김양기의 집에서 그 편지를 직접 보았다. 편지를 보여 준 김양기는 별일 아니라는 듯 웃음을 머금었다. 아버지의 훌륭한 성품을 그대로 이어받은 김양기는 웃었지만 그는 결코 웃을 수가 없었다. 신선 같은 삶을 살았던 김홍도, 아름다운 남자 김홍도도 결국은 다른 여항인들처럼 영락零落을 피할 수 없었다는 사실에 끓어오르는 비애를 참을 수가 없었다. 그런데도 김양기는 김홍도가 즐겨 외웠던 중국 시를 읊으며 오히려 그를 위로해 주었다.

서쪽 이웃 부자건만 부족함을 근심하고
동쪽 노인 가난해도 여유 있다 즐거워하네.

막걸리 걸러 옴은 좋은 손님 까닭이요

황금을 다 쓴 것은 책을 사기 위함이라.

나중에 김양기가 아버지가 남긴 시문들을 수습해 단원유묵첩檀園
遺墨帖을 꾸몄을 때 첫머리에 실리기도 한 이 시는 김홍도라는 사람
의 인품을 여실히 보여 주고 있었다. 어려운 시절에도 막걸리와 책
한 권으로 자족하면서 살았던 이가 바로 김홍도였던 것이다. 아니
다. 그 시보다도 더 김홍도를 제대로 보여 주는 것은 그 아들 김양기
의 존재였다. 조금은 갑작스러운 비약을 하기 위해서는 김홍도가 어
떻게 그 아들 김양기를 얻게 되었는지를 알아야 한다.

태수는 늙도록 아들이 없더니 이 산에서 빌어 아들을 얻었다. 이것은
곧 내가 알기로는 그가 착한 일을 쌓은 끝에 얻은 경사이거니와, 승려
들은 부처님께서 착한 업보에 응답하신 것으로 돌릴 것이다. 소동파
는 "모든 사물의 이루어짐과 무너짐은 서로의 인과를 좇아서 끝없이
계속된다."라고 했다. 이 암자가 오래되어 폐하여지지 않을 수 없었을
터인데, 거기에 반드시 고승의 발원과 어진 태수의 치성 드림이 있었
구나.

태수는 김홍도이고, 그 아들은 김양기였다. 연풍 현감을 지내던
시절 김홍도는 상암사에 기우제를 지내러 왔다 불상의 칠이 흐려진
것을 보았다. 김홍도는 그러한 것을 그냥 넘길 사람이 아니었다. 그

는 불상에 금박을 씌우게 하고 탱화를 직접 그리는 수고를 아끼지 않았다. 그런 뒤 얻은 아들이 바로 김양기였다. 김양기의 아명이 연록延祿인 까닭이다. 연풍 현감으로 복록을 누릴 때 얻은 아들이 김양기인 것이다.

김홍도가 불상의 칠이 흐려진 것을 보고 그냥 지나쳤더라면 어떻게 되었을까? 그래도 김양기를 얻기는 얻었을까? 그야 알 수 없는 일이다. 그러나 김홍도는 그 어진 인품으로 불상의 칠이 흐려진 것을 그냥 넘기지 못했다. 현감임에도 손수 그림을 그렸고 그 결과 김양기를 얻은 것이다.

소동파의 말은 괜한 인용이 아니다. 김홍도의 어진 인품과 수고가 김양기를 태어나게 했다고 그는, 믿고 싶었다. 그랬기에 김양기 또한 어진 사람으로 평생을 산 것이라고 그는, 믿고 싶었다. 그러나 소동파의 말은 또 다른 의미에서 진실이 되었다. 김홍도 삶의 전반부는 이루어짐의 삶이었으나 후반부는 무너짐의 삶이었다. 이러한 것까지 미리 알았기에 소동파가 위대한 인물인 걸까, 하는 생각마저 들었다. 그러나 그는 김양기에게 그런 의구심은 일절 내비치지 않았다. 여전히 웃고만 있던 김양기에게 그가 건넨 말은 이러했다.

인품이 높아야 필법 또한 높은 거라네.

3

벗은 그에게 다시 물었다.

"자네는 아직 내게 답을 하지 않았네."

답변을 채근하는 벗에게 그는 벗의 장기인 동문서답과 성동격서를 응용하여 시조 한 수를 읊었다.

봄물에 배를 띄워 가는 대로 놓았으니

물 아래 하늘이요, 하늘 위가 물이로다.

이 중에 늙은 눈에 뵈는 꽃은 안개 속인가 하노라.

시가 끝나기 무섭게 벗의 입이 열렸다.

"주상관매도舟上觀梅圖로군. 그 기원은 두보일 것이고."

박식한 벗다운 답이었다. 그가 읊은 시조는 김홍도의 것이나 그 시조는 두보의 '한식 전날 배에서 짓다'의 구절, 즉 '봄물에 뜬 배는 하늘 위에 앉은 듯하고, 늙은이 되어 보는 꽃은 안개 속에서 보는 듯하네.'에서 유래한 것이었다. 주상관매도는 배를 타고 있는 늙은 노인이 절벽 위의 꽃을 보는 풍경을 그린 그림이다. 시가 주는 느낌 그대로의 그림이니 벗의 대답은 하나 틀린 것이 없었다. 그는 날카로운 벗에게 오래전 김양기에게 했던 말을 그대로 해 주었다.

"인품이 높아야 필법 또한 높은 거라네."

"인품이 높아야 필법 또한 높다?"

"김홍도가 김득신, 최북, 이인문보다 나은 이유가 무엇인가? 바로 그 인품 때문이라네. 나는 그렇게 생각하네."

벗은 동문서답을 듣고 곧바로 반론하지 않았다. 한참을 생각하던 벗은 조용하지만 확신 가득한 목소리로 자신의 의견을 피력했다.

"나는 이렇게 생각하네. 김홍도에 대한 자네의 애정은 이 책에 기록된 다른 인물보다 훨씬 더 큰 것처럼 보이네. 그런 까닭에 자칫 통속적이 될 수 있는 말년의 무너짐을 일부러 기술하지 않은 것이지. 그 고통을 고상한 매화음 일화 하나로 처리한 까닭이지. 내 생각이 지나친 건가?"

그는 아무 말 하지 않았다. 벗의 입장에서는 충분히 그렇게 읽을 수 있겠다 싶었다. 벗이 그렇게 읽었다면 그것으로 좋은 것이었다. 엄밀하게 말하면 김홍도전은 이미 그의 머릿속을 떠난 것이므로. 벗은 지나가는 것처럼 슬쩍 질문을 하나 던졌다.

"그렇다면 자네는 도대체 어떤 사람인가?"

대답할 수 없는 질문을 던진 벗은 그저 휘파람을 불며 호산외기를 뒤적이고만 있었다. 그의 머릿속에 전기가 했던 그 말, 기억 속에서 사라지지 않을 그 말이 다시 떠올랐다.

우리의 우정이 본래 이런 데 있지 않으니까요.

우리의 우정, 언제 떠올려도 따뜻한 그 말에 그의 마음이 크게 한 번 출렁였다.

13
장

하늘은 어찌하여 그의 나이를
연장해 주지 않았는가

내가 어찌 이 세상에서 오래갈 수 있겠는가. 아마도 이 세상은 꽉 막힌 조선을 말하는
것이었으리라. 자신을 시인이 아닌 여항시인으로만 보는 옹졸하고 편협한 조선.
시에 담긴 진정성이 아니라 작자가 누구이며 그 신분은 어떠한지 만을 신경 쓰는 구태의연한
조선. 복사꽃이 시참이라면 이 문장도 분명 시참일 것이다.
그는 자신의 말대로 조선에서 오래 살아남지 못했으므로.

이언진전

이언진李彦瑱은 자가 우상虞裳, 호는 송목관松穆館인데 일본어 역관으로 일했다. 일찍이 이용휴李用休에게 가르침을 받았다. 집이 가난하여 갖고 있는 책이 별로 없었다. 누군가 특이한 책을 가지고 있다는 소리를 들으면 문득 그 집에 가 책상머리에서 다 읽어 버렸다. 가끔 책을 빌려 집으로 돌아올 때는 걷는 내내 책을 읽었기 때문에 소나 말과 부딪히는 일도 많았다. 재주와 사고가 피어남이 마치 구름과 노을이 가득 일어나는 것 같아, 서서 만 가지 말을 이루고 누워서 천 가지 말을 이루어도 족히 많다고 여길 것이 못 되었다.

스무 살을 조금 넘긴 나이에 통신사 역관으로 참여해 일본에 다녀온 적이 있었다. 일기도一岐島에 이르니 왜인들이 고슴도치 털처럼 잔뜩 모여들어 시를 구걸하자 '어魚'자로 첩운하여 오언율시 백 수를 지었다. 다 짓는 데 몇 시간밖에 걸리지 않았다. 그 풍부함과 신속함은 옛날에도 보기 드문 경우였다.

귀국한 지 몇 해 되지 않아서 집에서 병으로 죽고 말았다. 죽음에 임하여 원고를 불살라 버렸으므로 그의 시문은 세상에 거의 전하지 않게 되었다. '복사꽃 숲속의 수정궁이라 할까'라는 시구가 그의 마지막 작이 되었다.

호산거사는 말한다.

일본으로 가는 배 안에서 쓴 시는 급작스럽게 응하여 손 가는 대로 붓에 맡긴 것이지만 문자에서 괴이한 빛이 번쩍번쩍하여 사람을 핍박하고 있다. 시어의 끝날이 금으로 된 창, 철로 된 말馬과도 같아서 왜인들로 하여금 기를 못 펴게 만들었으니, 문장으로 나라를 빛내는 유래가 오래된 것이다.

하늘은 어찌하여 그의 나이를 연장해 주지 않았는가? 하늘은 어찌하여 그의 마음과 핏속에 있는 문장을 흩날리는 먼지와 차가운 재 속으로 던져 버리게 했는가? 애석하다!

김수철, 매우행인도梅雨行人圖, 비단에 수묵, 호암미술관

1

어둡던 창문 빛이 붉게 변한다.
고개 위로 해가 지고 저녁놀이 타오른다.
이 기이한 광경을 뭐라 말할까.
복사꽃 숲속의 수정궁이라 할까.

벗은 시 한 수를 읊는 것으로 그가 고른 인물이 누구인지 알려 주었다. 이 시는 이언진의 유작이었다. 이언진을 선택했다는 것은 호산외기 읽기가 막바지에 이르렀음을 의미했다. 벗의 책략은 정교했다. 최북에서 시작해서 이언진으로 끝나는 읽기는 결코 우연의 산물이 아니었다. 벗이 재배치한 호산외기를 읽으며 그는 자신의 악몽과 김정희, 그리고 전기를 끊임없이 떠올리지 않을 수 없었다. 벗은 때로는 웃음으로, 때로는 성냄으로, 때로는 우언寓言으로 그를 쉴 새 없이 쥐고 흔들었다.

그는 벗이 방금 읊은 시를 다시 소리 내어 읊었다. 가만히 듣고 있던 벗이 말했다.

"밝으면서도 어두운, 아름다우면서도 실상은 우울한 시이지 않은가?"

밝으면서도 어두운, 아름다우면서도 실상은 우울할 수밖에 없는 시였다. 이언진과 제법 가까웠던 성대중成大中은 이 시를 두고 시참詩讖, 즉 이언진 자신이 복사꽃 피어나는 시절에 죽을 것을 예감하고 쓴 시라고 했다. 이언진이 복사꽃 만발한 삼월의 저물녘 삼청동에서 세상을 떠난 것은 사실이었다. 스물일곱 청년이 세상을 떠났지만 복사꽃은 다른 해와 하나 다르지 않게 피어났으리라. 그렇다고 그해에 핀 복사꽃더러 무심하다 할 수는 없다. 복사꽃이 스물일곱 청년을 위해 피고 지는 것은 아니므로. 벗에게 말했다.

"나는 이 시를 접할 때마다 무심한 복사꽃을 원망했고, 무심한 복사꽃을 피어나게 만든 무심한 조물주를 원망했다네. 그러고는 이렇게 탄식했지. '하늘은 어찌하여 그의 나이를 연장해 주지 않았는가?' 하늘이 유독 이언진에게 모질었던 것은 아니지만 그럼에도 그렇게 탄식을 하지 않고는 견딜 수가 없었다네."

"요절한 시인이 이언진만 있었던 것은 아닐세. 그럼에도 유독 이언진의 죽음을 떠올리며 안타까움을 금치 못했던 까닭은 무엇인가?"

벗의 질문에 대한 답은 하나일 수밖에 없었다. 그것은 바로 이언진이야말로 여항의 시인이라는 그 숙명적인 조건을 뼛속 깊이 자각하고 산 사람이었기 때문이다.

이백李白과 이필李泌에다
철괴鐵拐를 합한 게 바로 나라네.
옛 시인과 옛 산인과
옛 선인은 성이 모두 이씨라네.

대시인인 이백, 일세의 문장가인 이필, 중국 전설에 등장하는 여덟 신선 중 하나인 철괴가 모두 자신과 같은 이씨라는 뜻이다. 이언진이 죽은 지 꽤 오래 되었지만 그 이후에도 이언진처럼 노골적으로 자신에 대한 자부심을 드러내는 여항인은 없었다. 그가 이토록 도도한 자부심을 갖게 된 데에는 통신사의 일원으로 일본에 가서 받은 환대의 경험이 큰 역할을 했을 것이다. 김조순金祖淳은 자신의 문집에서 일본인들이 이언진에게 찬탄하는 광경을 이렇게 묘사했다.

일본 사람들은 본디 교활하여 매양 우리 사신이 가면 문득 무리 지어 와서 시문詩文을 요구하고, 혹은 미리 시문을 지어 오는데 많기가 수천 글자에 이르렀다. 그것으로 갑자기 화답을 구하니 우리를 곤혹케 하려 함이었다. 우리나라 사람들 또한 지지 않으려고 반드시 붓을 휘두르고 종이에 먹을 뿌리며 요구에 응하였으나, 또한 시간이 너무나 촉박함을 걱정하였다.

이언진이 도착하자 무리 지은 왜인들이 부채 오백 개를 가지고 와서 오언율시를 써 달라고 요구했다. 즉시로 먹 여러 되를 갈아 한편으로는 읊조리고 한편으로 시를 써 잠깐 만에 끝내니, 수많은 왜인이 빙 둘러서서 놀라며 기뻐하였다. 그들은 다시 부채 오백 개를 가져와 청하였다.

"이미 공의 재사才思에 감복했으니, 원컨대 공의 기억력을 시험해 보았으면 합니다."

이언진이 또 한편으로 기억하고 한편으로 써 나가는데 마치 자기가 말하는 것을 적어 나가듯 하니 손가락 사이에서 버스럭버스럭 가을 비 소리가 났다. 잠시 후 붓을 던지고 옷을 여미고 앉았다. 해가 기울 기도 전에 천 개의 부채에다 시를 써 내려갔는데 지은 시가 오백 편 이고 기억하여 외우는 것이 또한 그와 같았다. 왜인들이 놀라고 감탄 하여 혀를 내두르며 신神이라 하였다. 이에 이언진의 이름이 일시에 떠들썩하게 되었다고 한다.

물론 사람들 사이에 떠도는 이야기에는 과장이 더해지기 마련이 다. 그런 과장을 감안하고 읽는다 해도 이언진의 시가 일본인들 사 이에서 대단한 인기를 끌었던 사실 하나만큼은 부인할 수가 없다. 대판大阪, 오사카에서 시를 써 주고 강호江戶, 도쿄에 갔다 다시 대판에 들렀는데 그가 쓴 시가 책으로 묶여 팔리고 있었다고 하니 참으로 대단한 반응이기는 했다. 그러나 조선은 일본이 아니었다. 일본에서 의 이언진은 다시 보기 힘든 빼어난 시인이었지만 조선에서는 그저 '여항시인'이었다.

닭의 벼슬은 높다란 게 두건 같고
소의 턱밑살은 커다란 게 주머니 같네.
집에 늘 있는 거야 전연 기이할 것 없지만
낙타의 등을 보면 다들 깜짝 놀라네.

'낙타의 등'은 두말할 것도 없이 이언진이 쓴 시를 말하는 것이었다. 일본인들의 반응을 통해 자신이 이백과 이필과 철괴의 재능을 지녔음을 확신한 이언진은 일본에 다녀온 뒤 이 시를 포함한 몇 편의 작품을 박지원朴趾源에게 보내 평가를 부탁했다. 왜 하필 박지원이었을까? 당대 최고의 문장가로 인정받고 있던 인물이 바로 박지원이기 때문이었다. 박지원은 또한 고관대작의 자손이면서도 방외인方外人을 자처하는 특이한 인물이기도 했다. 그의 인물 됨됨이와 식견이라면 자신의 진가를 어느 정도는 알아주리라 믿었기 때문이었다. 그리하여 그를 '여항시인'이 아닌 '시인'으로 평가해 주리라 믿었기 때문이었다. 그러나 현실은 이언진의 기대와는 달랐다. 박지원은 시를 훑어본 뒤 심부름 온 이에게 조금의 주저함도 없이 자신의 의견을 전했다.

"간드러지고 자잘하기만 하니 값나갈 게 전혀 없구나."

예상 외의 혹평을 접한 이언진은 처음에는 당황해 어쩔 줄 모르다가 끝내 분노를 터뜨렸다.

"시도 모르는 시골뜨기 주제에 도리어 약을 올리는군."

그러나 분노는 잠시였다. 짧은 분노는 이내 절망으로 바뀌었다. 자신을 알아주리라 믿었던 박지원이 그 정도의 반응을 보였다면 조선에서 '시인'이 되는 것은 결국은 불가능하리라는 생각 때문이었다. 그의 상처받은 마음은 다음의 문장으로 표출되었다.

내가 어찌 이 세상에서 오래갈 수 있겠는가.

아마도 이 세상은 꽉 막힌 조선을 말하는 것이었으리라. 자신을 '시인'이 아닌 '여항시인'으로만 보는 옹졸하고 편협한 조선. 시에 담긴 진정성이 아니라 작자가 누구이며 그 신분은 어떠한지만을 신경 쓰는 구태의연한 조선. '복사꽃'이 시참이라면 이 문장도 분명 시참일 것이다. 그는 자신의 말대로 조선에서 오래 살아남지 못했으므로. 박지원에게 시를 보낸 지 1년도 못 되어 세상을 떠났으므로. 이언진이 죽은 후 박지원은 그의 죽음에 크나큰 애도를 표했다. 침울한 눈을 하고는 그가 그토록 이언진을 과도하게 홀대한 이유를 세상에 밝혔다.

아, 나는 일찍이 속으로 그의 재주를 남달리 아꼈다. 그럼에도 유독 그의 기를 억누른 것은 이언진이 아직 나이 젊으니 머리를 숙이고 도道로 나아간다면, 글을 저술하여 세상에 남길 만하다고 여겼기 때문이다. 그런데 지금 와 생각하니 이언진은 필시 나를 좋아할 만한 사람이 못 된다고 여겼을 것이다.

아무리 좋게 생각하려 해도 박지원의 말은 워낙 알쏭달쏭하여 이해하기 쉽지 않으니 결국은 궁색한 변명이라 할 수밖에 없다. 박지원은 이언진보다 불과 세 살 위였다. 그런데도 이언진이 너무 젊어 기를 억누르려 그렇게 말했다는 것은 받아들이기 힘든 변명이었다. 실은 여항인인 이언진의 그렇듯 도도한 자부심—최북의 그것과 너무도 흡사한—이 그의 마음에 들지 않았던 것이리라. 그러나 이유야 어찌 되었건 박지원의 변명은 성과를 거두었다. 성과를 거두었다는 것은 다른 게 아니라 그의 변명으로 사람들의 머릿속에 이언진의 이름이 각인되었다는 뜻이다. 여항인이면서도 자신을 이백과 동등한 위치에 올려놓은 그의 도도한 자부심을 박지원의 뒤늦은 사과 덕분에 다시 한 번 생각하게 되었다는 뜻이다.

그러나 조선의 모든 문인들이 그를 인정하지 않은 것은 아니었다. 박지원은 이언진을 인정하지 않았지만 또 다른 대가인 이용휴는 신분에 대한 편견이 없어 최북과 이단전과 김홍도를 있는 그대로 보았다. 이언진 또한 아낌없이 인정했다. 이용휴는 이언진이 죽은 후 쓴 만시挽詩에서 그의 뛰어남을 이렇게 표현했다.

오색을 두루 갖춘 비범한 새가
우연히도 지붕 꼭대기에 날아 앉았네.
뭇사람들 다투어 달려가 보니
놀라 일어나 홀연 자취를 감추었네.

또 다른 만시에서는 이렇게도 표현했다.

조그마한 하나의 필부였건만
죽고 나니 사람 수가 줄어든 걸 알겠네.

비범한 새는 결국 평범한 사람들 곁에 머무를 수 없다는 쓸쓸한 자각, 그리고 한 사람이 죽었는데 세상이 텅 빈 것처럼 느껴졌다는 진술한 고백, 이언진이 들었더라면 적지 않게 기뻐했을 것이다. 그러나 이는 만시였다. 이언진이 죽은 후 쓰인 시이니 이언진이 살아서 결코 만날 수 없는 시였던 셈이다.

2

서산에 뉘엿뉘엿 해 넘어갈 때
나는 늘 이때면 울고 싶네.
사람들은 대수롭지 않게 여기며
어서 저녁밥 먹자고 재촉하지만.

그가 깊은 생각에 잠겨 있는 동안 벗은 이언진의 또 다른 시를 읊었다. 그 또한 이언진이 죽기 얼마 전에 지은 시였다. 이 시는 어떤 면에서는 '복사꽃'보다 더 그의 마음을 아프게 했다. 서산에 뉘엿뉘엿 해 지는 것이 무슨 대단한 일이라고 눈물을 짓는가? 다른 이들은 그저 저녁이 되었으니 밥이나 먹자고 떠들어대는데 왜 그는 밥 먹을 생각은 하지도 않고 울려고만 하는가? 아마도 두려움 때문이었으리라. 서산에 뉘엿뉘엿 해 넘어가면 그것으로 모든 것이 끝날 것 같은 생각, 다시는 아침 해가 뜨는 광경을 볼 수 없으리라는 불길하면서도 그에게는 오히려 현실적인 생각이 그의 머릿속을 지배했기 때문일 터였다. 그렇듯 어두운 생각에 지배당한 이언진은 무엇을 했던가?

천하엔 본래 일이 없는데
유식한 이가 만들어 내지.
책을 태워 버린 건 정말 큰 안목
그 죄도 으뜸이요, 그 공도 으뜸.

뒤틀린 표현으로 가득한 이 시 또한 그의 삶과 관련이 있다. 이언
진은 죽기 얼마 전에 자신이 쓴 시를 모두 불 속에 넣으며 이렇게 말
했다.

남겨 두어도 도움 될 것이 없다. 세상에서 누가 내 이름을 알아주겠
는가.

아내가 재빨리 나선 덕에 일부를 불길에서 건질 수 있게 되었다.
그러므로 이언진의 시를 지금도 볼 수 있게 된 것은 그의 아내 덕분
이다.

이언진은 세상을 떠났다. 무심한 복사꽃이 만발하던 삼월 어느
날, 이 세상, 그에겐 감옥이나 마찬가지였던 조선에서 살아갈 수 없
는 현실에 절망하며 세상을 떠났다. '시인'으로 살고 싶었으나 그저
'여항시인'으로 세상을 떠났다. 그러나 그의 마지막을 지배한 것이
과연 그러한 절망뿐이었을까? 그렇지 않다. 결국 이언진은 '여항시

인'이 아니라 '시인'이었다. 다른 누구도 아닌 이언진 스스로가 그렇게 만들었다. 무엇으로? 그가 쓴 시로.

바보도 썩고 수재도 썩지
흙은 아무개, 아무개, 아무개를 안 가리니까.
나의 책 몇 권만이
내가 나를 천년 후에 증명하는 것.

이언진에게 조선은 썩어 없어지는 것이었다. 하지만 이언진이 쓴 시는 달랐다. 그 시들은 천년이 넘도록 남아 이언진이 조선에 살았음을, '여항시인'이 아닌 '시인 이언진'이 조선에 살았음을 세상에 알릴 것이었다. 이 시를 언제 썼는지 그로서는 알 수가 없었다. 그러나 이런 시를 쓸 수 있었다면 그 시기는 아무래도 좋았다. 이 한 편이야 말로 이언진이 어떤 시인이었는지를 제대로 알려주고 있으므로. 그는 벗에게 이렇게 말했다.

"이언진이 죽었다는 소식을 듣고 이덕무는 꽃나무 아래를 정신없이 배회했다네."

말없는 벗에게 또 이렇게 말했다.

"이덕무의 글에는 또 이런 게 있다네. '이언진과 같은 사람에게 임금의 교서 쓰는 일을 맡겨서 안 될 것이 뭐가 있겠는가?' 박지원과는 참 다르지 않나?"

벗이 비로소 입을 열었다.

"그 또한 서족이었으니 이언진의 아픔을 너무도 잘 알고 있었겠지. 아파 본 사람만이 다른 이의 아픔을 이해하는 법이니까. 그러니 박지원에 대해 뭐라 할 필요는 없다네."

벗의 그 말이 그에게는 꼭 '김정희에 대해 뭐라 할 필요는 없다네.'라고 말하는 것으로 들렸다. 그는 이언진의 또 다른 시를 읊는 것으로 대답을 대신했다.

이 세계는 하나의 거대한 감옥
빠져 나올 어떤 방법도 없네.
팔십 되면 모두 죽어 버리니
백성도 임금도 똑같은 신세.

봄바람에 풀이 돋아나면 그 마음 또한
함께 푸르리라

원효자전을 읽고 난 이렇게 생각했지. 이 남자 덕분에 우리 여항인은 너나 할 것 없이 푸른
잔디로 덮인 무덤을 갖게 되었구나, 하고. 하지만 언제가부터 자네의 머릿속엔
여항인이 아닌 다른 사람들이 자리하게 되었지. 그들, 특출한 그들이 자네가 상대해야 할
사람의 전부이기라도 한 듯 하루 종일 그들만 바라보게 되었지.
그리고 글 한 줄 쓰지 못하는 사람이 되어 버렸고.

권효자전

효자 권재중權載中은 성품이 효성스러웠다. 부모가 세상을 떠나자 서쪽 뜰 수십 리 밖에 장사를 지냈다. 초하루와 보름에는 반드시 무덤에 성묘를 갔는데 평생토록 이 일을 멈추지 않았다. 그런데 처음에는 무덤에 잔디가 덮여 있지 않았다. 사람들은 이를 괴이하게 여겼지만 너무 가난해 잔디를 입히지 못한다고만 여겼다.

도성의 서쪽 영은문迎恩門 앞 잔디는 우리나라에서 제일 질이 좋은 것이었기에 산릉山陵을 조성하는 외에는 사사로이 가져갈 수 없게 되어 있었다. 권효자가 성묘를 가려면 이 문을 반드시 지나야 했다. 효자는 매양 지키는 이가 없는 곳을 찾아 잔디 반 자쯤을 캐서 소매 속에 숨기곤 했다. 한두 번은 몰라도 매일 같이 그 일을 반복하니 결국은 눈에 띄기 마련이었다. 소매 속에 잔디를 숨기던 그 순간 지키는 이가 나타나 권효자의 멱살을 잡았다.

"지금 무슨 죄를 저지르고 있는지 알기는 하는가?"

효자의 소매에서 잔디가 떨어졌다. 효자는 잔디가 괜찮은지 살펴보고는 그대로 무릎을 꿇었다. 어눌한 목소리가 흘러나왔다. 지키는 이는 귀를 기울이며 듣다가 묵묵히 고개를 끄덕였다. 효자가 말을 마치자 지키는 이는 이렇게 말했다.

"앞으로는 좀 조심하게나. 되도록 내 눈이 닿지 않는 곳에서 캐도록 하고."

처음 잔디를 캔 날로부터 몇 해가 흘렀을 때, 영은문 너머에 푸르른 잔디로 덮인 무덤이 하나 생겨났다. 어찌나 푸른지 무덤에다 푸른 비단을 깔아 놓은 것 같았다. 사람들은 그 무덤을 '권효자의 묘'라 불렀다.

호산거사는 말한다.

옛사람이 부모에게 효도한 일은 많았으나 권효자와 같은 사례는 아마 없었을 것이다. 해마다 봄바람에 풀이 돋아나면 권효자의 마음 또한 그 잎사귀마다 함께 푸르리라.

조희룡, 방운림산수도倣雲林山水圖, 종이에 수묵, 서울대박물관

1

그의 짐작은 틀렸다. 벗이 택한 마지막 읽기의 대상은 이언진이 아닌 권재중權載中이었다. 권재중, 그 이름은 여항인들에게도 낯선 이름일 것이다. 그도 그럴 것이 권재중은 뛰어난 문장 한 줄도, 아름다운 그림 한 점도 세상에 남기지 않았다. 권재중이 남긴 것은 그저 부모의 푸르른 무덤뿐이었다. 권재중이라는 이름 대신 권효자로 세상에 알려진 까닭이다. 벗이 권재중, 아니 권효자의 전을 읽는 동안 그는 깊은 생각에 잠겼다.

권효자전을 썼던 십 년 전의 일이 어제처럼 생생하게 떠올랐다. 어느 늦은 봄날 그는 '권효자의 묘'를 찾았다. 뭐라 말하면 좋을까, 그것은 그저 문득 머리에 떠오른 생각이었다. 날이 좋아 집을 나섰는데 오래전에 듣고 무심히 흘려보냈던 '권효자의 묘'가 생각났다. 좋은 날씨였다. 기분도 상쾌했다. 그는 갑작스러운 충동에 몸을 맡기기로 했다. '권효자의 묘'는 영은문을 지나 한참을 더 가야 했다. 생각보다 시간도 많이 걸렸고 찾기도 쉽지 않았다. 그러나 고생의 가치는 있었다. 권효자는 이미 세상을 떠났지만 권효자가 만든 무덤은 여전히 푸르렀다. 그가 지나쳐 온 영은문 앞 잔디밭보다 열 배는 더 푸르렀다. 소문은 사실이었던 것!

그는 무덤에 참배를 하고는 주위를 둘러보았다. 무덤 뒤쪽에 활짝 핀 진달래 사이로 흰 나비가 날아다녔다. 어디선가는 느릿한 노랫소리도 들렸다. 그는 무덤에서 서너 걸음 떨어진 곳에 엉덩이를 붙이고 앉았다. 풀처럼 푸르른 봄바람이 불어온 것은 바로 그때였다. 그는 눈을 감고 수염을 내밀어 더하지도 모자라지도 않은 안성맞춤의 봄바람을 만끽했다. 부드러우면서도 상쾌한 바람이었다. 저절로 기분이 좋아져 손으로 수염을 매만지는데 백거이白居易의 시가 떠올랐다.

들불이 번져도 다 태우진 못하리니
봄바람이 불어오면 다시 돋아난다.

그 순간 무언가가 가슴속에서 꿈틀, 하는 것을 느꼈다. 그는 자리에서 일어나 무덤을 향해 한 번 더 고개를 숙였다. 그러고는 영은문을 지나 집으로 돌아와 권효자전을 쓰고 말미에 그 문장을 덧붙였다.

옛사람들이 부모에게 효도한 일은 많았으나 권효자와 같은 사례는 아마 없었을 것이다. 해마다 봄바람에 풀이 돋아나면 권효자의 마음 또한 그 잎사귀마다 함께 푸르리라.

그러니 그것은 그가 쓴 문장이 아니다. 백거이의 시를 떠올리고 그를 바탕으로 감동적인 문장을 쓸 수 있었던 것은 권효자 덕분이었다. 세상을 떠난 뒤에도 부모의 무덤가에 머물고 있었을 권효자의 넋이 그의 마음에 들어와 백거이를 떠올리게 하고 문장을 짓게 해준 것이었다. 벗의 목소리로 듣는 그 문장은 여전히 푸르렀다. 하마터면 눈물이 날 뻔했다. 그는 마당에 줄줄이 늘어선 매화나무에 시선을 돌리며 마음을 다잡았다. 벗이 아무것도 모르는 척 물었다.

"세상에 부모의 무덤을 아름답게 꾸민 이는 많고도 많네. 그런데 자네는 왜 하필 잔디 말고는 볼 것 하나도 없는 무덤을 만드느라 공을 들인 권효자의 전을 썼나?"

그는 이렇게 대답했다.

"내가 믿는 효와 일치했기 때문일세."

고관대작들은 경쟁하듯 크고 화려한 묘각을 세운다. 부모를 위하는 마음이 차고 넘치기 때문일까? 그렇지 않다. 그것은 부모를 위한 것이 아니라 묘각을 세우는 이들의 명예를 드높이기 위함이었다. 일년에 하루 이틀을 빼고는 찾는 이도 없는 묘각, 차라리 감옥이 된 그 묘각 속에서 그들의 부모는 과연 기뻐할 것인가? 때론 지각없는 이들의 연회장 노릇까지 하는 그 묘각 속에서 그들의 부모는 과연 편히 잠들 수 있을 것인가? 그렇지 않을 터였다. 벗이 또 다른 질문을 던졌다.

"그렇다면 권효자전이 자네가 쓴 첫 번째 전이 된 이유는 또 무엇인가?"

기억력 좋은 벗이 그때의 일을 잊었을 리가 없다. 권효자전을 쓴 후 그는 벗에게 제일 먼저 보여 주었다. 벗은 재빠르게 읽어 내리더니 예의 그 삐딱한 태도로 까다로운 질문부터 던졌다.

고관대작도 양반도 아닌, 천한 여항인의 전을 귀한 시간을 들여 쓴 이유가 도대체 무엇인가?

그 질문에 그는 뭐라고 답했던가?

구룡연, 만물상, 수미봉, 옥경대 등의 여러 경치는 금강산에서도 특히
뛰어난 것이라네. 하지만 금강산의 한 언덕, 한 구렁 가운데 기이한 경
치로 불려 마땅한 것들이 꽤 많다네. 그것들에 이름을 붙여 널리 전파
한다면 구룡연, 만물상 등의 대열에 낄 수 있을 터인데, 다만 그것들은
모두 덮이고 가리워져 거친 수풀과 우거진 넝쿨 사이에 그저 파묻혀
진 것이 많다네. 이를 보고 생각건대 사람 또한 이와 같은 것이네.

권효자전은 단순한 여항인 효자 이야기가 아니었다. 조금 과장하
자면 권효자전에는 여항인에 대한 그의 마음속 생각이 모두 담겨 있
다 해도 과언이 아니었다. 화려한 묘각은 금강산으로 치면 구룡연,
만물상이었고, 권효자의 묘는 거친 수풀과 우거진 넝쿨 사이에 파묻
힌 기이한 경치였다. 그러므로 그는 실은 구룡연, 만물상보다 거친
수풀과 우거진 넝쿨 사이에 파묻힌 기이한 경치가 훨씬 더 낫다고
말한 셈이었다.

거창하게 말하자면 문자의 향기, 책의 기운보다 가슴속의 느낌,
손으로 그리는 솜씨가 더 낫다고 말한 셈이었다. 한 걸음 더 나아가
자면 고관대작보다 여항인이, 김정희의 관점에서 보자면 그림쟁이
에 불과한 자신이 실은 김정희보다 못할 것이 하나 없다고 문장 속
에서 소리 높여 말한 것이나 마찬가지였다.

그러므로 권효자의 묘를 방문하고 권효자전을 쓴 것은 우연의 일

은 아니었던 셈이다. 그 푸르른 무덤이 그의 마음속에 있던 무언가를 자극해 마침내 끄집어낸 것이었다. 권효자의 푸른 묘가 있었기에 그는 나머지 전들을 일사천리로 써 내려갈 수 있었던 것이다.

벗이 그 사실을 모를 리 없다. 그럼에도 벗이 아무것도 모르는 사람처럼 묻는 이유는 무엇인가? 그는 답을 알고 있었다. 그건 바로 그 자신이 그 시절을 잊었기 때문이다. 자기도 모르는 사이 그 시절을 머릿속에서 지웠기 때문이다.

벗이 말했다.

"자네를 만나러 오기 전 호산외기를 읽고 또 읽으면서 놀란 게 하나 있네. 자네는 자네가 말한 것처럼 거친 수풀과 우거진 넝쿨 사이에 파묻힌 기이한 경치를 참으로 잘 찾는 사람이었네. 잘 쓰는 사람 이전에 잘 찾고 잘 읽는 사람이었다는 뜻일세. 새로 전을 쓰려는 사람인 나는 마냥 놀라고 탄복할 수만은 없었지. 새로 쓴다는 것은 결국 전에 쓴 것이 못마땅해 새롭게 개정한다는 뜻이니까. 하나 그게 쉽지 않아 보였네. 그래서 나는 읽는 도중 문득문득 다가오는 절망의 구렁텅이에 빠지지 않기 위해 애를 쓰고 또 써야만 했지. 하지만…… 하지만 말일세…… 지금의 자네는 그때의 자네가 아닐세."

벗이 잠시 말을 멈추었다. 할 말이 없는 그로서는 그저 벗의 말이 이어지길 기다릴 뿐이었다.

"자네는 오늘 아침 내게 이렇게 말했지. '이렇게 커다란 매화를 그리는 것은 바로 나로부터 비롯되었다네. 정해진 법도에 의지하지 않고 오직 내 머리와 내 손으로 그려 낸 매화라는 뜻일세.' 이제 자네

말에 대한 내 생각을 털어놓겠네. 자네는 이 매화 병풍에 큰 자부심을 갖고 있는 모양이지만 내겐 그렇게 보이지를 않는다네. 이 매화 병풍은 화려하나 아름답지 않아. 화면을 꽉 채웠으나 공허한 것 같아. 내가 본 자네 그림 중 가장 하품下品인 것 같아. 기골도 장대한 그림이 왜 그렇게 보이는 걸까? 자네는 자네의 머리와 자네의 손으로 그린 매화라 했지만 내 눈에는 자네의 머리와 자네의 손으로 그린 것처럼 보이지를 않는다 말일세. 왜 그런 것일까?"

"왜 그런 것 같나?"

"자네의 머리와 손이 다른 이들에 대한 상념으로 가득 차 있기 때문이지. 그 상념이 자네의 손을 묶고 귀를 막았네. 그리하여 자네는 거친 수풀과 우거진 넝쿨 사이에 파묻힌 기이한 경치를 찾아서 그리는 사람이 아니라 그저 구룡연, 만물상을 그리는 평범한 사람이 되었네. 다시 말하자면 자네가 찾고 읽은 게 아니라 남들이 아는 걸 찾아 읽은 셈이지. 그리하여 자네는 구룡연, 만물상이 실은 나라고 억지로 주장하는 그림을 그리게 되었지. 아, 자네가 왜 그렇게 되었을까?"

벗이 작정하고 내뱉는 말을 들으며 그는 아예 눈을 감았다.

"권효자전이 내게 특히 아름답게 느껴졌던 건 그 안에 자네의 따듯한 손길이 있었기 때문일세. 여항인 중에서도 이름 없는 여항인인 권재중의 마음을 읽고 다독여 주던 그 따듯한 손길! 권효자전을 읽고 난 이렇게 생각했지. '이 남자 덕분에 우리 여항인은 너나할 것 없이 푸른 잔디로 덮인 무덤을 갖게 되었구나.' 하고. 하지만 언젠가부터 자네의 머릿속엔 여항인이 아닌 다른 사람들이 자리하게 되었지. 그들, 특출한 그들이 자네가 상대해야 할 사람의 전부이기라도 한 듯 하루 종일 그들만 바라보게 되었지. 그 결과 자네는 글 한 줄 쓰지 못하는 사람이 되어 버렸고."

그는 눈을 뜨고 벗에게 물었다.

"그렇다면 나는 어찌 해야 하는가?"

"호산외기를 읽게. 권재중을 읽고, 최북을 읽고, 조수삼을 읽고, 김홍도를 읽고, 이언진을 읽게. 내 말하지 않았나? 호산외기의 주인공은 어쩌면 자네인지도 모르겠다고. 왜 그런 걸까? 호산외기는 자네가 쓴 여항인의 전이기 때문일세. 자네의 손으로 찾아 쓴 여항인의 전이기 때문일세. 호산외기를 통해 자네는 여항인이 되었고, 여항인은 또 자네가 되었네. 자네의 전이 모두 내 마음에 드는 것은 아니지만 그 사실만은 변함이 없네. 그러니 이제 그만 슬픔에서 벗어나 전을 쓰게. 자네가 써야 할 자네의 전을 쓰란 말일세. 임금의 명령을 받아서 쓰는 것도 아닌, 변명하기 위해 쓰는 것도 아닌, 슬픔을 못 이겨서 쓰는 것도 아닌, 그저 자네의 전이자 여항인의 전인 글을 쓰란 말일세. 내 말뜻 알겠는가?"

타는 듯한 노을을 자랑하던 하늘은 이제 검게 변했다. 복사꽃 숲 속의 수정궁도 더 이상 보이지 않게 되었다. 벗은 기지개를 켠 후 호산외기를 덮었다. 보따리를 가슴에 안고 자리에서 일어난 벗은 심드렁한 표정으로 말했다.

"이것으로 오늘의 읽기는 끝일세. 이제 나는 나의 전을 쓰러 가겠네."

2

벗이 가고 그만 홀로 남았다. 벗이 남긴 말 한마디 한마디가 바늘이 되어 그의 가슴을 찔렀다.

호산외기를 통해 자네는 여항인이 되었고, 여항인은 또 자네가 되었네.

벗의 말을 떠올리며 권재중을 생각했다. 이단전을 생각하고, 김양원을 생각하고, 임희지를 생각하고, 김석손을 생각하고, 천수경을 생각하고, 장혼을 생각했다. 그리고 호산외기를 썼을 때의 그 자신을 생각했다. 그때 그는 서문에 이렇게도 썼다.

사기열전史記列傳에 등장하는 극맹劇孟, 곽해郭解, 과부 청淸, 백규白圭의 무리들은 뒷골목의 유협游俠 생활을 하는 사람이거나 돈벌이하는 부류들이다. 그들의 언어와 행실에 뭐 전할 만한 게 있겠는가? 그러나 사기를 읽고 그들의 사람됨을 상상해 보면 그들이 실제로 살아 움직이는 듯하다.

호산외기를 쓰는 내내 그의 마음속에 자리했던 것은 실은 태사공太史公 사마천司馬遷이었다. 사마천이 쓴 사기열전이었다. 여항인과 사기열전의 인물들을 비교할 수가 있나? 그의 대답은 '그렇다'였다.

양반들은 콧방귀도 뀌지 않겠지만 적어도 그는 그렇게 생각했다. 자신이 오래전에 쓴 문장들을 읽으며 그는 자신이 벗에게 했던 말을 떠올렸다.

매화 그리는 일은 어쩌면 사기를 읽는 것과도 같네. 그 웅대하고 오묘하고 곡진한 것이 하나도 다르지 않네. 사람들은 도무지 그걸 모른다니까.

어느 순간 그는 그 마음을 잃었다. 그의 가슴속에 임금과 김정희와 전기가 자리했다. 그러는 사이 그는 자신의 존재 또한 잃어버렸다. 여항인의 '사기士氣'는 사라지고 영혼 없는 매화만 남았다. 그는 문갑을 뒤져 책, 그림, 벼루를 꺼내 바닥에 놓았다. 잠시 망설이다 벼루에 물을 붓고 먹을 갈았다. 그런 뒤 붓을 들어 이렇게 적었다.

나는 내 손으로 그림을 그리고 시를 쓰며 살았다.

별것도 아닌 문장 하나에 눈물이 쏟아졌다. 눈물과 함께 새로운 문장이 다가왔다. 그는 그 문장들을 다 받아 적었다. 날이 샐 무렵 그렇게 받아 적은 문장들이 하나의 글을 이루었다.

3

나는 일찍 죽을 운명이었다. 키는 남보다 훌쩍하면서도 몸은 남보
다 훨씬 야윈 나는 늘 갈대처럼 휘청거리면서 걸었다. 기력이 부족
해 옷을 입다 쓰러진 적도 있다. 가끔씩 내가 죽는 꿈을 꾸었다. 육신
과 꼭 닮은 내 혼백은 입을 꼭 다문 채 움직이지 않는 내 육신을 보
고 있었다. 스무 살도 안 되어 죽은 내 육신을 바라보는 것은 비록
꿈이라 해도 끔찍했다.

내 수명이 그리 길지 않으리라는 믿음은 나만의 비밀은 아니었다.
열네 살 때 동네 처자와 혼담이 오갔다. 구체적인 이야기까지 오갔
던 혼담이 결국 무산되었던 것도 처자의 아버지가 내 생이 얼마나
오래 지속될 것인지에 대해 끝내 확신을 갖지 못했기 때문이다. 그
렇다면 오래지 않아 죽을 사람으로 공인받은 나는 오래 살기 위해
무엇을 했나?

나는 내 손으로 매화와 난초를 그리고 시를 썼다. 이유가 있다. 사
람들은 황대치黃大癡의 얼굴이 아흔 살에도 동안童顔 같았고, 미우
인米友仁의 신명이 여든 살이 넘었음에도 쇠하지 않은 까닭을 그들이
그린 그림에서 찾았다. 연운공양煙雲供養, 즉 그림으로 한세상을 즐겁
게 해 주었기에 그 대가로 수명과 기력을 얻었다는 것이다.

어차피 일찍 죽을 운명인 나로서는 해볼 만한 도박이었다. 나는
내 손이 지닌 솜씨를 발휘하여 밤낮으로 매화와 난초를 그리고 시를
썼다. 그 결과가 어떠했는지는 내 나이 이미 육십을 훌쩍 넘겼다는

사실 하나만을 보이는 것으로도 족하리라. 옛사람들은 "향은 사람을 그윽하게 하고, 술은 사람을 초연하게 만들고, 돌은 사람을 준수하게 하고, 거문고는 사람을 고요하게 한다." 했다. 옛사람들이 언급하지 않은 매화와 난초에 대해 나는 이렇게 말하겠다. "매화와 난초는 사람을 오래 살게 만든다."고.

죽을 운명에서 벗어나 노인이 되었으니 나와 혼담이 오갔던 동네 처자에게 일어났던 일을 그저 오래전 이야기 삼아 언급하는 것도 좋겠다. 동네 처자의 아버지는 동네에서 가장 오래 살 것 같아 보이는 청년을 골라 자신의 딸과 혼인하도록 했다. 그러나 그 심사숙고와 정성에도 불구하고 청년은 채 일 년을 살지 못하고 세상을 떠났다. 어찌된 까닭일까? 청년이 매화와 난초를 그리고 시를 쓰지 않았기 때문일까, 아니면, 그러니까 그 처자의 상대는 누가 되든 결국 일찍 죽을 운명이었기 때문일까? 모르겠다. 몇 십 년 동안 세상의 온갖 기이한 일들을 보고 들었지만 그것만은 도무지 모르겠다.

스무 살이 되던 해 나는 이재관, 이학전과 함께 도봉산에 놀러 갔다. 흥에 취해 나비처럼 여기저기를 돌아다니며 구석구석 마음껏 둘러보았는데, 도봉서원道峯書院에 이르자 날이 까맣게 저물었다. 문을 두드리자 원생 하나가 나왔다. 원생은 우리를 위아래로 훑어보더니 마지못해 강당으로 안내했다. 누울 곳을 찾기는 했으나 다른 원생들의 태도가 심히 거슬렸다. 그들은 우리가 마치 강당 안에 있지 않은 것처럼 무시하고는 자기들끼리 먹고 마시며 이야기를 나누었다. 그 광경을 가만 바라보다가 이재관에게 말했다.

"쓸쓸한 가을 밤 산속에서 기숙하게 되기는 하였으나 좋은 경치를 마음껏 보고 왔으니 그럭저럭 허기는 면한 셈일세. 그러니 그림과 시로 오늘의 아름다운 일을 기록해 두기로 하세."

이재관은 내 말이 끝나기 무섭게 붓을 들어 그림 한 점을 완성해 냈고 나는 그림 한쪽에 시를 썼다.

절간을 찾다가
서원 문을 두드렸다.
밥을 구걸하러 온 것은 아니다.
이미 연기와 안개로 배가 불렀으니.

빼어난 그림과 유유자적한 시가 단박에 원생들의 시선을 끌었다. 개중 나이가 있어 보이는 원생이 나서 공손히 인사를 건넨 후 입을 열었다.

"서원에 꽤 오래 머문 이로서 한 말씀 드리겠습니다. 경치 좋은 곳에 있다 보니 유람객들이 오지 않는 날이 그야말로 단 하루도 없습니다. 시답지도 않은 이들을 대접하느라 분주해 책을 읽기도 어려운 지경입니다. 조금 전 냉랭하게 대했던 까닭입니다. 하지만 지금 그림과 시를 그리고 쓰신 것을 보니 그대들은 유람객이 아니라 신선이로군요."

말을 마친 원생은 하인을 불러 우리에게 제대로 된 식사를 대접하라 일렀다. 조금 전과는 정반대가 된 그들의 모습에 장난기가 발동

해 농담을 던졌다.

"우리들이 인간 세상에 놀러 다닌 지가 이미 오백 년이 되었습니다. 그런데 이제 여러분에게 들켜 버렸으니 더 이상 숨길 수가 없겠습니다."

배를 채운 후에는 원생들에게 새로 그리고 쓴 그림과 시를 나눠 주는 것을 잊지 않았다. 그림과 시로 육신을 채웠으니 텅 빈 그들의 정신을 향해 베푸는 것은 당연한 일이었다.

신선이라는 말이 그저 빈말만은 아니었다. 어느 해인가 유난히 바람이 세게 불고 비가 많이 내리던 즈음 나는 강가에서 매일 같이 매화 그림을 그렸다. 그림이 완성되던 날 밤 꿈에 신선이 나타났다. 나뭇잎으로 된 옷을 입은 신선이 내게 고개 숙인 후 말했다.

"오백 년을 살아오면서 매화 만 그루를 심고 키웠소. 만 그루 중 돌 난간 옆 세 번째에 자리한 나무가 가장 기이하고 아름다웠소. 비바람이 몹시 불던 어느 날 그 나무가 사라졌소. 그 나무가 여기 있구려. 당신의 붓이 거두어 갔으리라고는 차마 생각도 하지 못했소. 부탁이 있소. 그 기이하고 아름다운 나무 밑에서 사흘 밤만 자고 가게 해 주오."

말을 마치고는 벽에 시를 쓰는데 세속의 글씨와는 하나도 닮지 않았다. 시 쓰기를 끝낸 신선은 휘파람을 길게 불었다. 끊이지 않는 휘파람은 숲을 온통 흔들어 놓았다. 그 소리에 놀라 잠에서 깼다. 신선은 보이지 않았다. 푸른 등불과 검은 대나무 그림자만이 마루에 비칠 뿐이었다.

신선만 내 그림과 시에 관심 가진 게 아니었다. 젊은 임금은 내 그림과 시를 신선보다도 아끼고 사랑했다. 구중궁궐이 몹시도 답답했을 젊은 임금은 나를 불러 금강산을 다녀와 그림과 시를 지어 바치라는 명령을 내렸다. 갑작스럽게 임금의 명령을 받은 나는 어찌하면 금강산을 제대로 그리고 제대로 쓸지 생각했다. 고민 끝에 내가 택한 방법은 이러했다. 구룡폭포에 발을 디디면 한 장소를 정해 자리에 앉는다. 그러고는 마치 구룡폭포가 금강산의 전부인 것처럼 구룡폭포 하나만을 보고 또 본다. 구룡폭포의 진면목이 마음을 울리면 붓을 들어 그림을 그리고 시를 쓴다. 그림과 시가 마음에 들면 그제야 다른 장소로 이동을 해 똑같은 과정을 반복한다. 나는 이런 방법을 통해 내 그림과 시로 금강산을 새롭게 그리고 썼다.

젊은 임금은 내 그림과 시를 흡족하게 여겼다. 그 흡족함은 중희당重熙堂 동쪽에 새로 지은 누각의 편액 글씨를 쓰라는 명령으로 이어졌다. 글씨로 받은 상은 제호탕이었다. 한여름에 마신 제호탕은 겨드랑이를 서늘하게 만들었다. 돌아오는 길에 비가 내렸다. 내리는 비를 피하지 않고 다 맞았다. 내게는 그 비마저 임금의 은총으로 여겨졌다.

젊은 임금이 세상을 떠난 뒤 나는 멀고 먼 섬으로 유배를 갔다. 무슨 죄를 지었기에 유배를 보내는지에 대해서는 묻지도 않았다. 묻는다고 달라질 것은 어차피 없었으므로. 바다 건너 그 적막한 공간에 도착한 날 나는 매화를 그리고 머리에 떠오르는 예전에 지었던 시를 옮겨 썼다.

신선이 영약을 씻는 곳에

단액 흐르는 샘물이 스며드네.

초목이 모두 멍하니 서 있는데

오직 매화가 먼저 영기를 얻네.

시를 옮겨 적은 후에야 깨달았다. 젊은 임금에게 매화 그림과 함께 바쳤던 시였다. 궁궐 안 어느 곳엔가 걸렸을 시가 이제는 게딱지만 한 좁은 집에 걸렸다. 시도 영락했고, 사람도 영락했다. 그래도 그 뜨거웠던 여름 젊은 임금이 내게 제호탕을 하사한 사실 하나만큼은 변하지 않았다. 벽에 걸린 시를 보며 나는 입맛을 다셨다. 하지만 그때 그 제호탕의 맛은 아무리 애를 써도 조금도 기억나지 않았다.

큰 눈이 삼 일 동안 내렸다. 바람도 뒤질세라 쉬지 않고 불었다. 창이 흔들리고 벽이 들썩였다. 마음이 어두워진 나는 책도 읽지 못하고 누워만 있었다. 그저 바라는 건 잠을 자는 동안 눈과 바람이 물러나는 것뿐. 잠깐 눈을 뜬 사이 내 눈에 늙은 나무 한 그루가 들어왔다. 늙은 나무는 눈과 바람에 굴복하지 않고 꼿꼿이 서서 게딱지 같은 집을 보호하고 있었다. 정신이 번쩍 들었다. 나는 자리에서 일어나 그림을 그렸다. 붉디붉은 홍매화를 그렸다. 그림을 마친 후에는 시를 썼다. 그 시를 편지와 함께 전기에게 보냈다. 나의 시가 그의 그림으로 바뀌기를 바라고 또 바라면서.

큰 눈이 삼 일 동안 내려 천지에 가득 찼는데

산하도 보지 않은 채 생각하는 바 있었네.

거센 북풍 또한 만 리에서 불어와

지축을 들어 올리니 도깨비 귀신들 또한 근심했다네.

오직 늙은 고목 하나 우뚝 서서

깃발처럼 이리저리 뒤엉키며 떨어질 듯하면서도 떨어지지 않네.

큰 가지 작은 가지 달리는 구름을 휘어잡아

비탈 언덕에서 가로막아 숨기고 보호함이 있는 듯.

그 아래 달팽이마냥 자그마한 띳집 한 채 있어

종이 창 안에 푸른 등불 한 심지 타오르네.

노옹은 어찌하여 앉아 떨면서

소매 속에 손을 넣은 채 추위 잠들지 못하나.

눈은 잠시 그쳤다 다시 내렸다. 누군가 문을 두드렸다. 문을 여니 아이가 들오리 한 마리를 들고 서 있었다. 아이는 열 푼의 돈을 요구했다. 오리의 깃털은 아직 촉촉했다. 자신의 죽음을 예감한 듯한 슬픈 눈이 내 마음을 울렸다. 오리를 껴안고 집 뒤편 대밭으로 갔다. 있는 힘을 다해 오리를 하늘로 던졌다. 잠시 푸드득거리던 오리는 이내 기운을 얻고 하늘 높이 날아올랐다. 그 모습을 보니 내가 하늘을 나는 듯 마음이 가벼워졌다.

나는 아이에게 열 푼의 돈과 매화 그림을 주었다. 그 뒤로 사람들이 먹을 것을 들고 나를 찾아왔다. 나는 매화 그림을 주고 그들이 가져온 것을 받았다. 그렇게 매화 그림은 외로운 섬에 퍼졌고, 그것으로 나는 육신을 배부르게 했다. 매화가 가져온 새로운 인연을 생각하며 시를 지었다.

> 이로부터 고기잡이가 매화 그림을 이야기하니
> 스스로 웃는다.
> 이 황무지에 하나의 유희 새로 시작하게 된 것을.

집 뒤편 대나무를 보는 것은 몇 안 되는 즐거움 중의 하나였다. 자꾸 보게 되니 마음이 가게 되었고 결국 전에는 그리지 않았던 대나무를 그리게 되었다. 자꾸 그리다 보니 나름대로의 원칙도 생겼다. 한 그루의 대는 수척하게 그리고, 두 그루의 대는 넉넉하게 그리고, 세 그루의 대는 한 곳에 모이게 그리고, 네 그루의 대는 서로 돕게 그려야 하는 것이다. 이렇게 그리는 것이 예전부터의 법도였던가? 그렇지 않다. 이는 오직 내 가슴속의 느낌만으로 그린 것이다. 그러니 굳이 스승과 법도를 따지자면 만 그루의 대나무를 들어야 할 터.

대를 그린 까닭에 소동파의 말도 다시 생각하게 되었다. '대나무를 그리려면 가슴속에 대나무가 이루어져 있어야 한다.'는 그 말. 나는 그의 말도 온전히 맞는 말은 아님을 알게 되었다. 가슴속에 대나무가 이루어져 있어도 그 손이 따르지 못한다면 무슨 소용이 있겠는가?

그러나 이내 또 다른 생각이 뒤따랐다. 대나무를 그리게 만드는 건 가슴도 아니고 손도 아니었다. 차라리 하늘이 그 순간에 내게 부여해 준 그 무엇인가가 그리게 한다고 할 수 있었다. 문자로는 설명

조희룡, 묵죽도墨竹圖, 8폭 병풍 가운데 하나, 종이에 수묵, 국립중앙박물관

할 수 없는 그 무엇, 나의 마음과 하늘의 뜻이 맞는 순간 탄생하는 그 무엇이 그리게 한다고 할 수 있었다. 가슴과 손, 혹은 하늘의 뜻을 떠올리는 내게 대 그림이 지닌 또 다른 이야기가 떠올랐다. 대 그림을 많이 그리면 고향 꿈을 꾼다는 이야기. 오늘 밤 나는 고향 꿈을 꿀까, 고향에서 함께 노닐던 벗들의 꿈을 꿀까?

파도치는 것을 보다가 집으로 돌아왔다. 벽을 바라보다 마침내 더이상 견디지 못하고 눈물을 흘렸다. 눈물을 흘리니 정신이 몽롱해졌고, 그 몽롱함에 취해 잠이 들었다. 꿈을 꾸었다. 그리운 벗들이 나를 불렀다. 벗들이 손짓해 나를 부르는데도, 나는 벗들에게서 그저 몇 걸음 떨어져 있을 뿐인데도 나는 단 한 발짝도 움직이지 못했다. 꿈에서 깼다. 닿을 수 없는 벗들이지만 그 모습조차 사라지자 더 견디기 힘들었다. 내가 할 수 있는 일은 뭐가 있겠는가? 벗들을 생각하며 그들에게 바치는 시를 썼다.

나보다도 먼저 외로운 섬에서 유배를 살았던 이기복李基福에게는 이렇게 썼다.

이 경우 이 정을 누구와 다시 말할까
말없음은 응당 책상 위의 글자 같구나.
흰 구름은 바다 밖이라 물보다 많은데
이것이 선생께서 예전에 보던 바로 그 구름이겠지요.

하루가 멀다 하고 시를 함께 읊던 벗 유최진柳最鎭에게는 이렇게 썼다.

벽오당 노인에게 말 부치노니
떨어진 꽃은 누구와 더불어 쓸어 내시는지.
한 봄 동안 이미 고향 그리는 눈물을 억제해 버렸더니
구슬 같은 시편을 받고 다시 옷깃을 적신다네.

젊디젊은 벗 전기에게는 이렇게 썼다.

영묘한 나이에 뛰어나고 훌륭한 사람
가슴속에 오악五嶽이 높이 솟아 있다네.
연운공양이 지금은 어떠한지
나는 그대의 남전藍田 그림 속 사람이 되고 싶다오.

나는 서울의 번화한 거리에 살면서도 황량한 산과 고목을 즐겨 그
렸다. 엉성한 울타리와 초가를 그려 넣으면서도 사람은 그려 넣지
않았다. 비었으면서도 실은 빈 것이 아닌, 자연이 아니면서도 실은
자연인 것 같은 그 느낌이 왠지 마음을 끌었기 때문이다. 그때는 몰
랐다, 그것이 내 앞날에 대한 예언인 줄을.
　황량한 산과 고목, 엉성한 울타리에 둘러싸인 달팽이와 게딱지를
닮은 초가는 이제 나의 거주처가 되었다. 막막한 바다와 사나운 갈
매기, 수많은 돌까지 더해졌다. 그러나 수족처럼 아끼던 오래된 그

림과 글씨들은 급히 유배를 오느라 하나도 가져오지 못했다. 그 시절의 물건 중 내 곁에 있는 것은 문방사우文房四友와 책 몇 권뿐이다. 처음엔 그 오래된 그림과 글씨들이 너무도 그리웠다. 그것들 없이 사는 게 바로 유배객에게 떨어진 형벌이라고까지 생각했다. 그렇지 않았다. 하루, 또 하루가 지남에 따라 그것들은 내 기억에서 희미해졌다. 종내는 이렇게 생각하게 되었다.

'전날 내 곁에 만 권의 책이 있고, 오래된 그림과 글씨들이 시중을 들었다 한들 지금의 내게 도대체 무슨 소용이 있는가?'

언제 죽을지 모르는 게 유배객의 삶이었다. 통속적으로 표현하자면 매일 죽는 연습을 하는 게 바로 유배객이었다. 눈앞에 죽음을 두고 있으면서도 오래된 그림과 글씨를 어찌 하면 보존할 수 있을지 고민한다는 것이 참으로 우습고 또 우스웠다.

문방사우를 챙겨 대밭으로 갔다. 바다를 바라보며 생각했다. 지금 내가 가진 것은 오직 마음과 손뿐이다. 나는 마음을 다잡은 후 내 손으로 그림을 그리고 시를 썼다.

김정희의 그 말, 조희룡의 무리는 문자의 향기와 책의 기운이 부족하다는 그 말이 모진 환경 속에서도 수시로 떠올라 나를 괴롭혔다. 그럴 때마다 나는 무엇을 했던가?

김정희가 들려준 옹방강翁方綱의 누각을 생각했다. 누각에는 칠만 축이나 되는 금석金石과 서화書畵 들이 산을 이루어 여기저기 쌓여 있었다. 그곳은 차라리 금석과 서화로 된 미로였다. 옹방강의 지위는 시랑侍郎에 지나지 않았고 집안도 그리 부유한 편이 아니었다. 그런데도 금석과 서화를 쌓아 놓은 누각이 그렇듯 사치스럽고 화려했다. 옹방강의 아들 옹수곤翁樹崐은 김정희에게 이렇게 말했다고 한다.

"저희 집은 작은 건축물입니다. 강남 사람 황 아무개의 집에는 금석과 서화가 수십만 권이나 된다고 하니 그 방은 도대체 어떻겠습니까?"

김정희와 함께 보았던 몹시도 긴 그림을 생각했다. 벽에 걸린 그림은 너무도 길어서 겹쳐서 펴지지 않은 부분만 한 자가 넘었다. 너무 길어 보기에 좋지 않다고 말하자 김정희는 이렇게 말했다.

"중국 사람들은 초가에도 이런 그림을 걸어 놓을 수 있네. 초가가 그렇다면 고관대작과 부호 들이 사는 집의 높다란 마루와 거대한 벽은 과연 어떻겠는가?"

물론 가끔씩은 그 문자의 향기와 책의 기운에 얽힌 비난을 생각하며 자답하곤 했다.

"그림과 시는 모두 솜씨에 속하는 것입니다. 그러므로 그 솜씨가 없으면 비록 총명한 사람, 문자의 향기와 책의 기운이 가득한 사람이 평생을 배워도 능히 익힐 수가 없습니다. 그런 까닭에 손끝에 있지 가슴속에 있지 않다고 말하는 것입니다."

그러나 대개의 경우 내 머릿속에는 그 자답보다는 김정희가 들려주고 보여 준 그 기이한 풍경들만이 떠올랐다. 내 눈으로 보고 내 귀로 듣고도 도무지 믿을 수 없던 그 풍경들! 그러나 그림이란 원래 그런 것이기도 했다.

왕유王維가 그린 그림 속의 돌이 밖으로 튀어나와 날아갔다는 고사가 있다. 모두들 망령되고 허탄하다고 말들을 하지만 나는 그렇게 생각하지 않는다. 그림과 시에 있어 그러한 고사가 없다면 삭막해 견딜 수가 없을 것이다. 그러므로 문자의 향기와 책의 기운이 떠오를 때마다 내 머릿속에는 옹방강의 누각과 그 긴 그림이 떠오르고, 그것들이 떠오르면 나는 웃으며 왕유가 그린 그림 속의 돌이 밖으로 튀어나와 날아가는 장면을 생각하게 되고, 그러다 보면 김정희는 까맣게 잊게 되는 것이다.

바닷가의 산을 보며 산을 알게 되었다. 봄의 산은 어둡고 몽롱해 안개가 낀 것 같았고, 여름의 산은 침울한 기운이 잔뜩 쌓여 있는 것 같았고, 가을의 산은 서로 겹치고 끌어당기는 것 같았고, 겨울의 산은 쇳덩이처럼 단단한 것 같았다. 보기 전에는 알 수 없는 이치였다.

바닷가의 물을 보며 물을 알게 되었다. 어느 날은 맑고 담담하게 흘렀고, 또 어느 날은 깊고 넓게 흘렀고, 또 어느 날은 도도하고 광폭하게 흘렀다. 바람이 불면 물은 또 달라졌고, 폭풍이 몰아치면 물은 또 달라졌다. 보기 전에는 알 수 없는 이치였다.

바닷가의 구름을 보며 바람을 알게 되었다. 구름이 서쪽에서 몰려오면 반드시 큰 바람이 불었다. 삼 일 동안 구름이 흩어지지 않으면 삼 일 동안 큰 바람이 불었고, 십 일 동안 흩어지지 않으면 십 일 동안 불었다. 이곳에서의 바람은 꼭 구름과 함께 움직였다. 보기 전에는 알 수 없는 이치였다.

바닷가를 거닐며 새와 벌레와 물고기를 알게 되었다. 기러기와 오리와 갈매기와 해오라기와 귀뚜라미와 매미와 벌과 나비와 청어와 새우와 미꾸라지 같은 작은 것들도 내 마음을 움직일 수 있다는 것을 알게 되었다. 보기 전에는 알 수 없는 이치였다.

바닷가에 서서 풍경을 보며 그림을 알게 되었다. 가파르게 솟은 거친 산, 일렁이는 물결, 점점이 이어지는 구름과 노을, 오르락내리락 나는 갈매기, 가늘게 눈을 뜨고 보면 그것이 바로 그림이었다.

어릴 적 기억이 떠올랐다. 가랑이 사이로 머리를 내밀고 바라보던 세상의 풍경! 차마 어린 시절처럼 할 수는 없다. 대신 작은 거울 하나를 들고 그 거울에 보이는 풍경을 감상한다. 이것이야말로 진짜 그림이라는 생각에 웃음을 멈출 수 없었다.

산에서 놀다 길을 잃은 적이 있었다. 가시덩굴을 헤치고 덤불을 휘어잡으며 이곳저곳을 헤매다 마침내 길을 찾았다. 그 과정에서 깨달은 것이 있었다. 길을 잃어 헤맨 후에야 비로소 올바른 길을 찾게 된다는 사실이었다. 그 깨달음을 시로 옮겼다.

산에 올라 길 잃음을 한하지 말라.
미처 보지 못한 무수한 산을 보게 되리니.

육구연陸九淵은 가사家事를 맡은 지 3년 만에 학업에 진전이 있음을 깨닫게 되었다고 한다. 나 또한 마찬가지인 셈이다. 길을 잃고 유배지로 와서 비로소 그림을 제대로 배우게 되었으니.

깊은 밤 등불을 켜 놓고 내 얼굴을 그렸다. 어두운 밤, 거울에 비친 내 모습을 그렸으니 실제의 나와 닮았을 리 없다. 긴 얼굴과 짧은 수염만이 내 얼굴임을 알려준다. 그럼에도 나는 그렇게 그린 그림 속

의 얼굴이 나와 참으로 닮았다고 생각했다. 내가 그린 내 얼굴에는
내 마음과 정신이 있었다. 거울로는 결코 볼 수 없는 그 무엇이 내가
그린 내 얼굴에는 있었다. 크게 웃으며 시 한 수를 읊었다.

스스로 내 여윈 얼굴 그려 놓고 크게 한번 웃었다.
흰 구름 가득한 가을 하늘 아래 내가 그린 나와 이야기를 나누고 싶다.

내가 그린 내 얼굴을 벽에 붙였다. 이미 벽에는 내가 그린 소동파
의 초상이 있다. 시공時空을 초월해 함께 있게 된 셈이다. 소동파가
유배 시절에 지은 시구를 읽다가 나도 모르게 무릎을 쳤다.

이기면 물론 즐겁고 지더라도 또한 기쁘다.

바둑을 관전하고 지은 그 시가 꼭 내게 건네는 위로 같았다. 마음
이 따뜻해졌다. 천 리 밖에 머무는 가족과 벗들이 어느새 내 곁에 와
있는 느낌이었다. 나는 더 이상 외롭지 않았다. 가슴이 아프지도 않
았다. 매화를 그렸다. 소동파의 초상을 향해 공손히 절을 올린 후 매
화 그림을 놓았다.
바닷가에 앉아 어부들이 고기 잡는 것을 보았다. 그러나 내 눈앞
에는 어부들 대신 학 두 마리가 날아다녔다. 지난밤 꿈속에 나왔던
학이었다. 검은 치마에 흰 저고리를 입은 학 두 마리가 새끼까지 등
에 업고 춤을 추었다. 우습고도 황홀했다. 학은 사람이 아니었으나

춤은 사람보다 나았다.

드문 꿈이라 점을 칠 줄 아는 동네 사람에게 들려주었다. 그는 괘를 뽑은 뒤 오늘 낮에 길한 일이 있을 거라 말했다. 씩 웃고 매화 그림을 주었다. 그러나 그의 말은 학 두 마리와 함께 내 마음속에서 떠나지 않았다. 괜한 기대인 줄 알면서도 좀처럼 그의 말을 버리지 못했다.

어부들이 돌아가고 지친 학들도 날개를 접을 무렵, 집에서 온 편지가 도착했다. 해배解配의 소식이 담겨 있었다. 서둘러 거처로 돌아오니 대밭이 가장 먼저 눈에 들어왔다. 나는 대나무를 쓰다듬으며 이렇게 말했다.

"삼 년 동안 나를 꼿꼿하게 붙들고 지켜 준 건 바로 너희들이다. 너희들 덕분에 나는 내 손으로 그림을 그리고 시를 쓸 수 있었다."

문자의 향기와 책의 기운을 말하는 이에게 나는 이렇게 말하겠다.

나는 일찍 죽을 운명이었으나 오래 살았다.
나는 내 손으로 그림을 그리고 시를 쓰며 살았다.
문자도 책도 아닌 가슴속 느낌으로 그림을 그리고 시를 쓰며 살았다.
그러나 그것이 전부는 아니다.
나는 나이되 내가 아니다.
나는 여항인이다.
나는 나이되 여항인의 전을 쓰는 사람이다.

15장
썩지 말아야 할 열 개의 손가락

그는 고개를 끄덕였다. 어쩔 수 없이 눈물이 흘렀다. 소매춤으로 눈을 비비고 매화서옥도를 보았다. 그는 손을 뻗어 누옥 속의 사람을 만졌다. 누옥 속의 사람은 아무런 말도 하지 않았다. 그림 속으로 들어오라는 말도 하지 않았다. 그저 무심한 눈으로 그를 바라보기만 할 뿐이었다. 그는 손을 거두고 누옥 속의 사람을 향해 고개를 다시 한 번 끄덕였다.

전기, 계산포무도溪山苞茂圖, 19세기, 국립중앙박물관

1

몸은 피곤했으나 정신은 맑았다. 그는 그 맑은 정신으로 다시 매화서옥도를 보았다. 특별할 것 없는 서옥 주위로 매화가 눈송이처럼 비범하게 피어났다. 주인은 일상이라도 대하듯 그저 아무 말 없이 창밖만 바라보고 있다. 경관의 화려함과 마음의 심상함의 절묘한 대비. 전기는 그 화려함과 심상함을 정갈한 필치로 그려 냈다. 그리고 그 그림 위에 시를 써 놓았다.

평생토록 매화 그리는 비결을 알지 못해
가슴속 얽힌 마음 괴롭게도 줄어들지 않았다.
오직 부옹浯翁을 향하여 묘한 이치에 참여하고자
싸늘하고 맑은 새벽 고산孤山을 오르네.

부옹은 유독 매화를 사랑했던 송의 시인 황정견黃庭堅을, 고산은 매화에 미쳐 산중에 서옥을 짓고 학, 사슴과 함께 여생을 보냈던 임포林逋가 살던 곳을 말한다. 그러므로 이 시는 매화에 미친 황정견과 임포에게 매화를 그리는 제대로 된 비결을 배우고 싶다는 간절한 염원을 담고 있다.

평생토록 매화 그리는 비결을 알지 못했다니! 그것은 그림 그린 이 스스로가 내린 지극히 겸손한 평가였다. 매화에 관해서는 전문가라 할 그가 단언하건대 전기의 매화는 서른도 되지 않은 사람이 그릴 수 있는 매화가 아니었다. 매화를 그린 점과 획은 굳세면서도 유연했다. 꽃들은 막 피어나기라도 한 것처럼 청초하면서도 꿋꿋했다. 오랜 시간 매화를 바라보아야만 얻을 수 있는 경지였다. 덕분에 한 시절만 살 수 있었던 매화는 그의 붓을 통해 영원한 생명을 얻었다. 실제의 매화마저 기쁘게 만드는 그러한 그림, 황정견과 임포마저 그 안으로 들어가 살고 싶어 할 그러한 그림을 그려 놓고도 매화 그리는 비결을 알지 못했다 말하다니!

전기가 거만을 떨었다고 말하는 것은 물론 아니었다. 전기의 시詩는 진심이었다. 전기는 분명 아름답게 피어난 매화를 화폭에 옮기기 위해 긴 밤을 몇 날이고 뜬눈으로 지새웠으리라. 그 고뇌의 끝에 선 순간 황정견과 임포의 진심어린 도움을 갈구했으리라. 그런 전기의 진심을 알기에 그는 유배지에서 그린 매화 그림을 보내면서 벗 유최진에게 이렇게 당부했다.

여기 드리는 만매서옥도萬梅書屋圖는 뜻을 기탁한 것이 있으니, 이에 기탁한 뜻을 시제詩題로서 참고해 봄이 어떠합니까? '남명시려南溟詩廬'라고 쓴 커다란 글씨를 아울러 보내니, 자리 오른쪽에 걸어 두면 나를 보는 듯할 것입니다. 전기의 그림 솜씨의 진경珍景은 과연 어떠한지요? 한 폭의 그림도 볼 수가 없으니 매우 답답합니다. 만매서옥도를 혼자 보지 마시고 반드시 전기를 불러 함께 감상하는 것이 좋겠습니다.

만매서옥도는 유최진에게 보낸 것이되, 실은 전기에게 보낸 것이기도 했다. 그 그림을 보고 전기가 그가 그린 매화에 대해 뭐라 말했을지 궁금해 몇 날 며칠 잠도 제대로 이루지 못한 기억이 새삼 떠올랐다. 그만큼 그는 전기의 매화, 그리고 그 감식안을 높게 평가했던 것이다.

2

활짝 웃고 있는 전기의 얼굴로 기억은 이어졌다. 헌칠한 몸매에 빼어난 얼굴, 그윽한 정취와 예스런 운치마저 갖추었던 전기가 그로서는 드물게 무척이나 크게 웃던 날이 있었다. 전기가 웃음을 보인 때를 그는 어렵지 않게 기억해 냈다.

유배 가기 전, 그러니까 여름날이 꽤 길리라는 흐뭇한 감정에 사로잡혀 지내던 그 좋던 어느 날 유최진의 집에서 있었던 일이다. 유최진과 함께 그림과 시를 논하던 중 그는 갑작스럽게 큰 웃음을 터뜨렸다. 유최진의 말들이 너무도 재미있고 오묘했기 때문이다. 거기까지야 늘 있던 일이었다. 호탕하고 입담 좋은 유최진이 그를 웃긴 것은 한두 번이 아니었으니. 하지만 전과 다른 것이 있었다. 곁에 있던 전기는 붓을 들더니 얼마 되지 않아 그에게 그림을 보였다. 그 빼어난 얼굴에 환한 웃음을 지으면서.

그림 속에는 큰 소리로 웃는 두 남자가 있었다. 두 남자의 곁에 있는 것은 단 하나, 국화뿐. 그는 그 그림을 보고 또 보았다. 뒤통수를 세게 맞은 기분이었다. 불과 몇 번의 붓질로 전기는 흥에 도취된 그를 제대로 그려 냈다. 생각해 보면 놀라운 일이 아닐 수 없었다. 전기는 그림을 전문적으로 배운 적이 없음에도 원의 대가인 예찬倪瓚과 황공망黃公望에 버금가는 그림을 어렵지 않게 그려 냈던 것이다. 그 그림이 안겨 준 느낌을 잊을 수 없어 그는 한 편의 글을 지었다.

두 사람이 껄껄거리며 크게 웃으니, 이는 마치 약산藥山이 달을 보고 웃자 그 소리가 구십 리 밖 동쪽 집에까지 들리는 것 같았다. 그때 곁에 있던 국화가 우리를 따라 빙그레 웃었다. 옛날 호계虎溪에서 셋이 웃었을 적에는 스님 한 분이 참여했는데 지금 초당에서 셋이 웃은 것에는 국화가 참여한 셈이었다. 그림의 수명은 가히 오백 년을 갈 수 있을 것이니, 지금 우리와 함께 그림 가운데 들어가서 오래 웃을 수 있게 되었다. 만약 그림 속에서 웃음을 찾으려고 한다면 그 소리는 듣지 못하고 다만 그 입만 벌리고 눈썹을 찡긋찡긋하는 것만 보게 될 것이고, 국화의 웃음은 그저 바람을 따라 흔들거릴 뿐일 것이다.

약산은 당나라의 고승 유엄선사惟儼禪師를 말하는 것이었다. 산길을 걷던 유엄선사는 갑자기 구름이 개이고 달이 나타나자 그 흥취를 이기지 못하고 웃음을 내뱉었는데 그 웃음소리가 구십 리 밖까지 들렸다. 호계虎溪의 스님은 진晉나라의 고승 혜원법사慧遠法師를 말하는 것이었다. 혜원법사는 어떤 손님이 오더라도 호계까지만 배웅하는 것을 법으로 삼고 있었는데, 도연명陶淵明, 육정수陸靜修와 이야기하던 어느 날 그만 호계를 넘고 말았다. 호랑이 울음소리를 듣고서야 비로소 호계를 넘었음을 안 혜원법사가 크게 웃자 도연명과 육정수도 함께 웃었다. 그가 유엄선사와 혜원법사까지 동원하며 호들갑스러운 문장을 지은 까닭은 무엇인가? 그날의 웃음이 그만큼 기억에 남았기 때문이다.

3

모처럼 떠오른 즐거운 기억은 자연스럽게 전기가 운영했던 약방 이초당二艸堂으로 이어졌다. 약과는 하등의 인연도 없던 전기가 이초당을 열게 된 것은 의원인 유최진의 권유 때문이었다. 부유했던 유최진은 이렇다 할 생계 수단이 없던 전기에게 그렇다면 약방을 운영해 보라 말했고, 전기가 고개를 끄덕이자 약재의 구입이며 운영에까지 많은 도움을 주었다.

그렇게 해서 전기는 얼떨결에 약방의 주인이 되었으나 전기가 운영하는 이초당은 보통의 약방은 아니었다. 전기는 약을 지어 줄 때마다 남는 종이에 그림이나 글씨를 써서 함께 주었다. '특건약창特健藥窓'이라는 낙관까지 찍어서 건넸으니 어쩌면 손님들이 많았던 것은 초보 약사의 어설픈 약 때문이 아니라 그 그림이나 글씨가 탐나서였을지도 모른다. 아무튼 나름 분주한 영업을 마친 밤에 전기는 과연 무엇을 했을까? 그 궁금증은 전기의 시로 풀 수가 있다.

문 밖에는 찾아오는 이 드물고
정원에 쌓인 눈만 빈 창에 비친다.
질화로에 불이 식어 황혼이 찾아와도
나는 그저 책상머리에 앉아 옛 그림만 감정한다.

스스로의 표현대로 전기는 뛰어난 화가인 동시에 그림 감정가이
기도 했다. 그 뛰어난 감식안을 바탕으로 그림을 중개하는 일에 뛰
어든 것은 약에 능하지 못한 전기로서는 오히려 당연한 수순이었
을 터. 그러므로 이초당은 약들의 집합소였지만 실은 수많은 그림이
오고가는 그림들의 집합소이기도 했다. 그러나 그림 감정은 전기에
게 있어 단순한 부업만은 아니었다. 황정견과 임포의 매화를 꿈꾸던
전기는 그림 감정 또한 철저히 하지 않고는 배기지를 못했다. 전기
와 가깝게 지냈고, 그 또한 뛰어난 그림 감정가였던 역관 오경석吳慶
錫은 얼마 전 그에게 이렇게 말하기도 했다.

요 근래 좋은 그림과 글씨를 참으로 많이 얻었습니다. 쉽게 얻을 수
없는 것들이니 자랑해야 마땅한데 마음은 그렇지 못합니다. 저와 함
께 그 그림과 글씨를 감상할 벗이 세상에 없기 때문입니다. 다른 누구
도 그와 함께했던 시간을 대체할 수는 없습니다. 왜 하필 그 사람이냐
고요? 그 사람이야말로 그림과 글씨를 볼 줄 아는 사람이기 때문입니

다. 그의 타고난 자질이 뛰어나다는 것은 두말할 필요가 없을 것입니다. 거기다가 좋은 글씨를 보면 소리를 지르며 웃는 것은 예사고, 그 웃음을 지우지도 않고 글씨를 들고 있다 차마 내려놓지는 못하고 종내 그 글씨가 나온 근원을 따지고 또 따졌으니, 속속들이 잘 알지 못할 도리가 없지 않겠습니까? 재주와 진심에 정진함까지 더해졌으니 조금 더 살았더라면 옛사람을 따라잡았으리라는 것이 결코 벗으로서의 과장은 아닙니다.

전기는 자신의 재주에 진심과 정진함까지 더해 얻은 지식을 혼자 가지려 하지 않았다. 그는 좋은 그림을 감상하고, 그 좋은 그림을 올바른 구매자에게 연결해 주기를 간절히 원했다.

"저의 집 벽에 걸린 족자 두 점 외에 계속하여 보여 주실 것이 있으면 숨기지 마시기 바랍니다." "마침 족자를 팔러 온 사람이 있는데 표지의 대부분이 권돈인의 글씨입니다. 경탄을 금할 수가 없으니 들여 놓으시도록 권해 드립니다."와 같은 편지들이 쓰인 이유였다. 그가 전기에게서 구한 그림과 글씨들도 대개는 같은 경로를 밟았다.

전기와 주고받은 편지 중 가장 잊을 수 없는 것은 역시 유배지에 있을 때 받은 편지였다. 그는 편지를 받자마자 답장을 썼다. 전기의 그림 속 사람이 되고 싶다 말한 바로 그 편지였다. 그는 유배지에서 전기의 편지를 본 기쁨을 이렇게 표현했다.

지난해 우리가 작별했을 때, 나는 그대를 이토록 오래 못 보게 되리라고는 생각도 하지 못했소. 내 어찌 그대가 보낸 자묵字墨을 음습하고 우울한 바다, 토끼 떼들과 이웃을 삼고 있는 이 쓸쓸한 곳에서 다시 보게 될 줄 생각이나 했겠소. 기뻐 넘어질 듯한 이 마음을 문자로는 가히 표현할 수 없는 것이 안타까울 뿐이오. 그러나 붓끝이 물결치듯 사람으로 하여금 눈빛을 번쩍이게 하니, 비유하자면 산이 다하고 물이 다한 곳에 홀연 안탕산雁蕩山과 동정호洞庭湖를 보게 되는 것 같다오.

유배지의 고통을 간단히 언급한 후 그는 마침내 자신의 소망을 드러냈다.

원하는 바는 고람古藍의 그림 속 사람이 되는 것, 그것뿐이오. 시 한 수를 부쳐 보내니, 그림으로 이 시의 뜻을 보여 주어 이 쓸쓸한 마음을 달래 줌이 어떠하오? 맑고 웅혼하며 속세를 뛰어넘는 문장과 높이 솟아오르는 그 대단하고 놀라운 필력을 언제 만나 보게 해 주겠는가? 그리하여 나의 여러 해 동안 쌓인 장독을 한번 씻어 내어 주실 수 있겠는가? 이는 소동파가 혜주惠州로 유배를 갔을 때 미원장米元章에게 한 말인데, 이 말을 나는 그대에게 보낸다네.

전기의 그림 속 사람이 되고 싶다는 것, 그것은 늙은 그의 진심이었다. 죽는 것은 두렵지 않으나 전기의 그림을 더 이상 못 보게 되는 것은 두려웠다. 그 두려움을 이겨 내기 위해 그림 속 사람이라 말한 것이다. 그러나 현실은 반대가 되었다. 젊은 벗 전기가 먼저 죽었으니 전기의 그림은 더 이상 그려질 수가 없었다.

4

그는 고개를 끄덕였다. 어쩔 수 없이 눈물이 흘렀다. 소매춤으로 눈을 비비고 매화서옥도를 보았다. 그는 손을 뻗어 누옥陋屋 속의 사람을 만졌다. 누옥 속의 사람은 아무런 말도 하지 않았다. 그림 속으로 들어오라는 말도 들어올 수 없다는 말도 하지 않았다. 그저 무심한 눈으로 그를 바라보기만 할 뿐이었다. 그는 손을 거두고 누옥 속의 사람을 향해 고개를 다시 한 번 끄덕였다. 그는 유최진이 지은 시를 조용히 읊었다.

늙을수록 더욱 건강한 조희룡은
마치 들학이 가을 구름을 타고 펄펄 나는 듯하고,
시원하고 깨끗한 전기는
하얀 매화가 늦은 바람에 핀 듯하다.
한 시대 아름다운 이름, 예림藝林을 똑같이 차지하고 있으니
이들은 모두 옛날에 시 짓고 그림 그리던 인연이 깊었다.
조희룡은 난초와 매화를 그렸고
전기는 구름과 연기를 그렸다.

천백 쪽이나 되는 눈꽃과 바람 잎사귀

서까래 같은 붓으로 병풍과 가리개에 가득 그렸구나.

많은 산 잔잔한 물 수십 폭

아, 먹을 금같이 아낀 그 솜씨 참으로 뛰어나구나.

나는 알았다, 이 두 분이 그 재주를 한껏 자랑하려고

마음속에 각각 다른 생각을 품고 있었겠지.

조희룡은 나이 먹어가는 것을 안타까워하여

그림을 많이 그려 뒷사람에게 전하려 애쓰고,

전기는 스스로 나이 젊은 것을 믿고서

그림을 적게 내놔 온 세상의 사랑을 독차지하였네.

그런데 노인은 더욱 오래 살고 젊은 사람은 일찍 죽었으니

천지조화의 이치가 이처럼 현묘하고 또 현묘하구나.

결국 어떤 사람이 그린 것이든지 간에

그림의 수명은 길이 오백 년을 전해 가리.

5

그의 눈에 매화 병풍이 들어왔다. 한참 동안 바라보다 빈 공간에
글씨 하나를 썼다. 세련洗鍊! 더러움을 씻어 버리고 깨끗하고 고결한
상태로 만들어 간다는 의미였다. 그의 가슴속에 있으나 슬픔 때문에
쓸 수 없던 글씨였다. 고작 두 글자가 더해졌는데 매화 병풍은 달라

보였다. 그가 그린 매화는 비로소 그의 용이 되었다. 자신의 책무를 다하고 마침내 승천하는 용!

그는 헛기침을 한 후 크게 웃었다. 호산외기의 마지막 쪽을 펼쳤다. 글자 한 자 없는 그 면에 붓을 들어 새로 전을 써 내려갔다.

6

전기田琦는 자가 위공瑋公, 호는 고람古藍이다. 몸매가 헌칠하고 얼굴이 빼어났으며, 그윽한 정취와 예스런 운치가 그 모습에서 배어나와 마치 진晋, 당唐 시대 그림 속 인물 같았다. 산수와 연운煙雲을 그리면 쓸쓸하고 담박한 풍이 문득 원나라 그림의 묘경에 들어간 듯하였다. 이는 그의 필의筆意가 우연히 도달한 것으로, 원나라를 배운 것이 아닌데도 원의 경지에 이른 것이다.

시를 지으면 기이하고 깊은 맛이 있었으니 대개 남이 말한 것은 말하지 않았다. 그리하여 그의 안목과 필력은 압록강 동쪽에만 국한된 것이 아니었다. 나이 겨우 삼십에 병들어 죽었다.

호산거사는 말한다.

전기의 시와 그림은 지금 세상에 견줄 만한 사람이 드물 뿐 아니라 상하 백년을 통하여 논할 만하다. 작년 가을, 내가 남쪽으로 유배 갈 즈음 그가 나를 찾아와 석별의 뜻을 보이던 기억이 생생하다. 그런데 어찌 알았으랴, 그것이 결국 천추의 이별이 될 줄을.

칠십 노인인 내가 삼십 소년의 일을 마치 고인古人의 일처럼 적고 있으니, 이 일을 어찌 참을 수 있겠는가. 이에 시 한 수로 그를 곡한다.

그대가 문득 천고의 객 되어 간 뒤부터
티끌세상에 남은 빛, 뜻이 외롭기만.
흙이란 게 원래 정이 없다고들 하나
정말로 이 사람 열 손가락을 썩혀 없앴단 말인가!

조희룡,
매화서옥도梅花書屋圖,
간송미술관

교양소설로 거듭난
시정 여항인들의 전기

　역관 이언진李彦瑱은 계미년1763 통신사행에 참가하여 일본의 내로라하는 지식인들과 접촉하며 문명을 떨쳤다. 그가 귀국하자, 박준원朴準源, 1739~1807은 그 재주에 놀라면서도 세도世道가 낮아진 현상이라며 개탄하였다. 당시 조선의 보수 지배층은 일개 역관배가 외국에 나가 '독보적 존재'로 떠오른 것이 신경에 거슬렸음 직하다. 여기 이언진이 활동하던 18세기 후반은 여항인의 경제적 문화적 역량이 크게 성장하던 시기였다.

　이 소설은 우봉又峰 조희룡趙熙龍, 1789~1866의 『호산외기壺山外記』에 기록된 인물을 중심으로 그들의 삶과 예술세계를 다채롭게 해석한 창작물이다. 한국의 고전 『호산외기』는 조선 후기 여항인들의 전기집傳記集으로, 1844년 조희룡의 나이 56세 무렵 일차 탈고를 마친 이래, 1853년 유배지에서 돌아온 이후 기존의 원고에 「전기전田琦傳」 등 몇 편을 추가하였다. 책의 제목으로 쓰인 '호산壺山'은 조희룡 자신의 호이고 '외기外記'는 정사正史에 실리기 어려운 민간인에 관한 기록을 의미한다.

조희룡이라는 인물은 일반 대중에게 아직 낯설고 여항인 역시 생소한 말이다. 이 소설을 보다 깊이 향수하기 위해서 이에 대한 이해가 선행되어야 할 것 같다.

원래 꼬불꼬불한 골목이란 뜻의 여항閭巷은 조선 후기 문헌에 의하면 서울의 비양반 계층의 생활공간을 의미한다. 여기서 여항인이란 18세기 이래 경제적 문화적 성장을 통해 형성된 서울의 중간 계층을 지칭한다. 주로 중앙 관서의 기술직 중인과 경아전京衙前이라 불리는 각사各司의 서리층을 포함하는 말이다. 이들 중서층은 능력과 경륜이 있어도 높은 관직에 오를 수 없었고 사회적으로 하대를 받았다. 그들은 신분적 불평등에 민감했지만 체제의 모순을 해결하는 길을 모색하지 못하였다. 관아에 소속된 기능직 실무자이자 체제의 조력자로서 조선왕조 사회와 운명을 같이할 수밖에 없는 존재들이었다. 주로 동류들과 인간적 유대 속에서 문학과 예술 방면에 힘을 쏟았고 그것으로써 자아를 구현하고자 하였다.

조희룡은 이러한 시대적 지형 속에 있는 인물이다. 그의 생애는 자세히 밝혀져 있지 않고, 다만 완당阮堂 김정희金正喜의 첫째가는 서화 제자로 알려져 있다. 그는 헌종의 명을 받고 금강산을 유람한 뒤 시를 지어 올렸고, 왕명으로 '문향실聞香室'이라는 건물의 편액을 썼다. 회갑 때는 벼루를 하사받기도 하였다. 서화에 식견이 깊었던 헌종의 총애를 받으며 궁정에서 잠시 하급 벼슬을 맡았던 듯한데, 이는 김정희라는 배경이 작용한 것이겠으나, 무엇보다 글씨와 그림은 물론 시문에도 뛰어났던 그의 능력 때문으로 보인다. 헌종이 서거하고 1851년 정적에 의해 김정희가 유배되자, 그는 김정희의 심복으로 지목되어 임자도 유배 길에 올랐다. 지체가 낮은 중서층이 유배를 가는 것은 매우 이례적인 일이었기에 유배지에서 지은 『화구암난묵畫鷗盫讕墨』에는 번번이 이에 대한 울분을 기록하고 있다. 그러나 그는 미친듯이 매화 그리기에 열중하며 점차 자기 삶을 성찰하여 갔다. 이처럼 유배 시기에도 왕성한 그림 창작은 물론, 격조 높은 산문을 많이 생산하였다.

우리나라 19세기의 예술계는 이른바 '완당 바람'이 워낙 거셌다. 조희룡 역시 그 자장磁場에서 활동했으나 자기만의 예술세계를 구축하고자 끊임없이 노력하였다. 김정희는 "조희룡 같은 무리"는 "가슴속에 문자향文字香과 서권기書卷氣가 없기 때문에" 결국 그림쟁이의 화법을 벗어나지 못했다고 냉혹하게 평가하였다. 그런데 조희룡의 관점은 "글씨와 그림은 모두 수예手藝에 속하는 것이고, 그 수예가 없으면 비록 총명한 사람이 평생 그것을 배운다 해도 능할 수 없다."는 입장이었다. "그런 까닭에 손끝에 있는 것이지 가슴속에 있는 것이 아니다."라고 주장하여 예술은 문자로 쌓은 지식과 별개의 영역이며 그 창작에 있어 천부의 솜씨가 중요하다고 본 것이다. 세간에 회자되는 김정희의 저 발언은 양반 사대부와 중인 예술인 간의 미학관의 차이에 지나지 않는다. 고아한 이념미를 중시한 스승에 비해 조희룡은 감각적 표현미에 치중했던 셈이다. 그는 거장을 무조건 뒤쫓지 않고 자기의 독창적 예술관에 입각해 활동했던 것이다.

그의 이러한 예술관은 『호산외기』 서문에서 확인할 수 있는 뚜렷

한 자기정체성으로 이어진다. 그는 서문에서 양반 사대부에 관한 전기는 매우 많지만 여항인의 경우에는 언행이나 시문이 전해질 만한 것이 있어도 "모두 적막한 구석에서 초목처럼 시들어 없어지기에 이것을 기록해 둔다."라고 하였다. 양반 사대부를 대타적對他的으로 인식하였으며 시정 여항인의 존재를 기록으로 남기는 일을 자신의 임무로 자각한 것이다. 조희룡은 "나 또한 여항인이다."라고 자기의 정체성을 밝힌 바 있거니와 여항인이 자기 동류들의 전기집을 저술한 것은 당시로 보아서는 대단히 선진적인 일이었다. 조선 시대에 역사 기록이란 주로 출세한 관인이나 이름난 양반만을 대상으로 하였고, 또 여항인 전기집 가운데 최초이자 이후에 나온 다른 여항 전기물에 지대한 영향을 주었다는 점에서 이 『호산외기』를 주목하는 것이다.

일찍이 오세창吳世昌이 조희룡을 두고 "한 시대 묵장墨場의 영수"라고 평했듯, 조희룡은 19세기 전반기에 여항문화권의 지도적 위치에 있었다. 여항화가의 그림에 제화시를 쓰는 일이 많았고, 여항인 저술에 서문도 여러 편을 지었다. 벽오사碧梧社 동인이기도 했던 그는 신분적 처지가 같은 사람들과 유대감을 형성하면서 자기정체성을 넓혀 나갔는데, 이것이 시정 여항인의 전을 짓는 계기로 작용했을 것이다. 취재한 대상은 대개 중인 출신 문인이자 서화가의 삶을 살았던 저자 자신과 관련이 있는 분야 사람들이다. 이들은 높은 자의식의 소유자이자 주체적으로 자아를 실현하는 인물들이다. 조희룡 자신이 닮고 싶은 상像 내지 분신分身이라고도 할 것이다. 이 점에서 이 소설이 조희룡과 그 친구들의 관계에 초점을 맞추어 서사를 끌어간 것은 매우 흥미로운 설정일 뿐 아니라 적절하다고 판단된다. 그리고 『호산외기』의 세련되고 생동감 넘치는 문장은 전기 작가로서 조희룡의 능력을 잘 보여 준다. 가령 '절름발이 여항인'으로서 뚜렷한 자의식을 가지고 살았던 장혼을 기술하는 대목이다. 중세적 예교禮敎 실천을 열거한 동시대의 다른 기록과 달리, 조희룡은 두어 가지 짤막한 일화를 가지고 인물의 특장을 그리고 주제를 밀도 있게 암시하였다.

조희룡은 유재건劉在建에게 써 준 『이향견문록里鄕見聞錄』 서문에서 여항인의 처지를 금강산의 이름 없는 경치에 비유하였다. 몇몇 명승만 주목할 게 아니라, 수풀 속에 묻혀 있는 빼어난 특징을 가진 것에 이름을 붙여 주면 명승의 대열에 들 수 있다고 하였다. 조희룡은 자기 시대에 숨겨져 있는 시정 여항인 42인의 내력을 기록하였는데, 이 소설에서는 그 가운데 14인을 주로 다루었다.

이 소설은 일흔을 바라보는 한 전기 작가가 천재 화가 고람古藍 전기田琦의 요절을 당해 그의 전을 집필하기까지의 심리적 여정을 '벗'과 나누는 대화 형식으로 그린 하루 동안의 일이다. 소설 후반에 등장하는 전설적 인물 '이언진'을 지나 조희룡 자신의 자전적 일대기를 풀어놓은 '권효자' 대목에 이르러 소설적 긴장이 최고조에 달하고, 대미에 애절한 '전기' 편을 절창을 토하듯 서술하여 소설적 짜임새도 훌륭히 갖추고 있다. 각 장의 서두에 조희룡이 입전立傳한 내용을 제시하고, 이를 동시대 다른 기록을 풍부하게 참조하고 작가적 상상력을 가미하여 그 시대 인물상을 재현하였다. 한 편의 교양소설로서 손색이 없다고 하겠다.

『호산외기』에 기록된 인물들은 지금으로부터 2세기 전에 실존했던 우리의 선인先人들이다. 여기 이 책에서 중세 신분제 사회의 완고함에 좌절하지 아니하고 자기 분야에서 빛나는 성취를 이룩한 사람들의 초상을 그렸다. 이 여항 전문인의 존재를 맨 먼저 주목한 조희룡과 그가 조명한 당대 사람들은 오늘 이 시점에서도 우리가 관심 있게 돌아보아야 할 대상이 아닌가 한다.

이현우 | 성균관대학교 국문학과 초빙교수

조선 후기 여항인의
삶과 예술을 만날 수 있는 책

강명관, 『조선후기 여항문학 연구』, 창작과비평사, 1997

강혜선, 『나 홀로 즐기는 삶』, 태학사, 2010

고연희, 『그림, 문학에 취하다』, 아트북스, 2011

고연희, 『조선시대 산수화』, 돌베개, 2007

김용옥, 『맹자 사람의 길』, 통나무, 2012

박지원, 신호열 김명호 옮김, 『연암집』, 민족문화추진회, 2004

박희병, 『나는 골목길 부처다』, 돌베개, 2010

박희병, 『저항과 아만』, 돌베개, 2009

백인산, 『선비의 향기 그림으로 만나다』, 다섯수레, 2012

안대회, 『궁극의 시학』, 문학동네, 2013

안대회, 『조선의 프로페셔널』, 휴머니스트, 2007

안대회, 『조선을 사로잡은 꾼들』, 한겨레출판, 2010

오세창, 동양고전학회 옮김, 『근역서화징』, 시공사, 1998

오주석, 『단원 김홍도』, 열화당, 2004

유재건, 실시학사 고전문학연구회 옮김, 『이향견문록』, 글항아리, 2008

유홍준,『완당평전』, 학고재, 2002

유홍준,『화인열전』, 역사비평사, 2001

이성혜,『조선의 화가 조희룡』, 한길아트, 2005

임형택,『우리 고전을 찾아서』, 한길사, 2007

정병삼 외,『추사와 그의 시대』, 돌베개, 2002

조수삼, 박윤원 박세영 옮김,『이야기책 읽어주는 노인』, 보리, 2005

조수삼, 안대회 옮김,『추재기이』, 한겨레출판, 2010

조희룡, 실시학사 고전문학연구회 옮김,『조희룡 전집』, 한길아트, 1999

조희룡, 한영규 옮김,『매화삼매경』, 태학사, 2003

최열,『한국근대미술 비평사』, 열화당, 2001

최열,『화전』, 청년사, 2004

한영규,『조희룡과 추사파 중인의 시대』, 학자원, 2012

허경진,『조선 위항문학사』, 태학사, 1997

허경진,『조선의 르네상스인 중인』, 랜덤하우스, 2008

지은이 **설혼**

고려대학교에서 심리학을 공부하며 소설을 쓰기 시작했다. 우리나라 고전
의 매력에 빠져 정신없이 독서를 하다가 그것을 쉽고 재미있는 이야기로 풀
어 사람들과 나누고 싶다는 소망을 품은 뒤로 고전 속 인물을 주인공으로
하는 소설을 쓰는 데 몰두하고 있다. 그의 작품 속 인물들은 유독 '나'와 '너'
처럼 평범한 사람들의 마음을 그대로 가지고 있어 깊은 공명을 일으키며 고
전의 공간으로 끌어들이는 힘이 있다.

『책의 이면』『퇴계에게 공부법을 배우다』『연암에게 글쓰기를 배우다』(공
저)『소년, 아란타로 가다』『살아 있는 귀신』 등을 지었으며『멋지기 때문에
놀러왔지』로 2010년 제1회 창비청소년도서상 대상을 받았다.

조희룡과 골목길 친구들

설혼 지음
이현우 감수

2014년 4월 10일 초판 1쇄 발행
2014년 11월 10일 초판 2쇄 발행

편집 · 발행 한국고전번역원 | **등록** 2008.3.12.제300-2008-22호
주소 110-804 서울시 종로구 비봉길 1
전화 02-6263-0464 | **팩스** 02-6339-0724 | **홈페이지** www.itkc.or.kr

책임편집 강옥순 | **편집진행** 정진라 채미애
디자인 f205 | **인쇄** 월계인쇄(주)

ⓒ 설혼, 2014

값 12,000원
ISBN 978-89-284-0227-4 03810
* 이 책은 교육부(인문학진흥방안 저서출판지원)의 지원을 받아 출간한
  것입니다.
* 이 책은 한국고전번역원의 우리고전 원고 공모 당선 작품입니다.